Heinrich Böll zum Wiederlesen

Deutscher
Taschenbuch
Verlag

dtv

Von Heinrich Böll
sind in der Reihe dtv großdruck erschienen:
Nicht nur zur Weihnachtszeit (2575)
Die verlorene Ehre der Katharina Blum (25001)

Sämtliche von Heinrich Böll im Deutschen Taschenbuch Verlag erschienenen Werke sind auf Seite 356f. aufgeführt.

Originalausgabe
1. Auflage September 1989
Deutscher Taschenbuch Verlag GmbH & Co. KG, München

Umschlaggestaltung: Celestino Piatti
Gesamtherstellung: C. H. Beck'sche Buchdruckerei, Nördlingen
Printed in Germany · ISBN 3-423-25023-2
1 2 3 4 5 6 · 94 93 92 91 90 89

Das Buch

Natürlich kennen wir ihn alle, den prägnanten Erzähler, der eine Kurzgeschichte mit knappen Worten auf den moralischen Punkt bringt, den Satiriker, dessen müheloser Witz das Falsche, Verlogene, Geheuchelte mitten ins Herz trifft, den Mahner und Warner, der durch seine schlichte Menschlichkeit überzeugt. Natürlich, wir kennen ihn, »unseren« Böll. Aber wie lange schon ist es her, daß wir ›Die Waage der Baleks‹, ›Die schwarzen Schafe‹ oder ›Doktor Murkes gesammeltes Schweigen‹ gelesen und über ›Nicht nur zur Weihnachtszeit‹ herzlich gelacht haben? Fünf, zehn oder zwanzig Jahre? Oder gar noch länger? Es lohnt sich, diesen wichtigsten Autor der zweiten deutschen Republik wieder einmal zu lesen – schon um sich selbst eine Freude zu machen. Und wer weiß? Vielleicht findet man unter den einundzwanzig Stückchen auch ein paar, die man bisher nicht kannte!

Der Autor

Heinrich Böll, geboren am 21. Dezember 1917 in Köln, war nach dem Abitur Lehrling im Buchhandel. Danach Studium der Germanistik. Im Krieg sechs Jahre Soldat. Seit 1947 veröffentlichte er Erzählungen, Romane, Hör- und Fernsehspiele und Gedichte. 1972 erhielt Böll den Nobelpreis für Literatur. Er starb am 16. Juli 1985 in Langenbroich.

dtv großdruck

Inhalt

Die schwarzen Schafe

Offenbar bin ich ausersehen, dafür zu sorgen, daß die Kette der schwarzen Schafe in meiner Generation nicht unterbrochen wird. Einer muß es sein, und ich bin es. Niemand hätte es je von mir gedacht, aber es ist nichts daran zu ändern: ich bin es. Weise Leute in unserer Familie behaupten, daß der Einfluß, den Onkel Otto auf mich ausgeübt hat, nicht gut gewesen ist. Onkel Otto war das schwarze Schaf der vorigen Generation und mein Patenonkel. Irgendeiner muß es ja sein, und er war es. Natürlich hatte man ihn zum Patenonkel erwählt, bevor sich herausstellte, daß er scheitern würde; und auch mich, mich hat man zum Paten eines kleinen Jungen gemacht, den man jetzt, seitdem ich für schwarz gehalten werde, ängstlich von mir fernhält. Eigentlich sollte man uns dankbar sein; denn eine Familie, die keine schwarzen Schafe hat, ist keine charakteristische Familie.

Meine Freundschaft mit Onkel Otto fing früh an. Er kam oft zu uns, brachte mehr Süßigkeiten mit, als mein Vater für richtig hielt, redete, redete und landete zuletzt einen Pumpversuch.

Onkel Otto wußte Bescheid; es gab kein Gebiet, auf dem er nicht wirklich beschlagen war: Soziologie, Literatur, Musik, Architektur, alles; und wirklich: er wußte was. Sogar Fachleute unterhielten sich gern mit ihm, fanden ihn anregend, intelligent, außerordentlich nett, bis der Schock des anschließenden Pumpversuches sie ernüchterte; denn das war das Ungeheuerliche: er wütete nicht nur in der Verwandtschaft, sondern stellte seine tückischen Fallen auf, wo immer es ihm lohnenswert erschien.

Alle Leute waren der Meinung, er könne sein Wissen »versilbern« – so nannten sie es in der vorigen Generation, aber er versilberte es nicht, er versilberte die Nerven der Verwandtschaft.

Es bleibt sein Geheimnis, wie er es fertigbrachte, den Eindruck zu erwecken, daß er es an diesem Tage nicht tun würde. Aber er tat es. Regelmäßig. Unerbittlich. Ich glaube, er brachte es nicht über sich, auf eine Gelegenheit zu verzichten. Seine Reden waren so fesselnd, so erfüllt von wirklicher Leidenschaft, scharf durchdacht, glänzend witzig, vernichtend für seine Gegner, erhebend für seine Freunde, zu gut konnte er über alles sprechen, als daß man hätte glauben können, er würde ...! Aber er tat es. Er wußte, wie man Säuglinge pflegt, obwohl er nie Kinder gehabt hatte, verwickelte die Frauen in ungemein fesselnde Gespräche über Diät bei gewissen Krankheiten, schlug Pudersorten vor, schrieb Salbenrezepte auf Zettel, regelte Quantität und Qualität ihrer Trünke, ja er wußte, wie man sie hält: ein schreiendes Kind, ihm anvertraut, wurde sofort ruhig. Es ging etwas Magisches von ihm aus. Genauso gut analysierte er die Neunte Sinfonie von Beethoven, setzte juristische Schriftstücke auf, nannte die Nummer des Gesetzes, das in Frage kam, aus dem Kopf ...

Aber wo immer und worüber immer das Gespräch gewesen war, wenn das Ende nahte, der Abschied unerbittlich kam, meist in der Diele, wenn die Tür schon halb zugeschlagen war, steckte er seinen blassen Kopf mit den lebhaften, schwarzen Augen noch einmal zurück und sagte, als sei es etwas Nebensächliches, mitten in die Angst der harrenden Familie hinein, zu deren jeweiligem Oberhaupt: »Übrigens, kannst du mir nicht ...?«

Die Summen, die er forderte, schwankten zwischen einer und fünfzig Mark. Fünfzig war das allerhöchste, im Laufe der Jahrzehnte hatte sich ein ungeschriebenes Gesetz gebildet, daß er mehr niemals verlangen dürfe. »Kurzfristig!« fügte er hinzu. Kurzfristig war sein Lieblingswort. Er kam dann zurück, legte seinen Hut noch einmal auf den Garderobenständer, wickelte den Schal vom Hals und fing an zu erklären, wozu er das Geld brauche. Er hatte immer Pläne, unfehlbare Pläne. Er brauchte es nie unmittelbar für sich, sondern immer nur, um endlich seiner Existenz eine feste Grundlage zu geben. Seine Pläne schwankten zwischen einer Limonadenbude, von der er sich ständige und feste Einnahmen versprach, und der

Gründung einer politischen Partei, die Europa vor dem Untergang bewahren würde.

Die Phrase »Übrigens, kannst du mir ...« wurde zu einem Schreckenswort in unserer Familie, es gab Frauen, Tanten, Großtanten, Nichten sogar, die bei dem Wort »kurzfristig« einer Ohnmacht nahe waren.

Onkel Otto – ich nehme an, daß er vollkommen glücklich war, wenn er die Treppe hinunterraste – ging nun in die nächste Kneipe, um seine Pläne zu überlegen. Er ließ sie durch den Kopf gehen bei einem Schnaps oder drei Flaschen Wein, je nachdem, wie groß die Summe war, die er herausgeschlagen hatte.

Ich will nicht länger verschweigen, daß er trank. Er trank, doch hat ihn nie jemand betrunken gesehen. Außerdem hatte er offenbar das Bedürfnis, allein zu trinken. Ihm Alkohol anzubieten, um dem Pumpversuch zu entgehen, war vollkommen zwecklos. Ein ganzes Faß Wein hätte ihn nicht davon abgehalten, beim Abschied, in der allerletzten Minute, den Kopf noch einmal zur Tür hereinzustecken und zu fragen: »Übrigens, kannst du mir nicht kurzfristig ...?«

Aber seine schlimmste Eigenschaft habe ich bisher verschwiegen: er gab manchmal Geld zurück. Manchmal schien er irgendwie auch etwas zu verdienen; als ehemaliger Referendar machte er, glaube ich, gelegentlich Rechtsberatungen. Er kam dann an, nahm einen Schein aus der Tasche, glättete ihn mit schmerzlicher Liebe und sagte: »Du warst so freundlich, mir auszuhelfen, hier ist der Fünfer!« Er ging dann sehr schnell weg und kam nach spätestens zwei Tagen wieder, um eine Summe zu fordern, die etwas über der zurückgegebenen lag. Es bleibt sein Geheimnis, wie es ihm gelang, fast sechzig Jahre alt zu werden, ohne das zu haben, was wir einen richtigen Beruf zu nennen gewohnt sind. Und er starb keineswegs an einer Krankheit, die er sich durch seinen Trunk hätte zuziehen können. Er war kerngesund, sein Herz funktionierte fabelhaft, und sein Schlaf glich dem eines gesunden Säuglings, der sich vollgesogen hat und vollkommen ruhigen Gewissens der nächsten Mahlzeit entgegenschläft. Nein, er starb sehr plötzlich: ein Unglücksfall machte seinem Leben ein Ende, und was sich nach seinem Tode vollzog, bleibt das Geheimnisvollste an ihm.

Onkel Otto, wie gesagt, starb durch einen Unglücksfall. Er wurde von einem Lastzug mit drei Anhängern überfahren, mitten im Getriebe der Stadt, und es war ein Glück, daß ein ehrlicher Mann ihn aufhob, der Polizei übergab und die Familie verständigte. Man fand in seinen Taschen ein Portemonnaie, das eine Muttergottes-Medaille enthielt, eine Knipskarte mit zwei Fahrten und vierundzwanzigtausend Mark in bar sowie das Duplikat einer Quittung, die er dem Lotterie-Einnehmer hatte unterschreiben müssen, und er kann nicht länger als eine Minute, wahrscheinlich weniger, im Besitz des Geldes gewesen sein, denn der Lastwagen überfuhr ihn kaum fünfzig Meter vom Büro des Lotterie-Einnehmers entfernt. Was nun folgte, hatte für die Familie etwas Beschämendes. In seinem Zimmer herrschte Armut: Tisch, Stuhl, Bett und Schrank, ein paar Bücher und ein großes Notizbuch, und in diesem Notizbuch eine genaue Aufstellung aller derer, die Geld von ihm zu bekommen hatten, einschließlich der Eintragung eines Pumps vom Abend vorher, der ihm vier Mark eingebracht hatte. Außerdem ein sehr kurzes Testament, das mich zum Erben bestimmte.

Mein Vater als Testamentsvollstrecker wurde beauftragt, die schuldigen Summen auszuzahlen. Tatsächlich füllten Onkel Ottos Gläubigerlisten ein ganzes Quartheft aus, und seine erste Eintragung reichte bis in jene Jahre zurück, wo er seine Referendarlaufbahn beim Gericht abgebrochen und sich plötzlich anderen Plänen gewidmet hatte, deren Überlegung ihn soviel Zeit und soviel Geld gekostet hatte. Seine Schulden beliefen sich insgesamt auf fast fünfzehntausend Mark, die Zahl seiner Gläubiger auf über siebenhundert, angefangen von einem Straßenbahnschaffner, der ihm dreißig Pfennig für ein Umsteigebillett vorgestreckt hatte, bis zu meinem Vater, der insgesamt zweitausend Mark zurückzubekommen hatte, weil ihn anzupumpen Onkel Otto wohl am leichtesten gefallen war.

Seltsamerweise wurde ich am Tage des Begräbnisses großjährig, war also berechtigt, die Erbschaft von zehntausend Mark anzutreten, und brach sofort mein eben begonnenes Studium ab, um mich anderen Plänen zu widmen. Trotz der Tränen meiner Eltern zog ich von zu Hause fort, um in Onkel Ottos Zimmer zu ziehen, es zog mich zu sehr dorthin, und ich wohne heute noch dort, obwohl meine Haare längst angefangen haben, sich zu lichten. Das Inventar hat sich weder vermehrt noch verringert. Heute weiß ich, daß ich manches falsch anfing. Es war sinnlos, zu versuchen, Musiker zu werden, gar zu komponieren, ich habe kein Talent dazu. Heute weiß ich es, aber ich habe diese Tatsache mit einem dreijährigen vergeblichen Studium bezahlt und mit der Gewißheit, in den Ruf eines Nichtstuers zu kommen, außerdem ist die ganze Erbschaft dabei draufgegangen, aber das ist lange her.

Ich weiß die Reihenfolge meiner Pläne nicht mehr, es waren zu viele. Außerdem wurden die Fristen, die ich nötig hatte, um ihre Sinnlosigkeit einzusehen, immer kürzer. Zuletzt hielt ein Plan gerade noch drei Tage, eine Lebensdauer, die selbst für einen Plan zu kurz ist. Die Lebensdauer meiner Pläne nahm so rapid ab, daß sie zuletzt nur noch kurze, vorüberblitzende Gedanken waren, die ich nicht einmal jemand erklären konnte, weil sie mir selbst nicht klar waren. Wenn ich bedenke, daß ich mich immerhin drei Monate der Physiognomik gewidmet habe, bis ich mich zuletzt innerhalb eines einzigen Nachmittags entschloß, Maler, Gärtner, Mechaniker und Matrose zu werden, und daß ich mit dem Gedanken einschlief, ich sei zum Lehrer geboren, und aufwachte in der felsenfesten Überzeugung, die Zollkarriere sei das, wozu ich bestimmt sei . . .!

Kurz gesagt, ich hatte weder Onkel Ottos Liebenswürdigkeit noch seine relativ große Ausdauer, außerdem bin ich kein Redner, ich sitze stumm bei den Leuten, langweile sie und bringe meine Versuche, ihnen Geld abzuringen, so abrupt, mitten in ein Schweigen hinein, daß sie wie Erpressungen klingen. Nur mit Kindern werde ich gut fertig, wenigstens diese Eigenschaft scheine ich von Onkel Otto als positive geerbt zu haben. Säuglinge werden ruhig, sobald sie auf meinen Armen liegen, und wenn sie mich ansehen, lächeln sie, soweit sie überhaupt schon lächeln können, obwohl man sagt, daß mein Gesicht die Leute erschreckt. Boshafte Leute haben mir geraten, als erster männlicher Vertreter die Branche der Kindergärtner zu gründen und meine endlose Planpolitik durch die Realisierung dieses Plans zu beschließen. Aber ich tue es nicht. Ich glaube, das ist es, was uns unmöglich macht: daß wir unsere wirklichen Fähigkeiten nicht versilbern können – oder wie man jetzt sagt: gewerblich ausnutzen.

Jedenfalls eins steht fest: wenn ich ein schwarzes Schaf bin – und ich selbst bin keineswegs davon überzeugt, eines zu sein –, wenn ich es aber bin, so vertrete ich eine andere Sorte als Onkel Otto: ich habe nicht seine Leichtigkeit, nicht seinen Charme und außerdem, meine Schulden drücken mich, während sie ihn offenbar wenig beschwerten. Und ich tat etwas Entsetzliches: ich kapitulierte – ich bat um eine Stelle. Ich beschwor die Familie, mir zu helfen, mich unterzubringen, ihre Beziehungen spielen zu lassen, um mir einmal, wenigstens einmal, eine feste Bezahlung gegen eine bestimmte Leistung zu sichern. Und es gelang ihnen. Nachdem ich die Bitten losgelassen, die Beschwörungen schriftlich und mündlich formuliert hatte, dringend, flehend, war ich entsetzt, als sie ernst genommen und realisiert wurden, und tat etwas, was bisher noch kein schwarzes Schaf getan hat: ich wich nicht zurück, setzte sie nicht drauf, sondern nahm die Stelle an, die sie für mich ausfindig gemacht hatten. Ich opferte etwas, was ich nie hätte opfern sollen: meine Freiheit!

Jeden Abend, wenn ich müde nach Hause kam, ärgerte ich mich, daß wieder ein Tag meines Lebens vergangen war, der mir nur Müdigkeit eintrug, Wut und ebensoviel Geld, wie nötig war, um weiterarbeiten zu können; wenn man diese Beschäftigung Arbeit nennen kann: Rechnungen alphabetisch zu sortieren, sie zu lochen und in einen nagelneuen Ordner zu klemmen, wo sie das Schicksal, nie bezahlt zu werden, geduldig erleiden; oder Werbebriefe zu schreiben, die erfolglos in die Gegend reisen und nur eine überflüssige Last für den Briefträger sind; manchmal auch Rechnungen zu schreiben, die sogar gelegentlich bar bezahlt wurden. Verhandlungen mußte ich führen mit Reisenden, die sich vergeblich bemühten, jemand jenen Schund anzudrehen, den unser Chef herstellte. Unser Chef, dieses rastlose Rindvieh, der nie Zeit hat und nichts tut, der die wertvollen Stunden des Tages zäh zerschwätzt – tödlich sinnlose Existenz –, der sich die Höhe seiner Schulden nicht einzugestehen wagt, sich von Bluff zu Bluff durchgaunert, ein Luftballonakrobat, der den einen aufzublasen beginnt, während der andere eben platzt: übrig bleibt ein widerlicher Gummilappen, der eine Sekunde vorher noch Glanz hatte, Leben und Prallheit.

Unser Büro lag unmittelbar neben der Fabrik, wo ein Dutzend Arbeiter jene Möbel herstellten, die man kauft, um sich sein Leben lang darüber zu ärgern, wenn man sich nicht entschließt, sie nach drei Tagen zu Anmachholz zu zerschlagen: Rauchtische, Nähtische, winzige Kommoden, kunstvoll bepinselte kleine Stühle, die unter dreijährigen Kindern zusammenbrechen, kleine Gestelle für Vasen oder Blumentöpfe, schundigen Krimskrams, der sein Leben der Kunst eines Schreiners zu verdanken scheint, während in Wirklichkeit nur ein schlechter Anstreicher ihnen mit Farbe, die für Lack ausgegeben wird, eine Scheinschönheit verleiht, die die Preise rechtfertigen soll.

So verbrachte ich meine Tage einen nach dem andern – es waren fast vierzehn – im Büro dieses unintelligenten Menschen, der sich selbst ernst nahm, sich außerdem für einen Künstler hielt, denn gelegentlich – es geschah nur einmal, während ich da war – sah man ihn am Reißbrett stehen, mit Stiften und Papier hantieren und irgendein wackliges Ding entwerfen, einen Blumenständer oder eine neue Hausbar, weiteres Ärgernis für Generationen.

Die tödliche Sinnlosigkeit seiner Apparate schien ihm nicht aufzugehen. Wenn er ein solches Ding entworfen hatte – es geschah, wie gesagt, nur einmal, solange ich bei ihm war –, raste er mit seinem Wagen davon, um eine schöpferische Pause zu machen, die sich über acht Tage hinzog, während er nur eine Viertelstunde gearbeitet hatte. Die Zeichnung wurde dem Meister hingeschmissen, der sie auf seine Hobelbank legte, sie stirnrunzelnd studierte, dann die Holzbestände musterte, um die Produktion anlaufen zu lassen. Tagelang sah ich dann, wie sich hinter den verstaubten Fenstern der Werkstatt – er nannte es Fabrik – die neuen Schöpfungen türmten: Wandbretter oder Radiotischchen, die kaum den Leim wert waren, den man an sie verschwendete.

Einzig brauchbar waren die Gegenstände, die sich die Arbeiter ohne Wissen des Chefs herstellten, wenn seine Abwesenheit für einige Tage garantiert war: Fußbänkchen oder Schmuckkästen von erfreulicher Solidität und Einfachheit; die Urenkel werden auf ihnen noch reiten oder ihren Krempel darin aufbewahren: brauchbare Wäschegestelle, auf denen die Hemden mancher Generation noch flattern werden. So wurde das Tröstliche und Brauchbare illegal geschaffen.

Aber die wirklich imponierende Persönlichkeit, die mir während dieses Intermezzos beruflicher Wirksamkeit begegnete – war der Straßenbahnschaffner, der mir mit seiner Knipszange den Tag ungültig stempelte; er hob diesen winzigen Fetzen Papier, meine Wochenkarte, schob ihn in die offene Schnauze seiner Zange, und eine unsichtbar nachfließende Tinte machte zwei laufende Zentimeter darauf – einen Tag meines Lebens – hinfällig, einen wertvollen Tag, der mir nur Müdigkeit eingebracht hatte, Wut und ebensoviel Geld, wie nötig war, um weiter dieser sinnlosen Beschäftigung nachzugehen. Schicksalhafte Größe wohnte diesem Mann in der schlichten Uniform der städtischen Bahnen inne, der jeden Abend Tausende von Menschentagen für nichtig erklären konnte.

Noch heute ärgere ich mich, daß ich meinem Chef nicht kündigte, bevor ich fast gezwungen wurde, ihm zu kündigen; daß ich ihm den Kram nicht hinwarf, bevor ich fast gezwungen wurde, ihn hinzuwerfen: denn eines Tages führte mir meine Wirtin einen finster dreinblickenden Menschen ins Büro, der sich als Lotterie-Einnehmer vorstellte und mir erklärte, daß ich Besitzer eines Vermögens von 50000 DM sei, falls ich der und der sei und sich ein bestimmtes Los in meiner Hand befände. Nun, ich war der und der, und das Los befand sich in meiner Hand. Ich verließ sofort ohne Kündigung meine Stelle, nahm es auf mich, die Rechnungen ungelocht, unsortiert liegenzulassen, und es blieb mir nichts anderes übrig, als nach Hause zu gehen, das Geld zu kassieren und die Verwandtschaft durch den Geldbriefträger den neuen Stand der Dinge wissen zu lassen.

Offenbar erwartete man, daß ich bald sterben oder das Opfer eines Unglücksfalles werden würde. Aber vorläufig scheint kein Auto ausersehen, mich des Lebens zu berauben, und mein Herz ist vollkommen gesund, obwohl auch ich die Flasche nicht verschmähe. So bin ich nach Bezahlung meiner Schulden der Besitzer eines Vermögens von fast 30000 DM, steuerfrei, bin ein begehrter Onkel, der plötzlich wieder Zugang zu seinem Patenkind hat. Überhaupt, die Kinder lieben mich ja, und ich darf jetzt mit ihnen spielen, ihnen Bälle kaufen, sie zu Eis einladen, Eis mit Sahne, darf ganze riesengroße Trauben von Luftballons kaufen, Schiffschaukeln und Karusselle mit der lustigen Schar bevölkern.

Während meine Schwester ihrem Sohn, meinem Patenkind, sofort ein Los gekauft hat, beschäftige ich mich jetzt damit, zu überlegen, stundenlang zu grübeln, wer mir folgen wird in dieser Generation, die dort heranwächst; wer von diesen blühenden, spielenden, hübschen Kindern, die meine Brüder und Schwestern in die Welt gesetzt haben, wird das schwarze Schaf der nächsten Generation sein? Denn wir sind eine charakteristische Familie und bleiben es. Wer wird brav sein, bis zu jenem Punkt, wo er aufhört, brav zu sein? Wer wird sich plötzlich anderen Plänen widmen wollen, unfehlbaren, besseren? Ich möchte es wissen, ich möchte ihn warnen, denn auch wir haben unsere Erfahrungen, auch unser Beruf hat seine Spielregeln, die ich ihm mitteilen könnte, dem Nachfolger, der vorläufig noch unbekannt ist und wie der Wolf im Schafspelz in der Horde der anderen spielt ...

Aber ich habe das dunkle Gefühl, daß ich nicht mehr so lange leben werde, um ihn zu erkennen und einzuführen in die Geheimnisse; er wird auftreten, sich entpuppen, wenn ich sterbe und die Ablösung fällig wird, er wird mit erhitztem Gesicht vor seine Eltern treten und sagen, daß er es satt hat, und ich hoffe nur insgeheim, daß dann noch etwas übrig sein wird von meinem Geld, denn ich habe mein Testament verändert und habe den Rest meines Vermögens dem vermacht, der zuerst die untrüglichen Zeichen zeigt, daß er mir nachzufolgen bestimmt ist …

Hauptsache, daß er ihnen nichts schuldig bleibt.

Wir Besenbinder

Die Gutmütigkeit unseres Mathematiklehrers war ebenso groß wie sein cholerischer Drang; er pflegte in die Klasse zu stürzen – Hände in den Taschen –, seine Zigarettenstummel in den Spucknapf links neben dem Papierkorb zu rotzen, dann stürmte er den Katheder und rief meinen Namen im Zusammenhang mit irgendeiner Frage, auf die ich nie Antwort wußte, wie immer sie auch heißen mochte ...

Nachdem ich hilflos zu Ende gestammelt hatte, trat er auf mich zu, ganz langsam unter dem Gekicher der ganzen Klasse, und knuffte meinen unzählige Male gemarterten Schädel mit brutaler Gutmütigkeit, wobei er mehrmals murmelte: »Besenbinder, du, Besenbinder ...«

Es war gewissermaßen eine Zeremonie, vor der ich zitterte meine ganze Schulzeit lang, um so mehr, da meine Kenntnisse in den Wissenschaften mit den steigenden Anforderungen nicht nur nicht zu wachsen, sondern abzunehmen schienen. Aber wenn er mich gehörig geknufft hatte, ließ er mir meine Ruhe, ließ mich meinen ziellosen Träumen, denn es war hoffnungslos, vollkommen hoffnungslos, mir Mathematik beibringen zu wollen. Und ich schleppte meine Fünf all die Jahre hinter mir her wie ein Sträfling die schwere Kugel an seinen Füßen.

Das Imponierende an ihm war, daß er nie ein Buch bei sich trug, kein Heft und nicht einmal einen Zettel, sondern seine geheimen Künste aus den Ärmeln schüttelte und die ungeheuerlichsten Zeichnungen mit einer fast seiltänzerischen Sicherheit an die Tafel warf. Nur seine Kreise gelangen ihm nie. Er war zu ungeduldig. Er wickelte eine Schnur um ein ganzes Kreidestück, wählte den imaginären Mittelpunkt und raste dann so schwungvoll mit der Kreide rund, daß sie zerbrach und jämmerlich kreischend, aber flink über die Tafel hüpfte – Strich – Punkt, Punkt – Strich ... und niemals trafen Anfangs- und Ausgangspunkt zusammen, so daß ein gräßlich klaffendes Gebilde entstand, wahrlich ein unerkanntes Symbol für die schmerzlich zerrissene Schöpfung. Und dieses Geräusch der kreischenden, knirschenden, oft auch knatternden Kreide war eine weitere Qual für mein ohnehin gemartertes Hirn, und ich pflegte aus meinen Träumen zu erwachen, aufzublicken, und kaum hatte er mich dann erspäht, als er zu mir stürzte, mich bei den Ohren nahm und mir befahl, seine Kreise zu ziehen. Denn diese Kunst beherrschte ich nach einem schlummernden, mir innewohnenden Gesetz fast fehlerlos. Wie köstlich war es doch, eine halbe Sekunde mit der Kreide zu spielen. Es war wie ein kleiner Rausch, die Umwelt versank, und eine tiefe Freude erfüllte mich, die alle Qual wettmachte ... aber auch aus dieser süßen Versunkenheit wurde ich geweckt durch sein nun anerkennend brutales Reißen an meinen Haaren, und unter dem Gelächter der ganzen Klasse schlich ich wie ein geprügelter Hund auf meinen Platz zurück, nun unfähig, mich wieder in das Reich der Träume zu begeben, in endloser Qual auf das Klingelzeichen wartend ...

Längst schon waren wir groß, längst waren meine Träume schmerzlicher geworden, längst schon mußte er »Sie« sagen, »Sie, Besenbinder, Sie«, und es gab martervolle lange Monate, in denen keine Kreise zu ziehen waren, sondern ich nur vergeblich zu versuchen verpflichtet war, das spröde Gebälk algebraischer Brücken zu überklettern, und immer schleppte ich die Fünf hinter mir her, immer noch wurde die längst gewohnte Zeremonie vollführt. Doch als wir uns dann freiwillig melden mußten, um Offiziere zu werden, wurde eine schnelle Prüfung anberaumt, eine leichte Prüfung und doch eine Prüfung, und mein völlig hilfloses Gesicht vor der amtlichen Strenge des Schulrates mochte den Lehrer außergewöhnlich milde gestimmt haben, denn er sagte mir so viel und so geschickt vor, daß ich glatt bestand. Nachher aber, als die Lehrer uns zum Abschied die Hände drückten, riet er mir, keinen Gebrauch von meinen mathematischen Kenntnissen zu machen und mich keinesfalls einer technischen Truppe anzuschließen. »Infanterie«, flüsterte er mir zu, »gehen Sie zur Infanterie, dorthin gehören alle – Besenbinder...«, und zum letzten Male knuffte er andeutungsweise mit einer versteckten Zärtlichkeit meinen ohnehin trainierten Schädel...

Kaum zwei Monate später hockte ich auf dem Flugplatz von Odessa in tiefem Schlamm über meinem Tornister und sah einem wirklichen Besenbinder zu, dem ersten, den ich je sah...

Es war früh Winter geworden, und der Himmel über der nahen Stadt hing grau und trostlos zwischen den Horizonten. Düstere hohe Gebäude waren zwischen Vorstadtgärten und schwarzen Zäunen sichtbar. Dort, wo das Schwarze Meer sein mußte, war der Himmel noch dunkler, von einem fast bläulichen Schwarz, und es schien fast, als komme die Dämmerung und der Abend von Osten. Irgendwo im Hintergrund wurden die rollenden Ungeheuer vollgetankt an düsteren Schuppen, rollten langsam wieder zurück und ließen sich in schauerlicher Gemütlichkeit volladen mit Menschen, grauen, müden und verzweifelten Soldaten, in deren Augen kein anderes Gefühl mehr zu lesen war als das der Angst – denn lange schon war die Krim eingeschlossen...

Unser Zug mußte einer der letzten sein, alle schwiegen und fröstelten, trotz der langen Mäntel.

Manche aßen verzweifelt, andere rauchten entgegen dem Verbot, indem sie ihre Pfeifen mit der Handfläche bedeckten und den Rauch langsam und dünn ausstießen ...

Ich hatte Muße genug, den Besenbinder zu beobachten, der dort an einem Gartenzaun saß. Er trug eine jener abenteuerlichen Russenmützen, und in seinem bärtigen Gesicht war die kurze braune Stummelpfeife ebenso dick und lang wie die Nase. Aber Ruhe und Einfalt waren in den still arbeitenden Händen, die nach den Bündeln ginsterartigen Gestrüpps griffen, sie schnitten, mit Drähten umbanden und dann die fertigen Büschel in den Löchern des Besenhalters befestigten ...

Ich hatte mich umgewandt und lag fast bäuchlings auf meinem Tornister, und ich sah nur die riesige Silhouette dieses stillen armen Mannes, der ohne Hast und mit liebevollem Fleiß seine Besen band. Niemals in meinem Leben hab ich jemand so beneidet wie diesen Besenbinder, nicht den Primus, nicht die Mathematikleuchte Schimski, nicht den ersten Fußballspieler der Schulmannschaft, nicht einmal Hegenbach, dessen Bruder Ritterkreuzträger war; keinen von allen hatte ich je so beneidet wie diesen Besenbinder, der am Rande von Odessa saß und unbehelligt seine Pfeife rauchte.

Es war mein geheimer Wunsch, einen Blick des Mannes einzufangen, denn es dünkte mich, es müsse tröstlich sein, mitten hineinzublicken in dieses Gesicht, aber ich wurde plötzlich am Mantel hochgerissen, angeschnauzt und in die brummende Maschine gezwängt, und als wir gestartet waren und nun hochflogen über das erregende Gewirr von Gärten und Straßen und Kirchen, wäre es unmöglich gewesen, nach dem Besenbinder zu suchen.

Ich hatte mich erst auf meinen Tornister gehockt, war dann rückwärts gesunken und lauschte nun, betäubt von dem erdrückenden Schweigen der Schicksalsgenossen, den seltsam drohenden Geräuschen des fliegenden Schiffes, während mein Kopf an der metallenen Wand von den stetigen Erschütterungen zu zittern begann. In der Dunkelheit des engen Raumes war nur vorne, wo der Flugzeugführer saß, ein etwas helleres Dunkel, und dieser lichte Schein beleuchtete gespenstisch die schweigsamen und düsteren Gestalten, die links und rechts und rundherum auf ihren Tornistern hockten.

Plötzlich aber raste ein seltsames Geräusch den Himmel entlang, so wirklich und bekannt, daß ich erschrak: es war, als fahre die Hand eines großen, riesengroßen Mathematiklehrers mit einem Felsenstück von Kreide weit ausholend über die unendliche Fläche des dunklen Himmels, und das Geräusch war dem bekannten, vor zwei Monaten noch gehörten ganz gleich. Es war dieses hüpfende Knattern wie von zorniger Kreide.

Bogen um Bogen zeichnete die wilde Riesenhand

an den Himmel, aber nun war es nicht mehr nur Weiß und Dunkelgrau, sondern Rot auf Blau und Violett auf Schwarz, und die zuckenden Linien erloschen, ohne ihren Bogen zu vollenden, knatterten, kreischten auf und erstarben.

Mich quälte nicht das ängstliche und wilde Stöhnen der Schicksalsgenossen, nicht das hilflose Schreien des Leutnants, der Ruhe und Stillhalten gebot, auch nicht das qualvoll verzerrte Gesicht des Flugzeugführers. Mich quälten nur diese ewig unvollendeten Kreise, die aufflammten über dem Himmel, hastig und haßvoll wütend, und niemals, niemals zu ihrem Ausgangspunkt zurückkehrten, diese stümperisch gezogenen Kreisbogen, die niemals sich rundeten zur vollendeten Schönheit des Kreises. Sie quälten mich im Verein mit der knatternden, kreischenden, hüpfenden Wut der Riesenhand, von der ich fürchtete, beim Schopf genommen und blutig geknufft zu werden.

Und dann erschrak ich heftig: zum ersten Male offenbarte sich mir diese schleudernde Wut wirklich als Geräusch; nahe an meinem Schädel hörte ich ein seltsames Zischen wie von einer zornig niederfahrenden Hand, spürte einen feuchten heißen Schmerz, sprang auf mit einem Schrei und griff an den Himmel, wo eben wieder ein giftiggelbes rasendes Zucken aufflammte; ich hielt diese heftig ausschlagende gelbe Schlange fest, ließ sie mit der Rechten rundjagen ihren zornigen Kreis, spürend, daß es mir gelingen müsse, den Kreis zu vollenden, denn einzig dieses war die mir innewohnende Fähigkeit, zu der ich geboren war ... und ich hielt sie, führte sie, die wildausschlagende, rasende, zuckende knatternde Schlange, hielt sie fest mit heißem Atem und schmerzlich zuckendem Mund, während das feuchte Weh an meinem Schädel zu wachsen schien, und als ich Punkt zu Punkt geführt und den wunderbaren runden Bogen des Kreises mit Stolz betrachtete, füllte sich der Raum zwischen den Strichpunktlinien, und ein ungeheurer zischender Kurzschluß erfüllte den ganzen Kreis mit Licht und Feuer, bis der ganze Himmel brannte und die Welt von der jähen Wucht des stürzenden Flugzeuges entzweigeschnitten wurde. Ich sah nichts mehr außer Licht und Feuer, den verstümmelten Schwanz der Maschine, einen zerfressenen Schwanz wie ein schwarzer Stummelbesen, auf dem eine Hexe zu ihrem Sabbat reiten mochte ...

An der Brücke

Die haben mir meine Beine geflickt und haben mir einen Posten gegeben, wo ich sitzen kann: ich zähle die Leute, die über die neue Brücke gehen. Es macht ihnen ja Spaß, sich ihre Tüchtigkeit mit Zahlen zu belegen, sie berauschen sich an diesem sinnlosen Nichts aus ein paar Ziffern, und den ganzen Tag, den ganzen Tag geht mein stummer Mund wie ein Uhrwerk, indem ich Nummer auf Nummer häufe, um ihnen abends den Triumph einer Zahl zu schenken.

Ihre Gesichter strahlen, wenn ich ihnen das Ergebnis meiner Schicht mitteile, je höher die Zahl, um so mehr strahlen sie, und sie haben Grund, sich befriedigt ins Bett zu legen, denn viele Tausende gehen täglich über ihre neue Brücke ...

Aber ihre Statistik stimmt nicht. Es tut mir leid, aber sie stimmt nicht. Ich bin ein unzuverlässiger Mensch, obwohl ich es verstehe, den Eindruck von Biederkeit zu erwecken.

Insgeheim macht es mir Freude, manchmal einen zu unterschlagen und dann wieder, wenn ich Mitleid empfinde, ihnen ein paar zu schenken. Ihr Glück liegt in meiner Hand. Wenn ich wütend bin, wenn ich nichts zu rauchen habe, gebe ich nur den Durchschnitt an, manchmal unter dem Durchschnitt, und wenn mein Herz aufschlägt, wenn ich froh bin, lasse ich meine Großzügigkeit in einer fünfstelligen Zahl verströmen. Sie sind ja so glücklich! Sie reißen mir förmlich das Ergebnis jedesmal aus der Hand, und ihre Augen leuchten auf, und sie klopfen mir auf die Schulter. Sie ahnen ja nichts! Und dann fangen sie an zu multiplizieren, zu dividieren, zu prozentualisieren, ich weiß nicht was. Sie rechnen aus, wieviel heute jede Minute über die Brücke gehen und wieviel in zehn Jahren über die Brücke gegangen sein werden. Sie lieben das zweite Futur, das zweite Futur ist ihre Spezialität – und doch, es tut mir leid, daß alles nicht stimmt ...

Wenn meine kleine Geliebte über die Brücke kommt – und sie kommt zweimal am Tage –, dann bleibt mein Herz einfach stehen. Das unermüdliche Ticken meines Herzens setzt einfach aus, bis sie in die Allee eingebogen und verschwunden ist. Und alle, die in dieser Zeit passieren, verschweige ich ihnen. Diese zwei Minuten gehören mir, mir ganz allein, und ich lasse sie mir nicht nehmen. Und auch wenn sie abends wieder zurückkommt aus ihrer Eisdiele, wenn sie auf der anderen Seite des Gehsteiges meinen stummen Mund passiert, der zählen, zählen muß, dann setzt mein Herz wieder aus, und ich fange erst wieder an zu zählen, wenn sie nicht mehr zu sehen ist. Und alle, die das Glück haben, in diesen Minuten vor meinen blinden Augen zu defilieren, gehen nicht in die Ewigkeit der Statistik ein: Schattenmänner und Schattenfrauen, nichtige Wesen, die im zweiten Futur der Statistik nicht mitmarschieren werden ...

Es ist klar, daß ich sie liebe. Aber sie weiß nichts davon, und ich möchte auch nicht, daß sie es erfährt. Sie soll nicht ahnen, auf welche ungeheure Weise sie alle Berechnungen über den Haufen wirft, und ahnungslos und unschuldig soll sie mit ihren langen braunen Haaren und den zarten Füßen in ihre Eisdiele marschieren, und sie soll viel Trinkgeld bekommen. Ich liebe sie. Es ist ganz klar, daß ich sie liebe.

Neulich haben sie mich kontrolliert. Der Kumpel, der auf der anderen Seite sitzt und die Autos zählen muß, hat mich früh genug gewarnt, und ich habe höllisch aufgepaßt. Ich habe gezählt wie verrückt, ein Kilometerzähler kann nicht besser zählen. Der Oberstatistiker selbst hat sich drüben auf die andere Seite gestellt und hat später das Ergebnis einer Stunde mit meinem Stundenplan verglichen. Ich hatte nur einen weniger als er. Meine kleine Geliebte war vorbeigekommen, und niemals im Leben werde ich dieses hübsche Kind ins zweite Futur transponieren lassen, diese meine kleine Geliebte soll nicht multipliziert und dividiert und in ein prozentuales Nichts verwandelt werden. Mein Herz hat mir geblutet, daß ich zählen mußte, ohne ihr nachsehen zu können, und dem Kumpel drüben, der die Autos zählen muß, bin ich sehr dankbar gewesen. Es ging ja glatt um meine Existenz.

Der Oberstatistiker hat mir auf die Schulter geklopft und hat gesagt, daß ich gut bin, zuverlässig und treu. »Eins in der Stunde verzählt«, hat er gesagt, »macht nicht viel. Wir zählen sowieso einen gewissen prozentualen Verschleiß hinzu. Ich werde beantragen, daß Sie zu den Pferdewagen versetzt werden.«

Pferdewagen ist natürlich die Masche. Pferdewagen ist ein Lenz wie nie zuvor. Pferdewagen gibt es höchstens fünfundzwanzig am Tage, und alle halbe Stunde einmal in seinem Gehirn die nächste Nummer fallen zu lassen, das ist ein Lenz!

Pferdewagen wäre herrlich. Zwischen vier und acht dürfen überhaupt keine Pferdewagen über die Brücke, und ich könnte spazierengehen oder in die Eisdiele, könnte sie mir lange anschauen oder sie vielleicht ein Stück nach Hause bringen, meine kleine ungezählte Geliebte ...

Wanderer, kommst du nach Spa ...

Als der Wagen hielt, brummte der Motor noch eine Weile; draußen wurde irgendwo ein großes Tor aufgerissen. Licht fiel durch das zertrümmerte Fenster in das Innere des Wagens, und ich sah jetzt, daß auch die Glühbirne oben an der Decke zerfetzt war; nur ihr Gewinde stak noch in der Schrauböffnung, ein paar flimmernde Drähtchen mit Glasresten. Dann hörte der Motor auf zu brummen, und draußen schrie eine Stimme: »Die Toten hierhin, habt ihr Tote dabei?«

»Verflucht«, rief der Fahrer zurück, »verdunkelt ihr schon nicht mehr?«

»Da nützt kein Verdunkeln mehr, wenn die ganze Stadt wie eine Fackel brennt«, schrie die fremde Stimme. »Ob ihr Tote habt, habe ich gefragt?«

»Weiß nicht.«

»Die Toten hierhin, hörst du? Und die anderen die Treppe hinauf in den Zeichensaal, verstehst du?«

»Ja, ja.«

Aber ich war noch nicht tot, ich gehörte zu den anderen, und sie trugen mich die Treppe hinauf. Erst ging es in einen langen, schwach beleuchteten Flur, dessen Wände mit grüner Ölfarbe gestrichen waren; krumme, schwarze, altmodische Kleiderhaken waren in die Wände eingelassen, und da waren Türen mit Emailleschildchen: VIa und VIb, und zwischen diesen Türen hing, sanftglänzend unter Glas in einem schwarzen Rahmen, die Medea von Feuerbach und blickte in die Ferne; dann kamen Türen mit Va und Vb, und dazwischen hing ein Bild des Dornausziehers, eine wunderbare rötlich schimmernde Fotografie in braunem Rahmen.

Auch die große Säule in der Mitte vor dem Treppenaufgang war da, und hinter ihr, lang und schmal, wunderbar gemacht, eine Nachbildung des Parthenonfrieses in Gips, gelblich schimmernd, echt, antik, und alles kam, wie es kommen mußte: der griechische Hoplit, bunt und gefährlich, wie ein Hahn sah er aus, gefiedert, und im Treppenhaus selbst, auf der Wand, die hier mit gelber Ölfarbe gestrichen war, da hingen sie alle der Reihe nach: vom Großen Kurfürsten bis Hitler...

Und dort, in dem schmalen kleinen Gang, wo ich endlich wieder für ein paar Schritte gerade auf meiner Bahre lag, da war das besonders schöne, besonders große, besonders bunte Bild des Alten Fritzen mit der himmelblauen Uniform, den strahlenden Augen und dem großen, golden glänzenden Stern auf der Brust.

Wieder lag ich dann schief auf der Bahre und wurde vorbeigetragen an den Rassegesichtern: da war der nordische Kapitän mit dem Adlerblick und dem dummen Mund, die westische Moselanerin, ein bißchen hager und scharf, der ostische Grinser mit der Zwiebelnase und das lange adamsapfelige Bergfilmprofil; und dann kam wieder ein Flur, wieder lag ich für ein paar Schritte gerade auf meiner Bahre, und bevor die Träger in die zweite Treppe hineinschwenkten, sah ich es noch eben: das Kriegerdenkmal mit dem großen, goldenen Eisernen Kreuz obendrauf und dem steinernen Lorbeerkranz.

Das ging alles sehr schnell: ich bin nicht schwer, und die Träger rasten. Immerhin: alles konnte auch Täuschung sein; ich hatte hohes Fieber, hatte überall Schmerzen. Im Kopf, in den Armen und Beinen, und mein Herz schlug wie verrückt; was sieht man nicht alles im Fieber!

Aber als wir an den Rassegesichtern vorbei waren, kam alles andere: die drei Büsten von Cäsar, Cicero, Marc Aurel, brav nebeneinander, wunderbar nachgemacht, ganz gelb und echt, antik und würdig standen sie an der Wand, und auch die Hermessäule kam, als wir um die Ecke schwenkten, und ganz hinten im Flur – der Flur war hier rosenrot gestrichen – ganz, ganz hinten im Flur hing die große Zeusfratze über dem Eingang zum Zeichensaal; doch die Zeusfratze war noch weit. Rechts sah ich durch das Fenster den Feuerschein, der ganze Himmel war rot, und schwarze, dicke Wolken von Qualm zogen feierlich vorüber...

Und wieder mußte ich links sehen, und wieder sah ich Schildchen über den Türen O I a und O I b, und zwischen den bräunlichen muffigen Türen sah ich nur Nietzsches Schnurrbart und seine Nasenspitze in einem goldenen Rahmen, denn sie hatten die andere Hälfte des Bildes mit einem Zettel überklebt, auf dem zu lesen war: »Leichte Chirurgie« ...

Wenn jetzt, dachte ich flüchtig ... wenn jetzt ... aber da war es schon: das Bild von Togo, bunt und groß, flach wie ein alter Stich, ein prachtvoller Druck, und vorne, vor den Kolonialhäusern, vor den Negern und dem Soldaten, der da sinnlos mit seinem Gewehr herumstand, vor allem war das große, ganz naturgetreu abgebildete Bündel Bananen: links ein Bündel, rechts ein Bündel, und auf der mittleren Banane im rechten Bündel, da war etwas hingekritzelt, ich sah es; ich selbst mußte es hingeschrieben haben ...

Aber nun wurde die Tür zum Zeichensaal aufgerissen, und ich schwebte unter der Zeusbüste hinein und schloß die Augen. Ich wollte nichts mehr sehen. Der Zeichensaal roch nach Jod, Scheiße, Mull und Tabak, und es war laut. Sie setzten mich ab, und ich sagte zu den Trägern: »Steck mir 'ne Zigarette in den Mund, links oben in der Tasche.«

Ich spürte, wie einer mir an der Tasche herumfummelte, dann zischte ein Streichholz, und ich hatte die brennende Zigarette im Mund. Ich zog daran. »Danke«, sagte ich.

Alles das, dachte ich, ist kein Beweis. Letzten Endes gibt es in jedem Gymnasium einen Zeichensaal, Gänge, in denen krumme, alte Kleiderhaken in grün- und gelbgestrichene Wände eingelassen sind; letzten Endes ist es kein Beweis, daß ich in meiner Schule bin, wenn die Medea zwischen VI a und VI b hängt und Nietzsches Schnurrbart zwischen O I a und O I b. Gewiß gibt es eine Vorschrift, die besagt, daß er da hängen muß. Hausordnung für humanistische Gymnasien in Preußen: Medea zwischen VI a und VI b, Dornauszieher dort, Cäsar, Marc Aurel und Cicero im Flur und Nietzsche oben, wo sie schon Philosophie lernen. Parthenonfries, ein buntes Bild von Togo. Dornauszieher und Parthenonfries sind schließlich gute, alte, generationenlang bewährte Schulrequisiten, und gewiß bin ich nicht der einzige, der den Einfall gehabt hat, auf eine Banane zu schreiben: Es lebe Togo. Auch die Witze, die sie in den Schulen machen, sind immer dieselben. Und außerdem besteht die Möglichkeit, daß ich Fieber habe, daß ich träume.

Schmerzen hatte ich jetzt nicht mehr. Im Auto war es noch schlimm gewesen; wenn sie durch die kleinen Schlaglöcher fuhren, schrie ich jedesmal; da waren die großen Trichter schon besser: das Auto hob und senkte sich wie ein Schiff in einem Wellental. Aber jetzt schien die Spritze schon zu wirken, die sie mir irgendwo im Dunkeln in den

Arm gehauen hatten: ich hatte gespürt, wie die Nadel sich durch die Haut bohrte und wie es unten am Bein ganz heiß wurde.

Es kann ja nicht wahr sein, dachte ich, so viele Kilometer kann das Auto ja gar nicht gefahren sein: fast dreißig. Und außerdem: du spürst nichts; kein Gefühl sagt es dir, nur die Augen; kein Gefühl sagt dir, daß du in deiner Schule bist, in deiner Schule, die du vor drei Monaten erst verlassen hast. Acht Jahre sind keine Kleinigkeit, solltest du nach acht Jahren das alles nur mit den Augen erkennen?

Hinter meinen geschlossenen Lidern sah ich alles noch einmal, wie ein Film lief es ab: unterer Flur, grün gestrichen, Treppe rauf, gelb gestrichen, Kriegerdenkmal, Flur, Treppe rauf, Cäsar, Cicero, Marc Aurel... Hermes, Nietzscheschnurrbart, Togo, Zeusfratze...

Ich spuckte meine Zigarette aus und schrie; es war immer gut, zu schreien; man mußte nur laut schreien; schreien war herrlich; ich schrie wie verrückt. Als sich jemand über mich beugte, machte ich immer noch nicht die Augen auf; ich spürte einen fremden Atem, warm und widerlich roch er nach Tabak und Zwiebeln, und eine Stimme fragte ruhig: »Was ist denn?«

»Was zu trinken«, sagte ich, »und noch 'ne Zigarette, die Tasche oben.«

Wieder fummelte einer an meiner Tasche herum, wieder zischte ein Streichholz, und jemand steckte mir 'ne brennende Zigarette in den Mund.

»Wo sind wir?« fragte ich.

»In Bendorf.«

»Danke«, sagte ich und zog.

Immerhin schien ich wirklich in Bendorf zu sein, zu Hause also, und wenn ich nicht außergewöhnlich hohes Fieber hatte, stand wohl fest, daß ich in einem humanistischen Gymnasium war: eine Schule war es bestimmt. Hatte die Stimme unten nicht geschrien: »Die anderen in den Zeichensaal!«? Ich war ein anderer, ich lebte; die lebten, waren offenbar die anderen. Der Zeichensaal war also da, und wenn ich richtig hörte, warum sollte ich nicht richtig sehen, und dann stimmte es wohl auch, daß ich Cäsar, Cicero und Marc Aurel erkannt hatte, und das konnte nur in einem humanistischen Gymnasium sein; ich glaube nicht, daß sie diese Kerle in den anderen Schulen auf den Fluren an die Wand stellen.

Endlich brachte er mir Wasser: wieder roch ich den Tabak- und Zwiebelatem aus seinem Gesicht, und ich machte, ohne es zu wollen, die Augen auf: da war ein müdes, altes, unrasiertes Gesicht über einer Feuerwehruniform, und eine alte Stimme sagte leise: »Trink, Kamerad!«

Ich trank; es war Wasser, aber Wasser ist herrlich; ich spürte den metallenen Geschmack des Kochgeschirrs auf meinen Lippen, und es war schön zu spüren, welch eine Menge Wasser noch nachdrängte, aber der Feuerwehrmann riß mir das Kochgeschirr von den Lippen und ging: ich schrie, aber er wandte sich nicht um, zuckte nur müde die Schultern und ging weiter; einer, der neben mir lag, sagte ruhig: »Hat gar keinen Zweck zu brüllen, sie haben nicht mehr Wasser; die Stadt brennt, du siehst es doch.«

Ich sah es durch die Verdunkelung hindurch, es glühte und wummerte hinter den schwarzen Vorhängen, Rot hinter Schwarz, wie in einem Ofen, auf den man neue Kohlen geschüttet hat. Ich sah es: ja, die Stadt brannte.

»Wie heißt die Stadt?« fragte ich den, der neben mir lag.

»Bendorf«, sagte er.

»Danke.«

Ich blickte ganz gerade vor mich hin auf die Fensterreihe und manchmal zur Decke. Die Decke war noch tadellos, weiß und glatt, mit einem schmalen klassizistischen Stuckrand; aber sie haben doch in allen Schulen klassizistische Stuckränder an den Decken in den Zeichensälen, wenigstens in den guten, alten humanistischen Gymnasien. Das ist doch klar.

Ich mußte mir jetzt zugestehen, daß ich im Zeichensaal eines humanistischen Gymnasiums in Bendorf lag. Bendorf hat drei humanistische Gymnasien: die Schule »Friedrich der Große«, die Albertus-Schule und – vielleicht brauche ich es nicht zu erwähnen – aber die letzte, die dritte war die Adolf-Hitler-Schule. Hing nicht in der Schule »Friedrich der Große« das Bild des Alten Fritz besonders bunt, besonders schön, besonders groß im Treppenhaus? Ich war auf dieser Schule gewesen, acht Jahre lang, aber warum konnte nicht in den anderen Schulen dieses Bild genauso an derselben Stelle hängen, so deutlich und auffallend, daß es den Blick fangen mußte, wenn man die erste Treppe hinaufstieg?

Draußen hörte ich jetzt die schwere Artillerie schießen. Sonst war es fast ruhig; nur manchmal drang das Fressen der Flammen durch, und im Dunkeln stürzte irgendwo ein Giebel ein. Die Artillerie schoß ruhig und regelmäßig, und ich dachte: Gute Artillerie! Ich weiß, das ist gemein, aber ich dachte es. Mein Gott, wie beruhigend war die Artillerie, wie gemütlich: dunkel und rauh, ein sanftes, fast feines Orgeln. Irgendwie vornehm. Ich finde, die Artillerie hat etwas Vornehmes, auch wenn sie schießt. Es hört sich so anständig an, richtig nach Krieg in den Bilderbüchern ... Dann dachte ich daran, wieviel Namen wohl auf dem Kriegerdenkmal stehen würden, wenn sie es wieder einweihten, mit einem noch größeren goldenen Eisernen Kreuz darauf und einem noch größeren steinernen Lorbeerkranz, und plötzlich wußte ich es: wenn ich wirklich in meiner alten Schule war, würde mein Name auch darauf stehen, eingehauen in Stein, und im Schulkalender würde hinter meinem Namen stehen – »zog von der Schule ins Feld und fiel für ...«

Aber ich wußte noch nicht wofür und wußte noch nicht, ob ich in meiner alten Schule war. Ich wollte es jetzt unbedingt herauskriegen. Am Kriegerdenkmal war auch nichts Besonderes gewesen, nichts Auffallendes, es war wie überall, es war ein Konfektionskriegerdenkmal, ja, sie bekamen sie aus irgendeiner Zentrale ...

Ich sah mir den Zeichensaal an, aber die Bilder hatten sie abgehängt, und was ist schon an ein paar Bänken zu sehen, die in einer Ecke gestapelt sind, und an den Fenstern, schmal und hoch, viele nebeneinander, damit viel Licht hereinfällt, wie es sich für einen Zeichensaal gehört? Mein Herz sagte mir nichts. Hätte es nicht etwas gesagt, wenn ich in dieser Bude gewesen wäre, wo ich acht Jahre lang Vasen gezeichnet und Schriftzeichen geübt hatte, schlanke, feine, wunderbar nachgemachte römische Glasvasen, die der Zeichenlehrer vorne auf einen Ständer setzte, und Schriften aller Art, Rundschrift, Antiqua, Römisch, Italienne? Ich hatte diese Stunden gehaßt wie nichts in der ganzen Schule, ich hatte die Langeweile gefressen stundenlang, und niemals hatte ich Vasen zeichnen können oder Schriftzeichen malen. Aber wo waren meine Flüche, wo war mein Haß angesichts dieser dumpfgetönten, langweiligen Wände? Nichts sprach in mir, und ich schüttelte stumm den Kopf.

Immer wieder hatte ich radiert, den Bleistift gespitzt, radiert ... nichts ...

Ich wußte nicht genau, wie ich verwundet war; ich wußte nur, daß ich meine Arme nicht bewegen konnte und das rechte Bein nicht, nur das linke ein bißchen; ich dachte, sie hätten mir die Arme an den Leib gewickelt, so fest, daß ich sie nicht bewegen konnte.

Ich spuckte die zweite Zigarette in den Gang zwischen den Strohsäcken und versuchte, meine Arme zu bewegen, aber es tat so weh, daß ich schreien mußte; ich schrie weiter; es war immer wieder schön, zu schreien; ich hatte auch Wut, weil ich die Arme nicht bewegen konnte.

Dann stand der Arzt vor mir; er hatte die Brille abgenommen und blinzelte mich an; er sagte nichts; hinter ihm stand der Feuerwehrmann, der mir das Wasser gegeben hatte. Er flüsterte dem Arzt etwas ins Ohr, und der Arzt setzte die Brille auf: deutlich sah ich seine großen grauen Augen mit den leise zitternden Pupillen hinter den dicken Brillengläsern. Er sah mich lange an, so lange, daß ich wegsehen mußte, und er sagte leise: »Augenblick, Sie sind gleich an der Reihe ...«

Dann hoben sie den auf, der neben mir lag, und trugen ihn hinter die Tafel; ich blickte ihnen nach: sie hatten die Tafel auseinandergezogen und quer gestellt und die Lücke zwischen Wand und Tafel mit einem Bettuch zugehängt; dahinter brannte grelles Licht ...

Nichts war zu hören, bis das Tuch wieder beiseite geschlagen und der, der neben mir gelegen hatte, hinausgetragen wurde; mit müden, gleichgültigen Gesichtern schleppten die Träger ihn zur Tür.

Ich schloß wieder die Augen und dachte, du mußt doch herauskriegen, was du für eine Verwundung hast und ob du in deiner alten Schule bist.

Mir kam das alles so kalt und gleichgültig vor, als hätten sie mich durch das Museum einer Totenstadt getragen, durch eine Welt, die mir ebenso gleichgültig wie fremd war, obwohl meine Augen sie erkannten, nur meine Augen; es konnte doch nicht wahr sein, daß ich vor drei Monaten noch hier gesessen, Vasen gezeichnet und Schriften gemalt hatte, daß ich in den Pausen hinuntergegangen war mit meinem Marmeladenbutterbrot, vorbei an Nietzsche, Hermes, Togo, Cäsar, Cicero, Marc Aurel, ganz langsam bis in den Flur unten, wo die Medea hing, dann zum Hausmeister, zu Birgeler, um Milch zu trinken, Milch in diesem dämmerigen kleinen Stübchen, wo man es auch riskieren konnte, eine Zigarette zu rauchen, obwohl es verboten war. Sicher trugen sie den, der neben mir gelegen hatte, unten hin, wo die Toten lagen, vielleicht lagen die Toten in Birgelers grauem kleinem Stübchen, wo es nach warmer Milch roch, nach Staub und Birgelers schlechtem Tabak …

Endlich kamen die Träger wieder herein, und jetzt hoben sie mich auf und trugen mich hinter die Tafel. Ich schwebte wieder, jetzt an der Tür vorbei, und im Vorbeischweben sah ich, daß auch das stimmte: über der Tür hatte einmal ein Kreuz gehangen, als die Schule noch Thomas-Schule hieß, und damals hatten sie das Kreuz weggemacht, aber da blieb ein frischer dunkelgelber Fleck an der Wand, kreuzförmig, hart und klar, der fast noch deutlicher zu sehen war als das alte, schwache, kleine Kreuz selbst, das sie abgehängt hatten; sauber und schön blieb das Kreuzzeichen auf der verschossenen Tünche der Wand. Damals hatten sie aus Wut die ganze Wand neu gepinselt, aber es hatte nichts genützt; der Anstreicher hatte den Ton nicht richtig getroffen: das Kreuz blieb da, bräunlich und deutlich, aber die ganze Wand war rosa. Sie hatten geschimpft, aber es hatte nichts genützt: das Kreuz blieb da, braun und deutlich auf dem Rosa der Wand, und ich glaube, ihr Etat für Farbe war erschöpft und sie konnten nichts machen. Das Kreuz war noch da, und wenn man genau hinsah, konnte man sogar noch eine deutliche Schrägspur über dem rechten Balken sehen, wo jahrelang der Buchsbaumzweig gehangen hatte, den der Hausmeister Birgeler dorthinter klemmte, als es noch erlaubt war, Kreuze in die Schulen zu hängen ...

Das alles fiel mir in der kleinen Sekunde ein, als ich an der Tür vorbeigetragen wurde hinter die Tafel, wo das grelle Licht brannte.

Ich lag auf dem Operationstisch und sah mich selbst ganz deutlich, aber sehr klein, zusammengeschrumpft, oben in dem klaren Glas der Glühbirne, winzig und weiß, ein schmales, mullfarbenes Paketchen wie ein außergewöhnlich subtiler Embryo: das war also ich da oben.

Der Arzt drehte mir den Rücken zu und stand an einem Tisch, wo er in Instrumenten herumkramte; breit und alt stand der Feuerwehrmann vor der Tafel und lächelte mich an; er lächelte müde und traurig, und sein bärtiges, schmutziges Gesicht war wie das Gesicht eines Schlafenden; an seiner Schulter vorbei auf der schmierigen Rückseite der Tafel sah ich etwas, was mich zum ersten Male, seitdem ich in diesem Totenhaus war, mein Herz spüren machte: irgendwo in einer geheimen Kammer meines Herzens erschrak ich tief und schrecklich, und es fing heftig an zu schlagen: da war meine Handschrift an der Tafel. Oben in der obersten Zeile. Ich kenne meine Handschrift: es ist schlimmer, als wenn man sich im Spiegel sieht, viel deutlicher, und ich hatte keine Möglichkeit, die Identität meiner Handschrift zu bezweifeln. Alles andere war kein Beweis gewesen, weder Medea noch Nietzsche, nicht das dinarische Bergfilmprofil noch die Banane aus Togo, und nicht einmal das Kreuzzeichen über der Tür: das alles war in allen Schulen dasselbe, aber ich glaube nicht, daß sie in anderen Schulen mit meiner Handschrift an die Tafeln schreiben. Da stand er noch, der Spruch, den wir damals hatten schreiben müssen, in diesem verzweifelten Leben, das erst drei Monate zurücklag: Wanderer, kommst du nach Spa ...

Oh, ich weiß, die Tafel war zu kurz gewesen, und der Zeichenlehrer hatte geschimpft, daß ich nicht richtig eingeteilt hatte, die Schrift zu groß gewählt, und er selbst hatte es kopfschüttelnd in der gleichen Größe darunter geschrieben: Wanderer, kommst du nach Spa ...

Siebenmal stand es da: in meiner Schrift, in Antiqua, Fraktur, Kursiv, Römisch, Italienne und Rundschrift; siebenmal deutlich und unerbittlich: Wanderer, kommst du nach Spa ...

Der Feuerwehrmann war jetzt auf einen leisen Ruf des Arztes hin beiseite getreten, so sah ich den ganzen Spruch, der nur ein bißchen verstümmelt war, weil ich die Schrift zu groß gewählt hatte, der Punkte zu viele.

Ich zuckte hoch, als ich einen Stich in den linken Oberschenkel spürte, ich wollte mich aufstützen, aber ich konnte es nicht: ich blickte an mir herab, und nun sah ich es: sie hatten mich ausgewickelt, und ich hatte keine Arme mehr, auch kein rechtes Bein mehr, und ich fiel ganz plötzlich nach hinten, weil ich mich nicht aufstützen konnte; ich schrie; der Arzt und der Feuerwehrmann blickten mich entsetzt an, aber der Arzt zuckte nur die Schultern und drückte weiter auf den Kolben seiner Spritze, der langsam und ruhig nach unten sank; ich wollte wieder auf die Tafel blicken, aber der Feuerwehrmann stand nun ganz nah neben mir und verdeckte sie; er hielt mich an den Schultern fest, und ich roch nur noch den brandigen, schmutzigen Geruch seiner verschmierten Uniform, sah nur sein müdes, trauriges Gesicht, und nun erkannte ich ihn: es war Birgeler.

»Milch«, sagte ich leise ...

Nicht nur zur Weihnachtszeit

I

In unserer Verwandtschaft machen sich Verfallserscheinungen bemerkbar, die man eine Zeitlang stillschweigend zu übergehen sich bemühte, deren Gefahr ins Auge zu blicken man nun aber entschlossen ist. Noch wage ich nicht, das Wort Zusammenbruch anzuwenden, aber die beunruhigenden Tatsachen häufen sich derart, daß sie eine Gefahr bedeuten und mich zwingen, von Dingen zu berichten, die den Ohren der Zeitgenossen zwar befremdlich klingen werden, deren Realität aber niemand bestreiten kann. Schimmelpilze der Zersetzung haben sich unter der ebenso dicken wie harten Kruste der Anständigkeit eingenistet, Kolonien tödlicher Schmarotzer, die das Ende der Unbescholtenheit einer ganzen Sippe ankündigen. Heute müssen wir es bedauern, die Stimme unseres Vetters Franz überhört zu haben, der schon früh begann, auf die schrecklichen Folgen aufmerksam zu machen, die ein »an sich« harmloses Ereignis haben werde. Dieses Ereignis selbst war so geringfügig, daß uns das Ausmaß der Folgen nun erschreckt. Franz hat schon früh gewarnt. Leider genoß er zu wenig Reputation. Er hat einen Beruf erwählt, der in unserer gesamten Verwandtschaft bisher nicht vorgekommen ist, auch nicht hätte vorkommen dürfen: er ist Boxer geworden. Schon in seiner Jugend schwermütig und von einer Frömmigkeit, die immer als »inbrünstiges Getue« bezeichnet wurde, ging er früh auf Bahnen, die meinem Onkel Franz – diesem herzensguten Menschen – Kummer bereiteten. Er liebte es, sich der Schulpflicht in einem Ausmaß zu entziehen, das nicht mehr als normal bezeichnet werden kann. Er traf sich mit fragwürdigen Kumpanen in abgelegenen Parks und dichten Gebüschen vorstädtischen Charakters. Dort übten sie die harten Regeln des Faustkampfes, ohne sich bekümmert darum zu zeigen, daß das humanistische Erbe vernachlässigt wurde. Diese Burschen zeigten schon früh die Untugenden ihrer Generation, von der sich ja inzwischen herausgestellt hat, daß sie nichts taugt. Die erregenden Geisteskämpfe früherer Jahrhunderte interessierten sie nicht, zu sehr waren sie mit den fragwürdigen Aufregungen ihres eigenen Jahrhunderts beschäftigt. Zunächst schien mir, Franzens Frömmigkeit stehe im Gegensatz zu diesen regelmäßigen Übungen in passiver und aktiver Brutalität. Doch heute beginne ich manches zu ahnen. Ich werde darauf zurückkommen müssen.

Franz also war es, der schon frühzeitig warnte, der sich von der Teilnahme an gewissen Feiern ausschloß, das Ganze als Getue und Unfug bezeichnete, sich vor allem später weigerte, an Maßnahmen teilzunehmen, die zur Erhaltung dessen, was er Unfug nannte, sich als erforderlich erwiesen. Doch – wie gesagt – besaß er zu wenig Reputation, um in der Verwandtschaft Gehör zu finden.

Jetzt allerdings sind die Dinge in einer Weise ins Kraut geschossen, daß wir ratlos dastehen, nicht wissend, wie wir ihnen Einhalt gebieten sollen.

Franz ist längst ein berühmter Faustkämpfer geworden, doch weist er heute das Lob, das ihm in der Familie gespendet wird, mit derselben Gleichgültigkeit zurück, mit der er sich damals jede Kritik verbat.

Sein Bruder aber – mein Vetter Johannes –, ein Mensch, für den ich jederzeit meine Hand ins Feuer gelegt hätte, dieser erfolgreiche Rechtsanwalt, Lieblingssohn meines Onkels – Johannes soll sich der kommunistischen Partei genähert haben, ein Gerücht, das zu glauben ich mich hartnäckig weigere. Meine Kusine Lucie, bisher eine normale Frau, soll sich nächtlicherweise in anrüchigen Lokalen, von ihrem hilflosen Gatten begleitet, Tänzen hingeben, für die ich kein anderes Beiwort als existentialistisch finden kann, Onkel Franz selbst, dieser herzensgute Mensch, soll geäußert haben, er sei lebensmüde, er, der in der gesamten Verwandtschaft als ein Muster an Vitalität galt und als ein Vorbild dessen, was man uns einen christlichen Kaufmann zu nennen gelehrt hat.

Arztrechnungen häufen sich, Psychiater, Seelentestler werden einberufen. Einzig meine Tante Milla, die als Urheberin all dieser Erscheinungen bezeichnet werden muß, erfreut sich bester Gesundheit, lächelt, ist wohl und heiter, wie sie es fast immer war. Ihre Frische und Munterkeit beginnen jetzt langsam uns aufzuregen, nachdem uns ihr Wohlergehen lange Zeit so sehr am Herzen lag. Denn es gab eine Krise in ihrem Leben, die bedenklich zu werden drohte. Gerade darauf muß ich näher eingehen.

2

Es ist einfach, rückwirkend den Herd einer beunruhigenden Entwicklung auszumachen – und merkwürdig, erst jetzt, wo ich es nüchtern betrachte, kommen mir die Dinge, die sich seit fast zwei Jahren bei unseren Verwandten begeben, außergewöhnlich vor.

Wir hätten früher auf die Idee kommen können, es stimme etwas nicht. Tatsächlich, es stimmt etwas nicht, und wenn überhaupt jemals irgend etwas gestimmt hat – ich zweifle daran –, hier gehen Dinge vor sich, die mich mit Entsetzen erfüllen. Tante Milla war in der ganzen Familie von jeher wegen ihrer Vorliebe für die Ausschmückung des Weihnachtsbaumes bekannt, eine harmlose, wenn auch spezielle Schwäche, die in unserem Vaterland ziemlich verbreitet ist. Ihre Schwäche wurde allgemein belächelt, und der Widerstand, den Franz von frühester Jugend an gegen diesen »Rummel« an den Tag legte, war immer Gegenstand heftigster Entrüstung, zumal Franz ja sowieso eine beunruhigende Erscheinung war. Er weigerte sich, an der Ausschmückung des Baumes teilzunehmen. Das alles verlief bis zu einem gewissen Zeitpunkt normal. Meine Tante hatte sich daran gewöhnt, daß Franz den Vorbereitungen in der Adventszeit fernblieb, auch der eigentlichen Feier, und erst zum Essen erschien. Man sprach nicht einmal mehr darüber.

Auf die Gefahr hin, mich unbeliebt zu machen, muß ich hier eine Tatsache erwähnen, zu deren Verteidigung ich nur sagen kann, daß sie wirklich eine ist. In den Jahren 1939 bis 1945 hatten wir Krieg. Im Krieg wird gesungen, geschossen, geredet, gekämpft, gehungert und gestorben – und es werden Bomben geschmissen – lauter unerfreuliche Dinge, mit deren Erwähnung ich meine Zeitgenossen in keiner Weise langweilen will. Ich muß sie nur erwähnen, weil der Krieg Einfluß auf die Geschichte hatte, die ich erzählen will. Denn der Krieg wurde von meiner Tante Milla nur registriert als eine Macht, die schon Weihnachten 1939 anfing, ihren Weihnachtsbaum zu gefährden. Allerdings war ihr Weihnachtsbaum von einer besonderen Sensibilität.

Die Hauptattraktion am Weihnachtsbaum meiner Tante Milla waren gläserne Zwerge, die in ihren hocherhobenen Armen einen Korkhammer hielten und zu deren Füßen glockenförmige Ambosse hingen. Unter den Fußsohlen der Zwerge waren Kerzen befestigt, und wenn ein gewisser Wärmegrad erreicht war, geriet ein verborgener Mechanismus in Bewegung, eine hektische Unruhe teilte sich den Zwergenarmen mit, sie schlugen wie irr mit ihren Korkhämmern auf die glockenförmigen Ambosse und riefen so, ein Dutzend an der Zahl, ein konzertantes, elfenhaft feines Gebimmel hervor. Und an der Spitze des Tannenbaumes hing ein silbrig gekleideter rotwangiger Engel, der in bestimmten Abständen seine Lippen voneinander hob und »Frieden« flüsterte, »Frieden«. Das mechanische Geheimnis dieses Engels ist, konsequent gehütet, mir später erst bekannt geworden, obwohl ich damals fast wöchentlich Gelegenheit hatte, ihn zu bewundern. Außerdem gab es am Tannenbaum meiner Tante natürlich Zuckerkringel, Gebäck, Engelhaar, Marzipanfiguren und – nicht zu vergessen – Lametta, und ich weiß noch, daß die sachgemäße Anbringung des vielfältigen Schmuckes erhebliche Mühe kostete, die Beteiligung aller erforderte und die ganze Familie am Weihnachtsabend vor Nervosität keinen Appetit hatte, die Stimmung dann – wie man so sagt – einfach gräßlich war, ausgenommen bei meinem

Vetter Franz, der an diesen Vorbereitungen ja nicht teilgenommen hatte und sich als einziger Braten und Spargel, Sahne und Eis schmecken ließ. Kamen wir dann am zweiten Weihnachtstag zu Besuch und wagten die kühne Vermutung, das Geheimnis des sprechenden Engels beruhe auf dem gleichen Mechanismus, der gewisse Puppen veranlaßt, »Mama« oder »Papa« zu sagen, so ernteten wir nur höhnisches Gelächter. Nun wird man sich denken können, daß in der Nähe fallende Bomben einen solch sensiblen Baum aufs höchste gefährdeten. Es kam zu schrecklichen Szenen, wenn die Zwerge vom Baum gefallen waren, einmal stürzte sogar der Engel. Meine Tante war untröstlich. Sie gab sich unendliche Mühe, nach jedem Luftangriff den Baum komplett wiederherzustellen, ihn wenigstens während der Weihnachtstage zu erhalten. Aber schon im Jahre 1940 war nicht mehr daran zu denken. Wieder auf die Gefahr hin, mich sehr unbeliebt zu machen, muß ich hier kurz erwähnen, daß die Zahl der Luftangriffe auf unsere Stadt tatsächlich erheblich war, von ihrer Heftigkeit ganz zu schweigen. Jedenfalls wurde der Weihnachtsbaum meiner Tante ein Opfer – von anderen Opfern zu sprechen, verbietet mir der rote Faden – der modernen Kriegführung; fremdländische Ballistiker löschten seine Existenz vorübergehend aus.

Wir alle hatten wirklich Mitleid mit unserer Tante, die eine reizende und liebenswürdige Frau war. Es tat uns leid, daß sie nach harten Kämpfen, endlosen Disputen, nach Tränen und Szenen sich bereit erklären mußte, für Kriegsdauer auf ihren Baum zu verzichten.

Glücklicherweise – oder soll ich sagen unglücklicherweise? – war dies fast das einzige, was sie vom Krieg zu spüren bekam. – Der Bunker, den mein Onkel baute, war einfach bombensicher, außerdem stand jederzeit ein Wagen bereit, meine Tante Milla in Gegenden zu entführen, wo von der unmittelbaren Wirkung des Krieges nichts zu sehen war; es wurde alles getan, um ihr den Anblick der gräßlichen Zerstörungen zu ersparen. Meine beiden Vettern hatten das Glück, den Kriegsdienst nicht in seiner härtesten Form zu erleben. Johannes trat schnell in die Firma meines Onkels ein, die in der Gemüseversorgung unserer Stadt eine entscheidende Rolle spielt. Zudem war er gallenleidend. Franz hingegen wurde zwar Soldat, war aber nur mit der Bewachung von Gefangenen betraut, ein Posten, den er zur Gelegenheit nahm, sich auch bei seinen militärischen Vorgesetzten unbeliebt zu machen, indem er Russen und Polen wie Menschen behandelte. Meine Kusine Lucie war damals noch nicht verheiratet und half im Geschäft. Einen Nachmittag in der Woche half sie im freiwilligen Kriegsdienst in einer Hakenkreuzstickerei. Doch will ich hier nicht die politischen Sünden meiner Verwandten aufzählen.

Aufs Ganze gesehen jedenfalls fehlte es weder an Geld noch an Nahrungsmitteln und jeglicher erforderlichen Sicherheit, und meine Tante empfand nur den Verzicht auf ihren Baum als bitter. Mein Onkel Franz, dieser herzensgute Mensch, hat sich fast fünfzig Jahre hindurch erhebliche Verdienste erworben, indem er in tropischen und subtropischen Ländern Apfelsinen und Zitronen aufkaufte und sie gegen einen entsprechenden Aufschlag weiter in den Handel gab. Im Kriege dehnte er sein Geschäft auch auf weniger wertvolles Obst und Gemüse aus. Aber nach dem Kriege kamen die erfreulichen Früchte, denen sein Hauptinteresse galt, als Zitrusfrüchte wieder auf und wurden Gegenstand des schärfsten Interesses aller Käuferschichten. Hier gelang es Onkel Franz, sich wieder maßgebend einzuschalten, und er brachte die Bevölkerung in den Genuß von Vitaminen und sich in den eines ansehnlichen Vermögens.

Aber er war fast siebzig, wollte sich nun zur Ruhe setzen, das Geschäft seinem Schwiegersohn übergeben. Da fand jenes Ereignis statt, das wir damals belächelten, das uns heute aber als Ursache der ganzen unseligen Entwicklung erscheint.

Meine Tante Milla fing wieder mit dem Weihnachtsbaum an. Das war an sich harmlos; sogar die Zähigkeit, mit der sie darauf bestand, daß alles »so sein sollte wie früher«, entlockte uns nur ein Lächeln. Zunächst bestand wirklich kein Grund, diese

Sache allzu ernst zu nehmen. Zwar hatte der Krieg manches zerstört, das wiederherzustellen mehr Sorge bereitete, aber warum – so sagten wir uns – einer charmanten alten Dame diese kleine Freude nehmen?

Jedermann weiß, wie schwer es war, damals Butter und Speck zu bekommen. Aber sogar für meinen Onkel Franz, der über die besten Beziehungen verfügte, war die Beschaffung von Marzipanfiguren, Schokoladenkringeln und Kerzen im Jahre 1945 unmöglich. Erst im Jahre 1946 konnte alles bereitgestellt werden. Glücklicherweise war noch eine komplette Garnitur von Zwergen und Ambossen sowie ein Engel erhalten geblieben.

Ich entsinne mich des Tages noch gut, an dem wir eingeladen waren. Es war im Januar 1947, Kälte herrschte draußen. Aber bei meinem Onkel war es warm, und es herrschte kein Mangel an Eßbarem. Und als die Lampen gelöscht, die Kerzen angezündet waren, als die Zwerge anfingen zu hämmern, der Engel »Frieden« flüsterte, »Frieden«, fühlte ich mich lebhaft zurückversetzt in eine Zeit, von der ich angenommen hatte, sie sei vorbei.

Immerhin, dieses Erlebnis war, wenn auch überraschend, so doch nicht außergewöhnlich. Außergewöhnlich war, was ich drei Monate später erlebte. Meine Mutter – es war Mitte März geworden – hatte mich hinübergeschickt, nachzuforschen, ob bei Onkel Franz »nichts zu machen« sei. Es ging ihr um Obst. Ich schlenderte in den benachbarten Stadtteil – die Luft war mild, es dämmerte. Ahnungslos schritt ich an bewachsenen Trümmerhalden und verwilderten Parks vorbei, öffnete das Tor zum Garten meines Onkels, als ich plötzlich bestürzt stehenblieb. In der Stille des Abends war sehr deutlich zu hören, daß im Wohnzimmer meines Onkels gesungen wurde. Singen ist eine gute deutsche Sitte, und es gibt viele Frühlingslieder – hier aber hörte ich deutlich:

holder Knabe im lockigen Haar ...

Ich muß gestehen, daß ich verwirrt war. Ich ging langsam näher, wartete das Ende des Liedes ab. Die Vorhänge waren zugezogen, ich beugte mich zum Schlüsselloch. In diesem Augenblick drang das Gebimmel der Zwergenglocken an mein Ohr, und ich hörte deutlich das Flüstern des Engels. Ich hatte nicht den Mut, einzudringen, und ging langsam nach Hause zurück. In der Familie rief mein Bericht allgemeine Belustigung hervor. Aber erst als Franz auftauchte und Näheres berichtete, erfuhren wir, was geschehen war:

Um Mariä Lichtmeß herum, zu der Zeit also, wo man in unseren Landen die Christbäume plündert, sie dann auf den Kehricht wirft, wo sie von nichtsnutzigen Kindern aufgegriffen, durch Asche und sonstigen Unrat geschleift und zu mancherlei

Spiel verwendet werden, um Lichtmeß herum war das Schreckliche geschehen. Als mein Vetter Johannes am Abend des Lichtmeßtages, nachdem ein letztes Mal der Baum gebrannt hatte – als Johannes begann, die Zwerge von den Klammern zu lösen, fing meine bis dahin so milde Tante jämmerlich zu schreien an, und zwar so heftig und plötzlich, daß mein Vetter erschrak, die Herrschaft über den leise schwankenden Baum verlor, und schon war es geschehen: es klirrte und klingelte, Zwerge und Glocken, Ambosse und der Spitzenengel, alles stürzte hinunter, und meine Tante schrie.

Sie schrie fast eine Woche lang. Neurologen wurden herbeitelegraphiert, Psychiater kamen in Taxen herangerast – aber alle, auch Kapazitäten, verließen achselzuckend, ein wenig erschreckt auch, das Haus. Keiner hatte diesem unerfreulich schrillen Konzert ein Ende bereiten können. Nur die stärksten Mittel brachten einige Stunden Ruhe, doch ist die Dosis Luminal, die man einer Sechzigjährigen täglich verabreichen kann, ohne ihr Leben zu gefährden, leider gering. Es ist aber eine Qual, eine aus allen Leibeskräften schreiende Frau im Hause zu haben: schon am zweiten Tage befand sich die Familie in völliger Auflösung. Auch der Zuspruch des Priesters, der am Heiligen Abend der Feier beizuwohnen pflegte, blieb vergeblich: meine Tante schrie.

Franz machte sich besonders unbeliebt, weil er

riet, einen regelrechten Exorzismus anzuwenden. Der Pfarrer schalt ihn, die Familie war bestürzt über seine mittelalterlichen Anschauungen, der Ruf seiner Brutalität überwog für einige Wochen seinen Ruf als Faustkämpfer.

Inzwischen wurde alles versucht, meine Tante aus ihrem Zustand zu erlösen. Sie verweigerte die Nahrung, sprach nicht, schlief nicht; man wandte kaltes Wasser an, heiße Fußbäder, Wechselbäder die Ärzte schlugen in Lexika nach, suchten nach dem Namen dieses Komplexes, fanden ihn nicht.

Und meine Tante schrie. Sie schrie so lange, bis mein Onkel Franz – dieser wirklich herzensgute Mensch – auf die Idee kam, einen neuen Tannenbaum aufzustellen.

3

Die Idee war ausgezeichnet, aber sie auszuführen, erwies sich als äußerst schwierig. Es war fast Mitte Februar geworden, und es ist verhältnismäßig schwer, um diese Zeit einen diskutablen Tannenbaum auf dem Markt zu finden. Die gesamte Geschäftswelt hat sich längst – mit erfreulicher Schnelligkeit übrigens – auf andere Dinge eingestellt. Karneval ist nahe: Masken und Pistolen. Cowboyhüte und verrückte Kopfbedeckungen für Czardasfürstinnen füllen die Schaufenster, in denen man sonst Engel und Engelhaar, Kerzen und Krippen hat bewundern können. Die Zuckerwarenläden haben längst den Weihnachtskrempel in ihre Lager zurücksortiert, während Knallbonbons nun ihre Fenster zieren. Jedenfalls, Tannenbäume gibt es um diese Zeit auf dem regulären Markt nicht.

Es wurde schließlich eine Expedition raublustiger Enkel mit Taschengeld und einem scharfen Beil ausgerüstet: sie fuhren in den Staatsforst und kamen gegen Abend, offenbar in bester Stimmung, mit einer Edeltanne zurück. Aber inzwischen war festgestellt worden, daß vier Zwerge, sechs glokkenförmige Ambosse und der Spitzenengel völlig zerstört waren. Die Marzipanfiguren und das Gebäck waren den gierigen Enkeln zum Opfer gefallen. Auch diese Generation, die dort heranwächst, taugt nichts, und wenn je eine Generation etwas getaugt hat – ich zweifle daran –, so komme ich doch zu der Überzeugung, daß es die Generation unserer Väter war.

Obwohl es an Barmitteln, auch an den nötigen Beziehungen nicht fehlte, dauerte es weitere vier Tage, bis die Ausrüstung komplett war. Währenddessen schrie meine Tante ununterbrochen. Telegramme an die deutschen Spielzeugzentren, die gerade im Aufbau begriffen waren, wurden durch den Äther gejagt, Blitzgespräche geführt, von jungen erhitzten Postgehilfen wurden in der Nacht

Expreßpakete angebracht, durch Bestechung wurde kurzfristig eine Einfuhrgenehmigung aus der Tschechoslowakei durchgesetzt.

Diese Tage werden in der Chronik der Familie meines Onkels als Tage mit außerordentlich hohem Verbrauch an Kaffee, Zigaretten und Nerven erhalten bleiben. Inzwischen fiel meine Tante zusammen: ihr rundliches Gesicht wurde hart und eckig, der Ausdruck der Milde wich dem einer unnachgiebigen Strenge, sie aß nicht, trank nicht, schrie dauernd, wurde von zwei Krankenschwestern bewacht, und die Dosis Luminal mußte täglich erhöht werden.

Franz erzählte uns, daß in der ganzen Familie eine krankhafte Spannung geherrscht habe, als endlich am 12. Februar die Tannenbaumausrüstung wieder vollständig war. Die Kerzen wurden entzündet, die Vorhänge zugezogen, meine Tante wurde aus dem Krankenzimmer herübergebracht, und man hörte unter den Versammelten nur Schluchzen und Kichern. Der Gesichtsausdruck meiner Tante milderte sich schon im Schein der Kerzen, und als deren Wärme den richtigen Grad erreicht hatte, die Glasburschen wie irr zu hämmern anfingen, schließlich auch der Engel »Frieden« flüsterte, »Frieden«, ging ein wunderschönes Lächeln über ihr Gesicht, und kurz darauf stimmte die ganze Familie das Lied ›O Tannenbaum‹ an. Um das Bild zu vervollständigen, hatte man auch den Pfarrer eingeladen, der ja üblicherweise den Heiligen Abend bei Onkel Franz zu verbringen pflegte; auch er lächelte, auch er war erleichtert und sang mit.

Was kein Test, kein tiefenpsychologisches Gutachten, kein fachmännisches Aufspüren verborgener Traumata vermocht hatte: das fühlende Herz meines Onkels hatte das Richtige getroffen. Die Tannenbaumtherapie dieses herzensguten Menschen hatte die Situation gerettet.

Meine Tante war beruhigt und fast – so hoffte man damals – geheilt, und nachdem man einige Lieder gesungen, einige Schüsseln Gebäck geleert hatte, war man müde und zog sich zurück, und siehe da: meine Tante schlief ohne jedes Beruhigungsmittel. Die beiden Krankenschwestern wurden entlassen, die Ärzte zuckten die Schultern, alles schien in Ordnung zu sein. Meine Tante aß wieder, trank wieder, war wieder liebenswürdig und milde. Aber am Abend darauf, als die Dämmerstunde nahte, saß mein Onkel zeitunglesend neben seiner Frau unter dem Baum, als diese plötzlich sanft seinen Arm berührte und zu ihm sagte: »So wollen wir denn die Kinder zur Feier rufen, ich glaube, es ist Zeit.« Mein Onkel gestand uns später, daß er erschrak, aber aufstand, um in aller Eile seine Kinder und Enkel zusammenzurufen und einen Boten zum Pfarrer zu schicken. Der Pfarrer erschien, etwas abgehetzt und erstaunt, aber man zündete die Kerzen an, ließ die Zwerge hämmern, den Engel flüstern, man sang, aß Gebäck – und alles schien in Ordnung zu sein.

4

Nun ist die gesamte Vegetation gewissen biologischen Gesetzen unterworfen, und Tannenbäume, dem Mutterboden entrissen, haben bekanntlich die verheerende Neigung, Nadeln zu verlieren, besonders, wenn sie in warmen Räumen stehen, und bei meinem Onkel war es warm. Die Lebensdauer der Edeltanne ist etwas länger als die der gewöhnlichen, wie die bekannte Arbeit ›Abies vulgaris und abies nobilis‹ von Dr. Hergenring ja bewiesen hat. Doch auch die Lebensdauer der Edeltanne ist nicht unbeschränkt. Schon als Karneval nahte, zeigte es sich, daß man versuchen mußte, meiner Tante neuen Schmerz zu bereiten: der Baum verlor rapide an Nadeln, und beim abendlichen Singen der Lieder wurde ein leichtes Stirnrunzeln bei meiner Tante bemerkt. Auf Anraten eines wirklich hervorragenden Psychologen wurde nun der Versuch unternommen, in leichtem Plauderton von einem möglichen Ende der Weihnachtszeit zu sprechen, zumal die Bäume schon angefangen hatten, auszuschlagen, was ja allgemein als ein Zeichen des herannahenden Frühlings gilt, während man in unseren

Breiten mit dem Wort Weihnachten unbedingt winterliche Vorstellungen verbindet. Mein sehr geschickter Onkel schlug eines Abends vor, die Lieder ›Alle Vögel sind schon da‹ und ›Komm, lieber Mai, und mache‹ anzustimmen, doch schon beim ersten Vers des erstgenannten Liedes machte meine Tante ein derart finsteres Gesicht, daß man sofort abbrach und ›O Tannenbaum‹ intonierte. Drei Tage später wurde mein Vetter Johannes beauftragt, einen milden Plünderungszug zu unternehmen, aber schon, als er seine Hände ausstreckte und einem der Zwerge den Korkhammer nahm, brach meine Tante in so heftiges Geschrei aus, daß man den Zwerg sofort wieder komplettierte, die Kerzen anzündete und etwas hastig, aber sehr laut in das Lied ›Stille Nacht‹ ausbrach.

Aber die Nächte waren nicht mehr still; singende Gruppen jugendlicher Trunkenbolde durchzogen die Stadt mit Trompeten und Trommeln, alles war mit Luftschlangen und Konfetti bedeckt, maskierte Kinder bevölkerten tagsüber die Straßen, schossen, schrien, manche sangen auch, und einer privaten Statistik zufolge gab es mindestens sechzigtausend Cowboys und vierzigtausend Czardasfürstinnen in unserer Stadt: kurzum, es war Karneval, ein Fest, das man bei uns mit ebensolcher, fast mit mehr Heftigkeit zu feiern gewohnt ist als Weihnachten. Aber meine Tante schien blind und taub zu sein: sie bemängelte karnevalistische Kleidungsstücke, wie sie um diese Zeit in den Garderoben unserer Häuser unvermeidlich sind; mit trauriger Stimme beklagte sie das Sinken der Moral, da man nicht einmal an den Weihnachtstagen in der Lage sei, von diesem unsittlichen Treiben zu lassen, und als sie im Schlafzimmer meiner Kusine einen Luftballon entdeckte, der zwar eingefallen war, aber noch deutlich einen mit weißer Farbe aufgemalten Narrenhut zeigte, brach sie in Tränen aus und bat meinen Onkel, diesem unheiligen Treiben Einhalt zu gebieten.

Mit Schrecken mußte man feststellen, daß meine Tante sich wirklich in dem Wahn befand, es sei »Heiliger Abend«. Mein Onkel berief jedenfalls eine Familienversammlung ein, bat um Schonung für seine Frau, Rücksichtnahme auf ihren merkwürdigen Geisteszustand, und rüstete zunächst wieder eine Expedition aus, um wenigstens den Frieden des abendlichen Festes garantiert zu wissen.

Während meine Tante schlief, wurde der Schmuck vom alten Baum ab- und auf den neuen montiert, und ihr Zustand blieb erfreulich.

5

Aber auch der Karneval ging vorüber, der Frühling kam wirklich, statt des Liedes ›Komm, lieber Mai‹ hätte man schon singen können ›Lieber Mai, du bist gekommen‹. Es wurde Juni. Vier Tannenbäume waren schon verschlissen, und keiner der neuerlich zugezogenen Ärzte konnte Hoffnung auf Besserung geben. Meine Tante blieb fest. Sogar der als internationale Kapazität bekannte Dr. Bless hatte sich achselzuckend wieder in sein Studierzimmer zurückgezogen, nachdem er als Honorar die Summe von 1365 Mark kassiert hatte, womit er zum wiederholten Male seine Weltfremdheit bewies. Einige weitere sehr vage Versuche, die Feier abzubrechen oder ausfallen zu lassen, wurden mit solchem Geschrei von seiten meiner Tante quittiert, daß man von derlei Sakrilegien endgültig Abstand nehmen mußte.

Das Schreckliche war, daß meine Tante darauf bestand, alle ihr nahestehenden Personen müßten anwesend sein. Zu diesen gehörten auch der Pfarrer und die Enkelkinder. Selbst die Familienmitglieder waren nur mit äußerster Strenge zu veranlassen, pünktlich zu erscheinen, aber mit dem Pfarrer wurde es schwierig. Einige Wochen hielt er zwar ohne Murren mit Rücksicht auf seine alte Pönitentin durch, aber dann versuchte er unter verlegenem Räuspern, meinem Onkel klarzumachen, daß es so nicht weiterging. Die eigentliche Feier war zwar kurz – sie dauerte etwa achtunddreißig Minuten –, aber selbst diese kurze Zeremonie sei auf die Dauer nicht durchzuhalten, behauptete der Pfarrer. Er habe andere Verpflichtungen, abendliche Zusammenkünfte mit seinen Konfratres, seelsorgerische Aufgaben, ganz zu schweigen vom samstäglichen Beichthören. Immerhin hatte er einige Wochen Terminverschiebungen in Kauf genommen, aber gegen Ende Juni fing er an, energisch Befreiung zu erheischen. Franz wütete in der Familie herum, suchte Komplizen für seinen Plan, die Mutter in eine Anstalt zu bringen, stieß aber überall auf Ablehnung.

Jedenfalls: es machten sich Schwierigkeiten bemerkbar. Eines Abends fehlte der Pfarrer, war weder telefonisch noch durch einen Boten aufzutreiben, und es wurde klar, daß er sich einfach gedrückt hatte. Mein Onkel fluchte fürchterlich, er nahm dieses Ereignis zum Anlaß, die Diener der Kirche mit Worten zu bezeichnen, die zu wiederholen ich mich weigern muß. In alleräußerster Not wurde einer der Kapläne, ein Mensch einfacher Herkunft, gebeten, auszuhelfen. Er tat es, benahm sich aber so fürchterlich, daß es fast zur Katastrophe gekommen wäre. Immerhin, man muß bedenken, es war Juni, also heiß, trotzdem waren die Vorhänge zugezogen, um winterliche Dunkelheit wenigstens vorzutäuschen, außerdem brannten Kerzen. Dann ging die Feier los; der Kaplan hatte zwar von diesem merkwürdigen Ereignis schon gehört, aber keine rechte Vorstellung davon. Zitternd stellte man meiner Tante den Kaplan vor, er vertrete den Pfarrer. Unerwarteterweise nahm sie die Veränderung des Programms hin. Also: die Zwerge hämmerten, der Engel flüsterte, es wurde ›O Tannenbaum‹ gesungen, dann aß man Gebäck, sang noch einmal das Lied, und plötzlich bekam der Kaplan einen Lachkrampf. Später hat er gestanden, die Stelle »... nein, auch im Winter, wenn es schneit« habe er einfach nicht ohne zu lachen ertragen können. Er plusterte mit klerikaler Albernheit los, verließ das Zimmer und ward nicht mehr gesehen. Alles blickte gespannt auf meine Tante, doch die sagte nur resigniert etwas vom »Proleten im Priestergewande« und schob sich ein Stück Marzipan in den Mund. Auch wir erfuhren damals von diesem Vorfall mit Bedauern – doch bin ich heute geneigt, ihn als einen Ausbruch natürlicher Heiterkeit zu bezeichnen.

Ich muß hier – wenn ich der Wahrheit die Ehre lassen will – einflechten, daß mein Onkel seine Beziehungen zu den höchsten Verwaltungsstellen der Kirche ausgenutzt hat, um sich sowohl über den Pfarrer wie den Kaplan zu beschweren. Die Sache wurde mit äußerster Korrektheit angefaßt, ein Prozeß wegen Vernachlässigung seelsorgerischer Pflichten wurde angestrengt, der in erster Instanz von den beiden Geistlichen gewonnen wurde. Ein zweites Verfahren schwebt noch.

Zum Glück fand man einen pensionierten Prälaten, der in der Nachbarschaft wohnte. Dieser reizende alte Herr erklärte sich mit liebenswürdiger

Selbstverständlichkeit bereit, sich zur Verfügung zu halten und täglich die abendliche Feier zu vervollständigen. Doch ich habe vorgegriffen. Mein Onkel Franz, der nüchtern genug war, zu erkennen, daß keinerlei ärztliche Hilfe zum Ziel gelangen würde, sich auch hartnäckig weigerte, einen Exorzismus zu versuchen, war Geschäftsmann genug, sich nun auf Dauer einzustellen und die wirtschaftlichste Art herauszukalkulieren. Zunächst wurden schon Mitte Juni die Enkelexpeditionen eingestellt, weil sich herausstellte, daß sie zu teuer wurden. Mein findiger Vetter Johannes, der zu allen Kreisen der Geschäftswelt die besten Beziehungen unterhält, spürte den Tannenbaum-Frischdienst der Firma Söderbaum auf, eines leistungsfähigen Unternehmens, das sich nun schon fast zwei Jahre um die Nerven meiner Verwandtschaft hohe Verdienste erworben hat. Nach einem halben Jahr schon wandelte die Firma Söderbaum die Lieferung des Baumes in ein wesentlich verbilligtes Abonnement um und erklärte sich bereit, die Lieferfrist von ihrem Nadelbaumspezialisten, Dr. Alfast, genauestens festlegen zu lassen, so daß schon drei Tage, bevor der alte Baum indiskutabel wird, der neue anlangt und mit Muße geschmückt werden kann. Außerdem werden vorsichtshalber zwei Dutzend Zwerge auf Lager gehalten, und drei Spitzenengel sind in Reserve gelegt.

Ein wunder Punkt sind bis heute die Süßigkeiten geblieben. Sie zeigen die verheerende Neigung, vom Baume schmelzend herunterzutropfen, schneller und endgültiger als schmelzendes Wachs. Jedenfalls in den Sommermonaten. Jeder Versuch, sie durch geschickt getarnte Kühlvorrichtungen in weihnachtlicher Starre zu erhalten, ist bisher gescheitert, ebenso eine Versuchsreihe, die begonnen wurde, um die Möglichkeiten der Präparierung eines Baumes zu prüfen. Doch ist die Familie für jeden fortschrittlichen Vorschlag, der geeignet ist, dieses stetige Fest zu verbilligen, dankbar und aufgeschlossen.

6

Inzwischen haben die abendlichen Feiern im Hause meines Onkels eine fast professionelle Starre angenommen: man versammelt sich unter dem Baum oder um den Baum herum. Meine Tante kommt herein, man entzündet die Kerzen, die Zwerge beginnen zu hämmern und der Engel flüstert »Frieden, Frieden«, dann singt man einige Lieder, knabbert Gebäck, plaudert ein wenig und zieht sich gähnend mit dem Glückwunsch »Frohes Fest auch« zurück – und die Jugend gibt sich den jahreszeitlich bedingten Vergnügungen hin, während mein herzensguter Onkel Franz mit Tante Milla zu Bett geht. Kerzenrauch bleibt im Raum, der sanfte

Geruch erhitzter Tannenzweige und das Aroma von Spezereien. Die Zwerge, ein wenig phosphoreszierend, bleiben starr in der Dunkelheit stehen, die Arme bedrohlich erhoben, und der Engel läßt ein silbriges, offenbar ebenfalls phosphoreszierendes Gewand sehen.

Es erübrigt sich vielleicht, festzustellen, daß die Freude am wirklichen Weihnachtsfest in unserer gesamten Verwandtschaft erhebliche Einbuße erlitten hat: wir können, wenn wir wollen, bei unserem Onkel jederzeit einen klassischen Weihnachtsbaum bewundern – und es geschieht oft, wenn wir sommers auf der Veranda sitzen und uns nach des Tages Last und Müh Onkels milde Apfelsinenbowle in die Kehle gießen, daß von drinnen der sanfte Klang gläserner Glocken kommt, und man kann im Dämmer die Zwerge wie flinke kleine Teufelchen herumhämmern sehen, während der Engel »Frieden« flüstert, »Frieden«. Und immer noch kommt es uns befremdlich vor, wenn mein Onkel mitten im Sommer seinen Kindern plötzlich zuruft: »Macht bitte den Baum an, Mutter kommt gleich.« Dann tritt, meist pünktlich, der Prälat ein, ein milder alter Herr, den wir alle in unser Herz geschlossen haben, weil er seine Rolle vorzüglich spielt, wenn er überhaupt weiß, daß er eine und welche er spielt. Aber gleichgültig: er spielt sie, weißhaarig, lächelnd, und der violette Rand unterhalb seines Kragens gibt seiner Erscheinung den letzten Hauch von Vornehmheit. Und es ist ein ungewöhnliches Erlebnis, in lauen Sommernächten den erregten Ruf zu hören: »Das Löschhorn, schnell, wo ist das Löschhorn?« Es ist schon vorgekommen, daß während eines heftigen Gewitters die Zwerge sich plötzlich bewogen fühlten, ohne Hitzeeinwirkung die Arme zu heben und sie wild zu schwingen, gleichsam ein Extrakonzert zu geben, eine Tatsache, die man ziemlich phantasielos mit dem trockenen Wort Elektrizität zu deuten versuchte.

Eine nicht ganz unwesentliche Seite dieses Arrangements ist die finanzielle. Wenn auch in unserer Familie im allgemeinen kein Mangel an Barmitteln herrscht, solch außergewöhnliche Ausgaben stürzen die Kalkulation um. Denn trotz aller Vorsicht ist natürlich der Verschleiß an Zwergen, Ambossen und Hämmern enorm, und der sensible Mechanismus, der den Engel zu einem sprechenden macht, bedarf der stetigen Sorgfalt und Pflege und muß hin und wieder erneuert werden. Ich habe das Geheimnis übrigens inzwischen entdeckt: der Engel ist durch ein Kabel mit einem Mikrophon im Nebenzimmer verbunden, vor dessen Metallschnauze sich eine ständig rotierende Schallplatte befindet, die, mit gewissen Pausen dazwischen, »Frieden« flüstert, »Frieden«. Alle diese Dinge sind um so kostspieliger, als sie für den Gebrauch an nur wenigen Tagen des Jahres erdacht sind, nun aber das ganze Jahr strapaziert werden. Ich war erstaunt, als mein Onkel mir eines Tages erklärte, daß die Zwerge tatsächlich alle drei Monate erneuert werden müssen und daß ein kompletter Satz nicht weniger als 128 Mark kostet. Er habe einen befreundeten Ingenieur gebeten, sie durch einen Kautschuküberzug zu verstärken, ohne jedoch ihre Klangschönheit zu beeinträchtigen. Dieser Versuch ist gescheitert. Der Verbrauch an Kerzen, Spekulatius, Marzipan, das Baumabonnement, Arztrechnungen und die vierteljährliche Aufmerksamkeit, die man dem Prälaten zukommen lassen muß, alles zusammen, sagte mein Onkel, komme ihm täglich im Durchschnitt auf elf Mark, ganz zu schweigen von dem Verschleiß an Nerven und von sonstigen gesundheitlichen Störungen, die damals anfingen sich bemerkbar zu machen. Doch war das im Herbst, und man schrieb die Störungen einer gewissen herbstlichen Sensibilität zu, wie sie ja allgemein beobachtet wird.

7

Das wirkliche Weihnachtsfest verlief ganz normal. Es ging etwas wie ein Aufatmen durch die Familie meines Onkels, da man auch andere Familien nun unter Weihnachtsbäumen versammelt sah, andere auch singen und Spekulatius essen mußten. Aber die Erleichterung dauerte nur so lange an, wie die weihnachtliche Zeit dauerte. Schon Mitte Januar brach bei meiner Kusine Lucie ein merkwürdiges Leiden aus: beim Anblick der Tannenbäume, die auf den Straßen und Trümmerhaufen herumlagen, brach sie in ein hysterisches Geschluchze aus. Dann hatte sie einen regelrechten Anfall von Wahnsinn, den man als Nervenzusammenbruch zu kaschieren versuchte. Sie schlug einer Freundin, bei der sie zum Kaffeeklatsch war, die Schüssel aus der Hand, als diese ihr milde lächelnd Spekulatius anbot. Meine Kusine ist allerdings das, was man eine temperamentvolle Frau nennt; sie schlug also ihrer Freundin die Schüssel aus der Hand, nahte sich dann deren Weihnachtsbaum, riß ihn vom Ständer und trampelte auf Glaskugeln, künstlichen Pilzen, Kerzen und Sternen herum, während ein anhaltendes Gebrüll ihrem Munde entströmte. Die versammelten Damen entflohen, einschließlich der Hausfrau, man ließ Lucie toben, wartete in der Diele auf den Arzt, gezwungen, zuzuhören, wie drinnen Porzellan zerschlagen wurde. Es fällt mir schwer, aber ich muß hier berichten, daß Lucie in einer Zwangsjacke abtransportiert wurde.

Anhaltende hypnotische Behandlung brachte das Leiden zwar zum Stillstand, aber die eigentliche Heilung ging nur sehr langsam vor sich. Vor allem schien ihr die Befreiung von der abendlichen

Feier, die der Arzt erzwang, zusehends wohl zu tun; nach einigen Tagen schon begann sie aufzublühen. Schon nach zehn Tagen konnte der Arzt riskieren, mit ihr über Spekulatius wenigstens zu reden, ihn zu essen, weigerte sie sich jedoch hartnäckig. Dem Arzt kam dann die geniale Idee, sie mit sauren Gurken zu füttern, ihr Salate und kräftige Fleischspeisen anzubieten. Das war wirklich die Rettung für die arme Lucie. Sie lachte wieder, und sie begann die endlosen therapeutischen Unterredungen, die ihr Arzt mit ihr pflegte, mit ironischen Bemerkungen zu würzen.

Zwar war die Lücke, die durch ihr Fehlen bei der abendlichen Feier entstand, schmerzlich für meine Tante, wurde aber durch einen Umstand erklärt, der für alle Frauen als hinlängliche Entschuldigung gelten kann, durch Schwangerschaft.

Aber Lucie hatte das geschaffen, was man einen Präzedenzfall nennt: sie hatte bewiesen, daß die Tante zwar litt, wenn jemand fehlte, aber nicht sofort zu schreien begann, und mein Vetter Johannes und sein Schwager Karl versuchten nun, die strenge Disziplin zu durchbrechen, indem sie Krankheit vorschützten, geschäftliche Verhinderung oder andere, recht durchsichtige Gründe angaben. Doch blieb mein Onkel hier erstaunlich hart: mit eiserner Strenge setzte er durch, daß nur in Ausnahmefällen Atteste eingereicht, sehr kurze Beurlaubungen beantragt werden konnten. Denn meine Tante merkte jede weitere Lücke sofort und brach in stilles, aber anhaltendes Weinen aus, was zu den bittersten Bedenken Anlaß gab.

Nach vier Wochen kehrte auch Lucie zurück und erklärte sich bereit, an der täglichen Zeremonie wieder teilzunehmen, doch hat ihr Arzt durchgesetzt, daß für sie ein Glas Gurken und ein Teller mit kräftigen Butterbroten bereitgehalten wird, da sich ihr Spekulatiustrauma als unheilbar erwies. So waren eine Zeitlang durch meinen Onkel, der hier eine unerwartete Härte bewies, alle Disziplinschwierigkeiten aufgehoben.

8

Schon kurz nach dem ersten Jahrestag der ständigen Weihnachtsfeier gingen beunruhigende Gerüchte um: mein Vetter Johannes sollte sich von einem befreundeten Arzt ein Gutachten haben ausstellen lassen, auf wie lange wohl die Lebenszeit meiner Tante noch zu bemessen wäre, ein wahrhaft finsteres Gerücht, das ein bedenkliches Licht auf eine allabendlich friedlich versammelte Familie wirft. Das Gutachten soll vernichtend für Johannes gewesen sein. Sämtliche Organe meiner Tante, die zeitlebens sehr solide war, sind völlig intakt, die Lebensdauer ihres Vaters hat achtundsiebzig, die ihrer Mutter sechsundachtzig Jahre betragen.

Meine Tante selbst ist zweiundsechzig, und so besteht kein Grund, ihr ein baldiges seliges Ende zu prophezeien. Noch weniger, so finde ich, es ihr zu wünschen. Als meine Tante dann mitten im Sommer einmal erkrankte – Erbrechen und Durchfall suchten diese arme Frau heim –, wurde gemunkelt, sie sei vergiftet worden, aber ich erkläre hier ausdrücklich, daß dieses Gerücht einfach eine Erfindung übelmeinender Verwandter ist. Es ist eindeutig erwiesen, daß es sich um eine Infektion handelte, die von einem Enkel eingeschleppt wurde. Analysen, die mit den Exkrementen meiner Tante vorgenommen wurden, ergaben aber auch nicht die geringste Spur von Gift.

Im gleichen Sommer zeigten sich bei Johannes die ersten gesellschaftsfeindlichen Bestrebungen: er trat aus seinem Gesangverein aus, erklärte, auch schriftlich, daß er an der Pflege des deutschen Liedes nicht mehr teilzunehmen gedenke. Allerdings, ich darf hier einflechten, daß er immer, trotz des akademischen Grades, den er errang, ein ungebildeter Mensch war. Für die ›Virhymnia‹ war es ein großer Verlust, auf seinen Baß verzichten zu müssen.

Mein Schwager Karl fing an, sich heimlich mit Auswanderungsbüros in Verbindung zu setzen. Das Land seiner Träume mußte besondere Eigenschaften haben: es durften dort keine Tannenbäume gedeihen, deren Import mußte verboten oder durch hohe Zölle unmöglich gemacht sein; außerdem – das seiner Frau wegen – mußte dort das Geheimnis der Spekulatiusherstellung unbekannt und das Singen von Weihnachtsliedern verboten sein. Karl erklärte sich bereit, harte körperliche Arbeit auf sich zu nehmen.

Inzwischen sind seine Versuche vom Fluche der Heimlichkeit befreit, weil sich auch in meinem Onkel eine vollkommene und sehr plötzliche Wandlung vollzogen hat. Diese geschah auf so unerfreulicher Ebene, daß wir wirklich Grund hatten, zu erschrecken. Dieser biedere Mensch, von dem ich nur sagen kann, daß er ebenso hartnäckig wie herzensgut ist, wurde auf Wegen beobachtet, die einfach unsittlich sind, es auch bleiben werden, solange die Welt besteht. Es sind von ihm Dinge bekannt geworden, auch durch Zeugen belegt, auf die nur das Wort Ehebruch angewandt werden kann. Und das Schrecklichste ist, er leugnet es schon nicht mehr, sondern stellt für sich den Anspruch, in Verhältnissen und Bedingungen zu leben, die moralische Sondergesetze berechtigt erscheinen lassen müßten. Ungeschickterweise wurde diese plötzliche Wandlung gerade zu dem Zeitpunkt offenbar, wo der zweite Termin gegen die beiden Geistlichen seiner Pfarre fällig geworden war. Onkel Franz muß als Zeuge, als verkappter Kläger einen solch minderwertigen Eindruck gemacht haben, daß es ihm allein zuzuschreiben ist, wenn auch der zweite Termin günstig für die beiden Geistlichen auslief. Aber das alles ist Onkel Franz inzwischen gleichgültig geworden: bei ihm ist der Verfall komplett, schon vollzogen.

Er war auch der erste, der die Idee hatte, sich von einem Schauspieler bei der abendlichen Feier vertreten zu lassen. Er hatte einen arbeitslosen Bonvivant aufgetrieben, der ihn vierzehn Tage lang so vorzüglich nachahmte, daß nicht einmal seine Frau die ausgewechselte Identität bemerkte. Auch seine Kinder bemerkten es nicht. Es war einer der Enkel, der während einer kleinen Singpause plötzlich in den Ruf ausbrach: »Opa hat Ringelsocken an«, wobei er triumphierend das Hosenbein des Bonvivants hochhob. Für den armen Künstler muß diese Szene schrecklich gewesen sein, auch die Familie war bestürzt, und um Unheil zu vermeiden, stimmte man, wie so oft schon in peinlichen Situationen, schnell ein Lied an. Nachdem die Tante zu Bett gegangen, war die Identität des Künstlers schnell festgestellt. Es war das Signal zum fast völligen Zusammenbruch.

9

Immerhin: man muß bedenken, eineinhalb Jahre, das ist eine lange Zeit, und der Hochsommer war wieder gekommen, eine Jahreszeit, in der meinen

Verwandten die Teilnahme an diesem Spiel am schwersten fällt. Lustlos knabbern sie in dieser Hitze an Printen und Pfeffernüssen, lächeln starr vor sich hin, während sie ausgetrocknete Nüsse knacken, sie hören den unermüdlich hämmernden Zwergen zu und zucken zusammen, wenn der rotwangige Engel über ihre Köpfe hinweg »Frieden« flüstert, »Frieden«, aber sie harren aus, während ihnen trotz sommerlicher Kleidung der Schweiß über Hals und Wangen läuft und ihnen die Hemden festkleben. Vielmehr: sie haben ausgeharrt.

Geld spielt vorläufig noch keine Rolle – fast im Gegenteil. Man beginnt sich zuzuflüstern, daß Onkel Franz nun auch geschäftlich zu Methoden gegriffen hat, die die Bezeichnung »christlicher Kaufmann« kaum noch zulassen. Er ist entschlossen, keine wesentliche Schwächung des Vermögens zuzulassen, eine Versicherung, die uns zugleich beruhigt und erschreckt.

Nach der Entlarvung des Bonvivants kam es zu einer regelrechten Meuterei, deren Folge ein Kompromiß war: Onkel Franz hat sich bereit erklärt, die Kosten für ein kleines Ensemble zu übernehmen, das ihn, Johannes, meinen Schwager Karl und Lucie ersetzt, und es ist ein Abkommen getroffen worden, daß immer einer von den vieren im Original an der abendlichen Feier teilzunehmen hat, damit die Kinder in Schach gehalten werden. Der Prälat hat bisher nichts von diesem Betrug gemerkt, den man keineswegs mit dem Adjektiv fromm wird belegen können. Abgesehen von meiner Tante und den Kindern ist er die einzige originale Figur bei diesem Spiel.

Es ist ein genauer Plan aufgestellt worden, der in unserer Verwandtschaft Spielplan genannt wird, und durch die Tatsache, daß einer immer wirklich teilnimmt, ist auch für die Schauspieler eine gewisse Vakanz gewährleistet. Inzwischen hat man auch gemerkt, daß diese sich nicht ungern zu der Feier hergeben, sich gerne zusätzlich etwas Geld verdienen, und man hat mit Erfolg die Gage gedrückt, da ja glücklicherweise an arbeitslosen Schauspielern kein Mangel herrscht. Karl hat mir erzählt, daß man hoffen könne, diesen »Posten« noch ganz erheblich herunterzusetzen, zumal ja den Schauspielern eine Mahlzeit geboten wird und die Kunst bekanntlich, wenn sie nach Brot geht, billiger wird.

10

Lucies verhängnisvolle Entwicklung habe ich schon angedeutet: sie treibt sich fast nur noch in Nachtlokalen herum, und besonders an den Tagen, wo sie gezwungenermaßen an der häuslichen Feier hat teilnehmen müssen, ist sie wie toll. Sie trägt Kordhosen, bunte Pullover, läuft in Sandalen herum und hat sich ihr prachtvolles Haar abgeschnitten, um eine schmucklose Fransenfrisur zu tragen, von der ich jetzt erfahre, daß sie unter dem Namen Pony schon einige Male modern war. Obwohl ich offenkundige Unsittlichkeit bei ihr bisher nicht beobachten konnte, nur eine gewisse Exaltation, die sie selbst als Existentialismus bezeichnet, trotzdem kann ich mich nicht entschließen, diese Entwicklung erfreulich zu finden; ich liebe die milden Frauen mehr, die sich sittsam im Takte des Walzers bewegen, die angenehme Verse zitieren und deren Nahrung nicht ausschließlich aus sauren Gurken und mit Paprika überwürztem Gulasch besteht. Die Auswanderungspläne meines Schwagers Karl scheinen sich zu realisieren: er hat ein Land entdeckt, nicht weit vom Äquator, das seinen Bedingungen gerecht zu werden verspricht, und Lucie ist begeistert: man trägt in diesem Lande Kleider, die den ihren nicht unähnlich sind, man liebt dort die scharfen Gewürze und tanzt nach Rhythmen, ohne die nicht mehr leben zu können sie vorgibt. Es ist zwar ein wenig schockierend, daß diese beiden dem Sprichwort »Bleibe im Lande und nähre dich redlich« nicht zu folgen gedenken, aber andererseits verstehe ich, daß sie die Flucht ergreifen.

Schlimmer ist es mit Johannes. Leider hat sich das böse Gerücht bewahrheitet: er ist Kommunist geworden. Er hat alle Beziehungen zur Familie abgebrochen, kümmert sich um nichts mehr und existiert bei den abendlichen Feiern nur noch in seinem Double. Seine Augen haben einen fanatischen Ausdruck angenommen, derwischähnlich produziert er sich in öffentlichen Veranstaltungen seiner Partei, vernachlässigt seine Praxis und schreibt wütende Artikel in den entsprechenden Organen. Merkwürdigerweise trifft er sich jetzt häufiger mit Franz, der ihn und den er vergeblich zu bekehren versucht. Bei aller geistigen Entfremdung sind sie sich persönlich etwas näher gekommen.

Franz selbst habe ich lange nicht gesehen, nur von ihm gehört. Er soll von tiefer Schwermut befallen sein, hält sich in dämmrigen Kirchen auf, ich glaube, man kann seine Frömmigkeit getrost als übertrieben bezeichnen. Er fing an, seinen Beruf zu vernachlässigen, nachdem das Unheil über seine Familie gekommen war, und neulich sah ich an der Mauer eines zertrümmerten Hauses ein verblichenes Plakat mit der Aufschrift »Letzter Kampf unseres Altmeisters Lenz gegen Lecoq. Lenz hängt die Boxhandschuhe an den Nagel.« Das Plakat war vom März, und jetzt haben wir längst August. Franz soll sehr heruntergekommen sein. Ich glaube, er befindet sich in einem Zustand, der in unserer Familie bisher noch nicht vorgekommen ist: er ist arm. Zum Glück ist er ledig geblieben, die sozialen Folgen seiner unverantwortlichen Frömmigkeit treffen also nur ihn selbst. Mit erstaunlicher Hartnäckigkeit hat er versucht, einen Jugendschutz für die Kinder von Lucie zu erwirken, die er durch die abendlichen Feiern gefährdet glaubte. Aber seine Bemühungen sind ohne Erfolg geblieben; Gott sei Dank sind ja die Kinder begüterter Menschen nicht dem Zugriff sozialer Institutionen ausgesetzt.

Am wenigsten von der übrigen Verwandtschaft entfernt hat sich trotz mancher widerwärtiger Züge – Onkel Franz. Zwar hat er tatsächlich trotz seines hohen Alters eine Geliebte, auch sind seine geschäftlichen Praktiken von einer Art, die wir zwar bewundern, keinesfalls aber billigen können. Neuerdings hat er einen arbeitslosen Inspizienten aufgetan, der die abendliche Feier überwacht und sorgt, daß alles wie am Schnürchen läuft. Es läuft wirklich alles wie am Schnürchen.

11

Fast zwei Jahre sind inzwischen verstrichen: eine lange Zeit. Und ich konnte es mir nicht versagen, auf einem meiner abendlichen Spaziergänge einmal am Hause meines Onkels vorbeizugehen, in dem nun keine natürliche Gastlichkeit mehr möglich ist, seitdem fremdes Künstlervolk dort allabendlich herumläuft und die Familienmitglieder sich befremdenden Vergnügungen hingeben. Es war ein lauer Sommerabend, als ich dort vorbeikam, und schon als ich um die Ecke in die Kastanienallee einbog, hörte ich den Vers:

weihnachtlich glänzet der Wald ...

Ein vorüberfahrender Lastwagen machte den Rest unhörbar, ich schlich mich langsam ans Haus und sah durch einen Spalt zwischen den Vorhängen ins Zimmer: Die Ähnlichkeit der anwesenden Mimen mit den Verwandten, die sie darstellten, war so erschreckend, daß ich im Augenblick nicht erkennen konnte, wer nun wirklich an diesem Abend die Aufsicht führte – so nennen sie es. Die Zwerge konnte ich nicht sehen, aber hören. Ihr zirpendes Gebimmel bewegt sich auf Wellenlängen, die durch alle Wände dringen. Das Flüstern des Engels war unhörbar. Meine Tante schien wirklich glücklich zu sein: sie plauderte mit dem Prälaten, und erst spät erkannte ich meinen Schwager als einzige, wenn man so sagen darf, reale Person. Ich erkannte ihn daran, wie er beim Auspusten des Streichholzes die Lippen spitzte. Es scheint doch unverwechselbare Züge der Individualität zu geben. Dabei kam mir der Gedanke, daß die Schauspieler offenbar auch mit Zigarren, Zigaretten und Wein traktiert werden – zudem gibt es ja jeden Abend Spargel. Wenn sie unverschämt sind – und welcher Künstler wäre das nicht? –, bedeutet dies eine erhebliche zusätzliche Verteuerung für meinen Onkel. Die Kinder spielten mit Puppen und hölzernen Wagen in einer Zimmerecke: sie sahen blaß und müde aus. Tatsächlich, vielleicht müßte man auch an sie denken. Mir kam der Gedanke, daß man sie vielleicht durch Wachspuppen ersetzen könne, solcherart, wie sie in den Schaufenstern der Drogerien als Reklame für Milchpulver und Hautcreme Verwendung finden. Ich finde, die sehen doch recht natürlich aus.

Tatsächlich will ich die Verwandtschaft einmal auf die möglichen Auswirkungen dieser ungewöhnlichen täglichen Erregung auf die kindlichen Gemüter aufmerksam machen. Obwohl eine gewisse Disziplin ihnen ja nichts schadet, scheint man sie hier doch über Gebühr zu beanspruchen.

Ich verließ meinen Beobachtungsposten, als man drinnen anfing ›Stille Nacht‹ zu singen. Ich konnte das Lied wirklich nicht ertragen. Die Luft ist so lau – und ich hatte einen Augenblick lang den Eindruck, einer Versammlung von Gespenstern beizuwohnen. Ein scharfer Appetit auf saure Gurken befiel mich ganz plötzlich und ließ mich leise ahnen, wie sehr Lucie gelitten haben muß.

12

Inzwischen ist es mir gelungen, durchzusetzen, daß die Kinder durch Wachspuppen ersetzt werden. Die Anschaffung war kostspielig – Onkel Franz scheute lange davor zurück –, aber es war nicht länger zu verantworten, die Kinder täglich mit Marzipan zu füttern und sie Lieder singen zu lassen, die ihnen auf die Dauer psychisch schaden können. Die Anschaffung der Puppen erwies sich als nützlich, weil Karl und Lucie wirklich auswanderten und auch Johannes seine Kinder aus dem Haushalt des Vaters zog. Zwischen großen Überseekisten stehend, habe ich mich von Karl, Lucie und den Kindern verabschiedet, sie erschienen mir glücklich, wenn auch etwas beunruhigt. Auch Johannes ist aus unserer Stadt weggezogen. Irgendwo ist er damit beschäftigt, einen Bezirk seiner Partei umzuorganisieren.

Onkel Franz ist lebensmüde. Mit klagender Stimme erzählte er mir neulich, daß man immer wieder vergißt, die Puppen abzustauben. Überhaupt machen ihm die Dienstboten Schwierigkeiten, und die Schauspieler scheinen zur Disziplinlosigkeit zu neigen. Sie trinken mehr, als ihnen zusteht, und einige sind dabei ertappt worden, daß sie sich Zigarren und Zigaretten einsteckten. Ich riet meinem Onkel, ihnen gefärbtes Wasser vorzusetzen und Pappzigarren anzuschaffen.

Die einzig Zuverlässigen sind meine Tante und der Prälat. Sie plaudern miteinander über die gute alte Zeit, kichern und scheinen recht vergnügt und unterbrechen ihr Gespräch nur, wenn ein Lied angestimmt wird.

Jedenfalls: die Feier wird fortgesetzt.

Mein Vetter Franz hat eine merkwürdige Entwicklung genommen. Er ist als Laienbruder in ein Kloster der Umgebung aufgenommen worden. Als ich ihn zum erstenmal in der Kutte sah, war ich erschreckt: diese große Gestalt mit der zerschlagenen Nase und den dicken Lippen, sein schwermütiger Blick – er erinnerte mich mehr an einen Sträfling als an einen Mönch. Es schien fast, als habe er meine Gedanken erraten: »Wir sind mit dem Leben bestraft«, sagte er leise. Ich folgte ihm ins Sprechzimmer. Wir unterhielten uns stockend, und er war offenbar erleichtert, als die Glocke ihn zum Gebet in die Kirche rief. Ich blieb nachdenklich stehen, als er ging: er eilte sehr, und seine Eile schien aufrichtig zu sein.

Die Waage der Baleks

In der Heimat meines Großvaters lebten die meisten Menschen von der Arbeit in den Flachsbrechen. Seit fünf Generationen atmeten sie den Staub ein, der den zerbrochenen Stengeln entsteigt, ließen sich langsam dahinmorden, geduldige und fröhliche Geschlechter, die Ziegenkäse aßen, Kartoffeln, manchmal ein Kaninchen schlachteten; abends spannen und strickten sie in ihren Stuben, sangen, tranken Pfefferminztee und waren glücklich. Tagsüber brachen sie den Flachs in altertümlichen Maschinen, schutzlos dem Staub preisgegeben und der Hitze, die den Trockenöfen entströmte. In ihren Stuben stand ein einziges, schrankartiges Bett, das den Eltern vorbehalten war, und die Kinder schliefen ringsum auf Bänken. Morgens waren ihre Stuben vom Geruch der Brennsuppen erfüllt; an den Sonntagen gab es Sterz, und die Gesichter der Kinder röteten sich vor Freude, wenn an besonders festlichen Tagen sich der schwarze Eichelkaffee hell färbte, immer heller von der Milch, die die Mutter lächelnd in ihre Kaffeetöpfe goß.

Die Eltern gingen früh zur Arbeit, den Kindern war der Haushalt überlassen: sie fegten die Stube, räumten auf, wuschen das Geschirr und schälten

Kartoffeln, kostbare gelbliche Früchte, deren dünne Schale sie vorweisen mußten, um den Verdacht möglicher Verschwendung oder Leichtfertigkeit zu zerstreuen.

Kamen die Kinder aus der Schule, mußten sie in die Wälder gehen und – je nach der Jahreszeit – Pilze sammeln und Kräuter: Waldmeister und Thymian, Kümmel und Pfefferminz, auch Fingerhut, und im Sommer, wenn sie das Heu von ihren mageren Wiesen geerntet hatten, sammelten sie die Heublumen. Einen Pfennig gab es fürs Kilo Heublumen, die in der Stadt in den Apotheken für zwanzig Pfennig das Kilo an nervöse Damen verkauft wurden. Kostbar waren die Pilze: sie brachten zwanzig Pfennig das Kilo und wurden in der Stadt in den Geschäften für eine Mark zwanzig gehandelt. Weit in die grüne Dunkelheit der Wälder krochen die Kinder im Herbst, wenn die Feuchtigkeit die Pilze aus dem Boden treibt, und fast jede Familie hatte ihre Plätze, an denen sie Pilze pflückte, Plätze, die von Geschlecht zu Geschlecht weitergeflüstert wurden.

Die Wälder gehörten den Baleks, auch die Flachsbrechen, und die Baleks hatten im Heimatdorf meines Großvaters ein Schloß, und die Frau des Familienvorstandes jeweils hatte neben der Milchküche ein kleines Stübchen, in dem Pilze, Kräuter, Heublumen gewogen und bezahlt wurden. Dort stand auf dem Tisch die große Waage der Baleks, ein altertümliches, verschnörkeltes, mit Goldbronze bemaltes Ding, vor dem die Großeltern meines Großvaters schon gestanden hatten, die Körbchen mit Pilzen, die Papiersäcke mit Heublumen in ihren schmutzigen Kinderhänden, gespannt zusehend, wieviel Gewichte Frau Balek auf die Waage werfen mußte, bis der pendelnde Zeiger genau auf dem schwarzen Strich stand, dieser dünnen Linie der Gerechtigkeit, die jedes Jahr neu gezogen werden mußte. Dann nahm Frau Balek das große Buch mit dem braunen Lederrücken, trug das Gewicht ein und zahlte das Geld aus, Pfennige oder Groschen und sehr, sehr selten einmal eine Mark. Und als mein Großvater ein Kind war, stand dort ein großes Glas mit sauren Bonbons, von denen, die das Kilo eine Mark kosteten, und wenn die Frau Balek, die damals über das Stübchen herrschte, gut gelaunt war, griff sie in dieses Glas und gab jedem der Kinder einen Bonbon, und die Gesichter der Kinder röteten sich vor Freude, so wie sie sich röteten, wenn die Mutter an besonders festlichen Tagen Milch in ihre Kaffeetöpfe goß, Milch, die den Kaffee hell färbte, immer heller, bis er so blond war wie die Zöpfe der Mädchen.

Eines der Gesetze, die die Baleks dem Dorf gegeben hatten, hieß: Keiner darf eine Waage im Hause haben. Das Gesetz war schon so alt, daß keiner mehr darüber nachdachte, wann und warum es entstanden war, und es mußte geachtet werden, denn wer es brach, wurde aus den Flachsbrechen entlassen, dem wurden keine Pilze, kein Thymian, keine Heublumen mehr abgenommen, und die Macht der Baleks reichte so weit, daß auch in den Nachbardörfern niemand ihm Arbeit gab, niemand ihm die Kräuter des Waldes abkaufte. Aber seitdem die Großeltern meines Großvaters als kleine Kinder Pilze gesammelt, sie abgeliefert hatten, damit sie in den Küchen der reichen Prager Leute den Braten würzten oder in Pasteten verbacken werden konnten, seitdem hatte niemand daran gedacht, dieses Gesetz zu brechen: fürs Mehl gab es Hohlmaße, die Eier konnte man zählen, das Gesponnene wurde nach Ellen gemessen, und im übrigen machte die altertümliche, mit Goldbronze verzierte Waage der Baleks nicht den Eindruck, als könne sie nicht stimmen, und fünf Geschlechter hatten dem auspendelnden schwarzen Zeiger anvertraut, was sie mit kindlichem Eifer im Walde gesammelt hatten.

Zwar gab es zwischen diesen stillen Menschen auch welche, die das Gesetz mißachteten, Wilderer, die begehrten, in einer Nacht mehr zu verdienen, als sie in einem ganzen Monat in der Flachsfabrik verdienen konnten, aber auch von diesen schien noch niemand den Gedanken gehabt zu haben, sich eine Waage zu kaufen oder sie zu basteln. Mein Großvater war der erste, der kühn genug war, die Gerechtigkeit der Baleks zu prüfen, die im

Schloß wohnten, zwei Kutschen fuhren, die immer einem Jungen des Dorfes das Studium der Theologie im Prager Seminar bezahlten, bei denen der Pfarrer jeden Mittwoch zum Tarock war, denen der Bezirkshauptmann, das kaiserliche Wappen auf der Kutsche, zu Neujahr seinen Besuch abstattete, und denen der Kaiser zu Neujahr des Jahres 1900 den Adel verlieh.

Mein Großvater war fleißig und klug: er kroch weiter in die Wälder hinein, als vor ihm die Kinder seiner Sippe gekrochen waren, er drang bis in das Dickicht vor, in dem der Sage nach Bilgan, der Riese, hausen sollte, der dort den Hort der Balderer bewacht. Aber mein Großvater hatte keine Furcht vor Bilgan: er drang weit in das Dickicht vor, schon als Knabe, brachte große Beute an Pilzen mit, fand sogar Trüffeln, die Frau Balek mit dreißig Pfennig das Pfund berechnete. Mein Großvater trug alles, was er den Baleks brachte, auf die Rückseite eines Kalenderblattes ein: jedes Pfund Pilze, jedes Gramm Thymian, und mit seiner Kinderschrift schrieb er rechts daneben, was er dafür bekommen hatte; jeden Pfennig kritzelte er hin, von seinem siebten bis zu seinem zwölften Jahr, und als er zwölf war, kam das Jahr 1900, und die Baleks schenkten jeder Familie im Dorf, weil der Kaiser sie geadelt hatte, ein Viertelpfund echten Kaffee, von dem, der aus Brasilien kommt; es gab auch Freibier und Tabak für die Männer, und im

Schloß fand ein großes Fest statt; viele Kutschen standen in der Pappelallee, die vom Tor zum Schloß führt.

Aber am Tage vor dem Fest schon wurde der Kaffee ausgegeben in der kleinen Stube, in der seit fast hundert Jahren die Waage der Baleks stand, die jetzt Balek von Bilgan hießen, weil der Sage nach Bilgan, der Riese, dort ein großes Schloß gehabt haben soll, wo die Gebäude der Baleks stehen.

Mein Großvater hat mir oft erzählt, wie er nach der Schule dort hinging, um den Kaffee für vier Familien abzuholen: für die Cechs, die Weidlers, die Vohlas und für seine eigene, die Brüchers. Es war der Nachmittag vor Silvester: die Stuben mußten geschmückt, es mußte gebacken werden, und man wollte nicht vier Jungen entbehren, jeden einzeln den Weg ins Schloß machen lassen, um ein Viertelpfund Kaffee zu holen.

Und so saß mein Großvater auf der kleinen, schmalen Holzbank im Stübchen, ließ sich von Gertrud, der Magd, die fertigen Achtelkilopakete Kaffee vorzählen, vier Stück, und blickte auf die Waage, auf deren linker Schale der Halbkilostein liegengeblieben war: Frau Balek von Bilgan war mit den Vorbereitungen fürs Fest beschäftigt. Und als Gertrud nun in das Glas mit den sauren Bonbons greifen wollte, um meinem Großvater eines zu geben, stellte sie fest, daß es leer war: es wurde jährlich einmal neu gefüllt, faßte ein Kilo von denen zu einer Mark.

Gertrud lachte, sagte: »Warte, ich hole die neuen«, und mein Großvater blieb mit den vier Achtelkilopaketen, die in der Fabrik verpackt und verklebt waren, vor der Waage stehen, auf der jemand den Halbkilostein liegengelassen hatte, und mein Großvater nahm die vier Kaffeepaketchen, legte sie auf die leere Waagschale, und sein Herz klopfte heftig, als er sah, wie der schwarze Zeiger der Gerechtigkeit links neben dem Strich hängenblieb, die Schale mit dem Halbkilostein unten blieb und das halbe Kilo Kaffee ziemlich hoch in der Luft schwebte; sein Herz klopfte heftiger, als wenn er im Walde hinter einem Strauch gelegen, auf Bilgan, den Riesen, gewartet hätte, und er suchte aus seiner Tasche Kieselsteine, wie er sie immer bei sich trug, um mit der Schleuder nach den Spatzen zu schießen, die an den Kohlpflanzen seiner Mutter herumpickten – drei, vier, fünf Kieselsteine mußte er neben die vier Kaffeepakete legen, bis die Schale mit dem Halbkilostein sich hob und der Zeiger endlich scharf über dem schwarzen Strich lag. Mein Großvater nahm den Kaffee von der Waage, wickelte die fünf Kieselsteine in sein Sacktuch, und als Gertrud mit der großen Kilotüte voll saurer Bonbons kam, die wieder für ein Jahr reichen mußte, um die Röte der Freude in die Gesichter der Kinder zu treiben, als Gertrud die Bonbons rasselnd ins Glas schüttete, stand der kleine blasse Bursche da, und nichts schien sich verändert zu haben. Mein Großvater nahm nur drei von den Paketen, und Gertrud blickte erstaunt und erschreckt auf den blassen Jungen, der den sauren Bonbon auf die Erde warf, ihn zertrat und sagte: »Ich will Frau Balek sprechen.«

»Balek von Bilgan, bitte«, sagte Gertrud.

»Gut, Frau Balek von Bilgan«, aber Gertrud lachte ihn aus, und er ging im Dunkeln ins Dorf zurück, brachte den Cechs, den Weidlers, den Vohlas ihren Kaffee und gab vor, er müsse noch zum Pfarrer.

Aber er ging mit seinen fünf Kieselsteinen im Sacktuch in die dunkle Nacht. Er mußte weit gehen, bis er jemand fand, der eine Waage hatte, eine haben durfte; in den Dörfern Blaugau und Bernau hatte niemand eine, das wußte er, und er schritt durch sie hindurch, bis er nach zweistündigem Marsch in das kleine Städtchen Dielheim kam, wo der Apotheker Honig wohnte. Aus Honigs Haus kam der Geruch frischgebackener Pfannkuchen, und Honigs Atem, als er dem verfrorenen Jungen öffnete, roch schon nach Punsch und er hatte die nasse Zigarre zwischen seinen schmalen Lippen, hielt die kalten Hände des Jungen einen Augenblick fest und sagte: »Na, ist es schlimmer geworden mit der Lunge deines Vaters?«

»Nein, ich komme nicht um Medizin, ich wollte ...« Mein Großvater nestelte sein Sacktuch auf, nahm die fünf Kieselsteine heraus, hielt sie Honig hin und sagte: »Ich wollte das gewogen haben.« Er blickte ängstlich in Honigs Gesicht, aber als Honig nichts sagte, nicht zornig wurde, auch nicht fragte, sagte mein Großvater: »Es ist das, was an der Gerechtigkeit fehlt«, und mein Großvater spürte jetzt, als er in die warme Stube kam, wie naß seine Füße waren. Der Schnee war durch die schlechten Schuhe gedrungen, und im Wald hatten die Zweige den Schnee über ihn geschüttelt, der jetzt schmolz, und er war müde und hungrig und fing plötzlich an zu weinen, weil ihm die vielen Pilze einfielen, die Kräuter, die Blumen, die auf der Waage gewogen worden waren, an der das Gewicht von fünf Kieselsteinen an der Gerechtigkeit fehlte. Und als Honig, den Kopf schüttelnd, die fünf Kieselsteine in der Hand, seine Frau rief, fielen meinem Großvater die Geschlechter seiner Eltern, seiner Großeltern ein, die alle ihre Pilze, ihre Blumen auf der Waage hatten wiegen lassen müssen, und es kam über ihn wie eine große Woge von Ungerechtigkeit, und er fing noch heftiger an zu weinen, setzte sich, ohne dazu aufgefordert zu sein, auf einen der Stühle in Honigs Stube, übersah den Pfannkuchen, die heiße Tasse Kaffee, die die gute und dicke Frau Honig ihm vorsetzte, und hörte erst auf zu weinen, als Honig selbst aus dem Laden vorn zurückkam und, die Kieselsteine in der Hand schüttelnd, leise zu seiner Frau sagte: »Fünfeinhalb Deka, genau.«

Mein Großvater ging die zwei Stunden durch den Wald zurück, ließ sich prügeln zu Hause, schwieg, als er nach dem Kaffee gefragt wurde, sagte kein Wort, rechnete den ganzen Abend an seinem Zettel herum, auf dem er alles notiert hatte, was er der jetzigen Frau Balek von Bilgan geliefert hatte, und als es Mitternacht schlug, vom Schloß die Böller zu hören waren, im ganzen Dorf das Geschrei, das Klappern der Rasseln erklang, als die Familie sich geküßt, sich umarmt hatte, sagte er in das folgende Schweigen des neuen Jahres hinein: »Baleks schulden mir achtzehn Mark und zweiunddreißig Pfennig.« Und wieder dachte er an die vielen Kinder, die es im Dorf gab, dachte an seinen Bruder Fritz, der viele Pilze gesammelt hatte, an seine Schwester Ludmilla, dachte an die vielen hundert Kinder, die alle für die Baleks Pilze gesammelt hatten, Kräuter und Blumen, und er weinte diesmal nicht, sondern erzählte seinen Eltern, seinen Geschwistern von seiner Entdeckung.

Als die Baleks von Bilgan am Neujahrstage zum Hochamt in die Kirche kamen, das neue Wappen – einen Riesen, der unter einer Fichte kauert – schon in Blau und Gold auf ihrem Wagen, blickten sie in die harten und blassen Gesichter der Leute, die alle auf sie starrten. Sie hatten im Dorf Girlanden erwartet, am Morgen ein Ständchen, Hochrufe und Heilrufe, aber das Dorf war wie ausgestorben gewesen, als sie hindurchfuhren, und in der Kirche wandten sich die Gesichter der blassen Leute ihnen zu, stumm und feindlich, und als der Pfarrer auf die Kanzel stieg, um die Festpredigt zu halten, spürte er die Kälte der sonst so stillen und friedlichen Gesichter, und er stoppelte mühsam seine Predigt herunter und ging schweißtriefend zum Altar zurück. Und als die Baleks von Bilgan nach der Messe die Kirche wieder verließen, gingen sie durch ein Spalier stummer, blasser Gesichter. Die junge Frau Balek von Bilgan aber blieb vorn bei den Kinderbänken stehen, suchte das Gesicht meines Großvaters, des kleinen blassen Franz Brücher, und fragte ihn in der Kirche: »Warum hast du den Kaffee für deine Mutter nicht mitgenommen?« Und mein Großvater stand auf und sagte: »Weil Sie mir noch so viel Geld schulden, wie fünf Kilo Kaffee kosten.« Und er zog die fünf Kieselsteine aus seiner Tasche, hielt sie der jungen Frau hin und sagte: »So viel, fünfeinhalb Deka, fehlen auf ein halbes Kilo an Ihrer Gerechtigkeit«; und noch ehe die Frau etwas sagen konnte, stimmten die Männer und Frauen in der Kirche das Lied an: »Gerechtigkeit der Erden, o Herr, hat Dich getötet ...«

Während die Baleks in der Kirche waren, war Wilhelm Vohla, der Wilderer, in das kleine Stübchen eingedrungen, hatte die Waage gestohlen und das große, dicke, in Leder eingebundene Buch, in dem jedes Kilo Pilze, jedes Kilo Heublumen, alles eingetragen war, was von den Baleks im Dorf gekauft worden war, und den ganzen Nachmittag des Neujahrtages saßen die Männer des Dorfes in der Stube meiner Urgroßeltern und rechneten, rechneten ein Zehntel von allem, was gekauft worden – aber als sie schon viele tausend Taler errechnet hatten und noch immer nicht zu Ende waren, kamen die Gendarmen des Bezirkshauptmanns, drangen schießend und stechend in die Stube meines Urgroßvaters ein und holten mit Gewalt die Waage und das Buch heraus. Die Schwester meines Großvaters wurde getötet dabei, die kleine Ludmilla, ein paar Männer verletzt, und einer der Gendarmen wurde von Wilhelm Vohla, dem Wilderer, erstochen.

Es gab Aufruhr nicht nur in unserem Dorf, auch in Blaugau und Bernau, und fast eine Woche lang ruhte die Arbeit in den Flachsfabriken. Aber es kamen sehr viele Gendarmen, und die Männer und Frauen wurden mit Gefängnis bedroht, und die Baleks zwangen den Pfarrer, öffentlich in der Schule die Waage vorzuführen und zu beweisen, daß der Zeiger der Gerechtigkeit richtig auspendelte. Und die Männer und Frauen gingen wieder in die Flachsbrechen – aber niemand ging in die Schule, um den Pfarrer anzusehen: er stand ganz allein da, hilflos und traurig mit seinen Gewichtssteinen, der Waage und den Kaffeetüten.

Und die Kinder sammelten wieder Pilze, sammelten wieder Thymian, Blumen und Fingerhut, aber jeden Sonntag wurde in der Kirche, sobald die Baleks sie betraten, das Lied angestimmt: »Gerechtigkeit der Erden, o Herr, hat Dich getötet«, bis der Bezirkshauptmann in allen Dörfern austrommeln ließ, das Singen dieses Liedes sei verboten.

Die Eltern meines Großvaters mußten das Dorf verlassen, das frische Grab ihrer kleinen Tochter; sie wurden Korbflechter, blieben an keinem Ort lange, weil es sie schmerzte, zuzusehen, wie in allen Orten das Pendel der Gerechtigkeit falsch ausschlug. Sie zogen hinter dem Wagen, der langsam über die Landstraße kroch, ihre magere Ziege mit, und wer an dem Wagen vorbeikam, konnte manchmal hören, wie drinnen gesungen wurde: »Gerechtigkeit der Erden, o Herr, hat Dich getötet.« Und wer ihnen zuhören wollte, konnte die Geschichte hören von den Baleks von Bilgan, an deren Gerechtigkeit ein Zehntel fehlte. Aber es hörte ihnen fast niemand zu.

Doktor Murkes gesammeltes Schweigen

Jeden Morgen, wenn er das Funkhaus betreten hatte, unterzog sich Murke einer existentiellen Turnübung: er sprang in den Paternosteraufzug, stieg aber nicht im zweiten Stockwerk, wo sein Büro lag, aus, sondern ließ sich höher tragen, am dritten, am vierten, am fünften Stockwerk vorbei, und jedesmal befiel ihn Angst, wenn die Plattform der Aufzugskabine sich über den Flur des fünften Stockwerks hinweg erhob, die Kabine sich knirschend in den Leerraum schob, wo geölte Ketten, mit Fett beschmierte Stangen, ächzendes Eisenwerk die Kabine aus der Aufwärts- in die Abwärtsrichtung schoben, und Murke starrte voller Angst auf diese einzige unverputzte Stelle des Funkhauses, atmete auf, wenn die Kabine sich zurechtgerückt, die Schleuse passiert und sich wieder eingereiht hatte und langsam nach unten sank, am fünften, am vierten, am dritten Stockwerk vorbei; Murke wußte, daß seine Angst unbegründet war: selbstverständlich würde nie etwas passieren, es konnte gar nichts passieren, und wenn etwas passierte, würde er im schlimmsten Falle gerade oben sein, wenn der Aufzug zum Stillstand kam, und würde eine Stunde, höchstens zwei dort oben eingesperrt sein. Er hatte immer ein Buch in der Tasche, immer Zigaretten mit; doch seit das Funkhaus stand, seit drei Jahren, hatte der Aufzug noch nicht einmal versagt. Es kamen Tage, an denen er nachgesehen wurde, Tage, an denen Murke auf diese viereinhalb Sekunden Angst verzichten mußte, und er war an diesen Tagen gereizt und unzufrieden, wie Leute, die kein Frühstück gehabt haben. Er brauchte diese Angst, wie andere ihren Kaffee, ihren Haferbrei oder ihren Fruchtsaft brauchen.

Wenn er dann im zweiten Stock, wo die Abteilung Kulturwort untergebracht war, vom Aufzug absprang, war er heiter und gelassen, wie eben jemand heiter und gelassen ist, der seine Arbeit liebt und versteht. Er schloß die Tür zu seinem Büro auf, ging langsam zu seinem Sessel, setzte sich und steckte eine Zigarette an: er war immer der erste im Dienst. Er war jung, intelligent und liebenswürdig, und selbst seine Arroganz, die manchmal kurz aufblitzte, selbst diese verzieh man ihm, weil man wußte, daß er Psychologie studiert und mit Auszeichnung promoviert hatte.

Nun hatte Murke seit zwei Tagen aus einem besonderen Grund auf sein Angstfrühstück verzichtet: er hatte schon um acht ins Funkhaus kommen, gleich in ein Studio rennen und mit der Arbeit beginnen müssen, weil er vom Intendanten den Auftrag erhalten hatte, die beiden Vorträge über das Wesen der Kunst, die der große Bur-Malottke auf Band gesprochen hatte, den Anweisungen Bur-Malottkes gemäß zu schneiden. Bur-Malottke, der in der religiösen Begeisterung des Jahres 1945 konvertiert hatte, hatte plötzlich »über Nacht«, so sagte er, »religiöse Bedenken bekommen«, hatte sich »plötzlich angeklagt gefühlt, an der religiösen Überlagerung des Rundfunks mitschuldig zu sein«, und war zu dem Entschluß gekommen, Gott, den er in seinen beiden halbstündigen Vorträgen über das Wesen der Kunst oft zitiert hatte, zu streichen und durch eine Formulierung zu ersetzen, die mehr der Mentalität entsprach, zu der er sich vor 1945 bekannt hatte; Bur-Malottke hatte dem Intendanten vorgeschlagen, das Wort Gott durch die Formulierung »jenes höhere Wesen, das wir verehren« zu ersetzen, hatte sich aber geweigert, die Vorträge neu zu sprechen, sondern darum gebeten, Gott aus den Vorträgen herauszuschneiden und »jenes höhere Wesen, das wir verehren«, hineinzukleben. Bur-Malottke war mit dem Intendanten befreundet, aber nicht diese Freundschaft war die Ursache für des Intendanten Entgegenkommen: Bur-Malottke widersprach man einfach nicht. Er hatte zahlreiche Bücher essayistisch-philosophisch-religiös-kultur-geschichtlichen Inhalts geschrieben, er saß in der Redaktion von drei Zeitschriften und zwei Zeitungen, er war Cheflektor des größten Verlages. Er hatte sich bereit erklärt, am Mittwoch für eine Viertelstunde ins Funkhaus zu kommen und »jenes höhere Wesen, das wir verehren« so oft auf Band zu sprechen, wie Gott in seinen Vorträgen vorkam. Das übrige überließ er der technischen Intelligenz der Funkleute.

Es war für den Intendanten schwierig gewesen, jemanden zu finden, dem er diese Arbeit zumuten konnte; es fiel ihm zwar Murke ein, aber die Plötzlichkeit, mit der ihm Murke einfiel, machte ihn mißtrauisch – er war ein vitaler und gesunder Mann –, und so überlegte er fünf Minuten, dachte an Schwendling, an Humkoke, an Fräulein Broldin, kam aber doch wieder auf Murke. Der Intendant mochte Murke nicht; er hatte ihn zwar sofort engagiert, als man es ihm vorschlug, er hatte ihn engagiert, so wie ein Zoodirektor, dessen Liebe eigentlich den Kaninchen und Rehen gehört, natürlich auch Raubtiere anschafft, weil in einen Zoo eben Raubtiere gehören – aber die Liebe des Intendanten gehörte eben doch den Kaninchen und Rehen, und Murke war für ihn eine intellektuelle Bestie. Schließlich siegte seine Vitalität, und er beauftragte Murke, Bur-Malottkes Vortrag zu schneiden. Die beiden Vorträge waren am Donnerstag und Freitag im Programm, und Bur-Malottkes Gewissensbedenken waren in der Nacht von Sonntag auf Montag gekommen – und man hätte ebensogut Selbstmord begehen können wie Bur-Malottke zu widersprechen, und der Intendant war viel zu vital, um an Selbstmord zu denken.

So hatte Murke am Montag nachmittag und am Dienstag morgen dreimal die beiden halbstündigen Vorträge über das Wesen der Kunst abgehört, hatte Gott hinausgeschnitten und in den kleinen Pausen, die er einlegte, während er stumm mit dem Techniker eine Zigarette rauchte, über die Vitalität des Intendanten und über das niedrige Wesen, das Bur-Malottke verehrte, nachgedacht. Er hatte nie eine Zeile von Bur-Malottke gelesen, nie zuvor einen Vortrag von ihm gehört. Er hatte in der Nacht von Montag auf Dienstag von einer Treppe geträumt, die so hoch und so steil war wie der Eiffelturm, und er war hinaufgestiegen, hatte aber bald gemerkt, daß die Treppenstufen mit Seife eingeschmiert waren, und unten stand der Intendant und rief: »Los, Murke, los ... zeigen Sie, was Sie können ... los!« In der Nacht von Dienstag auf Mittwoch war der Traum ähnlich gewesen: er war ahnungslos auf einem Rummelplatz zu einer Rutschbahn gegangen, hatte dreißig Pfennig an einen Mann bezahlt, der ihm bekannt vorkam, und als er die Rutschbahn betrat, hatte er plötzlich gesehen, daß sie mindestens zehn Kilometer lang war, hatte gewußt, daß es keinen Weg zurück gab, und ihm war eingefallen, daß der Mann, dem er die dreißig Pfennig gegeben hatte, der Intendant war. – An den beiden Morgen nach diesen Träumen hatte er das harmlose Angstfrühstück oben im Leerraum des Paternosters nicht mehr gebraucht.

Jetzt war Mittwoch, und er hatte in der Nacht nichts von Seife, nichts von Rutschbahnen, nichts von Intendanten geträumt. Er betrat lächelnd das Funkhaus, stieg in den Paternoster, ließ sich bis in den sechsten Stock tragen – viereinhalb Sekunden Angst, das Knirschen der Ketten, die unverputzte Stelle –, dann ließ er sich bis zum vierten Stock hinuntertragen, stieg aus und ging auf das Studio zu, wo er mit Bur-Malottke verabredet war. Es war zwei Minuten vor zehn, als er sich in den grünen Sessel setzte, dem Techniker zuwinkte und sich seine Zigarette anzündete. Er atmete ruhig, nahm einen Zettel aus der Brusttasche und blickte auf die Uhr: Bur-Malottke war pünktlich, jedenfalls ging die Sage von seiner Pünktlichkeit; und als der Sekundenzeiger die sechzigste Minute der zehnten Stunde füllte, der Minutenzeiger auf die Zwölf, der Stundenzeiger auf die Zehn rutschte, öffnete sich die Tür, und Bur-Malottke trat ein. Murke erhob sich, liebenswürdig lächelnd, ging auf Bur-Malottke zu und stellte sich vor. Bur-Malottke drückte ihm die Hand, lächelte und sagte: »Na, dann los!« Murke nahm den Zettel vom Tisch, steckte die Zigarette in den Mund und sagte, vom Zettel ablesend, zu Bur-Malottke:

»In den beiden Vorträgen kommt Gott genau siebenundzwanzigmal vor – ich müßte Sie also bitten, siebenundzwanzigmal das zu sprechen, was wir einkleben können. Wir wären Ihnen dankbar, wenn wir Sie bitten dürften, es fünfunddreißigmal zu sprechen, da wir eine gewisse Reserve beim Kleben werden gebrauchen können.«

»Genehmigt«, sagte Bur-Malottke lächelnd und setzte sich.

»Eine Schwierigkeit allerdings«, sagte Murke, »ist folgende: bei dem Wort Gott, so ist es jedenfalls in Ihrem Vortrag, wird, abgesehen vom Genitiv, der kasuale Bezug nicht deutlich, bei ›jenem höheren Wesen, das wir verehren‹, muß er aber deutlich gemacht werden. Wir haben« – er lächelte liebenswürdig zu Bur-Malottke hin – »insgesamt nötig: zehn Nominative und fünf Akkusative, fünfzehnmal also: ›jenes höhere Wesen, das wir verehren‹ – dann sieben Genitive, also: ›jenes höheren Wesens, das wir verehren‹ – fünf Dative: ›jenem höheren Wesen, das wir verehren‹ – es bleibt noch ein Vokativ, die Stelle, wo Sie: ›o Gott‹ sagen. Ich erlaube mir, Ihnen vorzuschlagen, daß wir es beim Vokativ belassen und Sie sprechen: ›O du höheres Wesen, das wir verehren!‹«

Bur-Malottke hatte offensichtlich an diese Komplikationen nicht gedacht; er begann zu schwitzen, die Kasualverschiebung machte ihm Kummer. Murke fuhr fort: »Insgesamt«, sagte er liebenswürdig und freundlich, »werden wir für die siebenundzwanzig neugesprochenen Sätze eine Sendeminute und zwanzig Sekunden benötigen, während das siebenundzwanzigmalige Sprechen von ›Gott‹ nur zwanzig Sekunden Sprechzeit erforderte. Wir müssen also zugunsten Ihrer Veränderung aus jedem Vortrag eine halbe Minute streichen.« Bur-Malottke schwitzte heftiger; er verfluchte sich innerlich selbst seiner plötzlichen Bedenken wegen und fragte: »Geschnitten haben Sie schon, wie?«

»Ja«, sagte Murke, zog eine blecherne Zigarettenschachtel aus der Tasche, öffnete sie und hielt sie Bur-Malottke hin: es waren kurze, schwärzliche Tonbandschnippel in der Schachtel, und Murke sagte leise: »Siebenundzwanzigmal Gott, von Ihnen gesprochen. Wollen Sie sie haben?«

»Nein«, sagte Bur-Malottke wütend, »danke. Ich werde mit dem Intendanten wegen der beiden halben Minuten sprechen. Welche Sendungen folgen auf meine Vorträge?«

»Morgen«, sagte Murke, »folgt Ihrem Vortrag die Routinesendung ›Internes aus KUV‹, eine Sendung, die Dr. Grehm redigiert.«

»Verflucht«, sagte Bur-Malottke, »Grehm wird nicht mit sich reden lassen.«

»Und übermorgen«, sagte Murke, »folgt Ihrem Vortrag die Sendung ›Wir schwingen das Tanzbein‹.«

»Huglieme«, stöhnte Bur-Malottke, »noch nie hat die Abteilung Unterhaltung an die Kultur auch nur eine Fünftelminute abgetreten.«

»Nein«, sagte Murke, »noch nie, jedenfalls« –

und er gab seinem jungen Gesicht den Ausdruck tadelloser Bescheidenheit – »jedenfalls noch nie, solange ich in diesem Hause arbeite.«

»Schön«, sagte Bur-Malottke und blickte auf die Uhr, »in zehn Minuten wird es wohl vorüber sein, ich werde dann mit dem Intendanten wegen der Minute sprechen. Fangen wir an. Können Sie mir Ihren Zettel hierlassen?«

»Aber gern«, sagte Murke, »ich habe die Zahlen genau im Kopf.«

Der Techniker legte die Zeitung aus der Hand, als Murke in die kleine Glaskanzel kam. Der Techniker lächelte. Murke und der Techniker hatten während der sechs Stunden am Montag und Dienstag, als sie Bur-Malottkes Vorträge abgehört und daran herumgeschnitten hatten, nicht ein einziges privates Wort miteinander gesprochen; sie hatten sich nur hin und wieder angesehen, das eine Mal hatte der Techniker Murke, das andere Mal Murke dem Techniker die Zigarettenschachtel hingehalten, wenn sie eine Pause machten, und als Murke jetzt den Techniker lächeln sah, dachte er: Wenn es überhaupt Freundschaft auf dieser Welt gibt, dann ist dieser Mann mein Freund. Er legte die Blechschachtel mit den Schnippeln aus Bur-Malottkes Vortrag auf den Tisch und sagte leise: »Jetzt geht es los.« Er schaltete sich ins Studio und sagte ins Mikrofon: »Das Probesprechen können wir uns sicher sparen, Herr Professor. Am besten fangen wir gleich an: ich darf Sie bitten, mit den Nominativen zu beginnen.«

Bur-Malottke nickte, Murke schaltete sich aus, drückte auf den Knopf, der drinnen im Studio das grüne Licht zum Leuchten brachte, dann hörten sie Bur-Malottkes feierliche, wohlakzentuierte Stimme sagen: »Jenes höhere Wesen, das wir verehren – jenes höhere Wesen ...«

Bur-Malottkes Lippen wölbten sich der Schnauze des Mikrofons zu, als ob er es küssen wollte, Schweiß lief über sein Gesicht, und Murke beobachtete durch die Glaswand hindurch kaltblütig, wie Bur-Malottke sich quälte; dann schaltete er plötzlich Bur-Malottke aus, brachte das ablaufende Band, das Bur-Malottkes Worte aufnahm, zum Stillstand und weidete sich daran, Bur-Malottke stumm wie einen dicken, sehr schönen Fisch hinter der Glaswand zu sehen. Er schaltete sich ein, sagte ruhig ins Studio hinein: »Es tut mir leid, aber unser Band war defekt, und ich muß Sie bitten, noch einmal von vorne mit den Nominativen zu beginnen.« Bur-Malottke fluchte, aber es waren stumme Flüche, die nur er selbst hörte, denn Murke hatte ihn ausgeschaltet, schaltete ihn erst wieder ein, als er angefangen hatte, »jenes höhere Wesen ...« zu sagen. Murke war zu jung, hatte sich zu gebildet gefühlt, um das Wort Haß zu mögen. Hier aber, hinter der Glaswand, während Bur-Malottke seine Genitive sprach, wußte er plötzlich, was Haß ist:

er haßte diesen großen, dicken und schönen Menschen, dessen Bücher in zwei Millionen und dreihundertfünfzigtausend Kopien in Bibliotheken, Büchereien, Bücherschränken und Buchhandlungen herumlagen, und er dachte nicht eine Sekunde daran, diesen Haß zu unterdrücken. Murke schaltete sich, nachdem Bur-Malottke zwei Genitive gesprochen hatte, wieder ein, sagte ruhig: »Verzeihung, daß ich Sie unterbreche: die Nominative waren ausgezeichnet, auch der erste Genitiv, aber bitte, vom zweiten Genitiv ab noch einmal; ein wenig weicher, ein wenig gelassener, ich spiel' es Ihnen mal 'rein.« Und er gab, obwohl Bur-Malottke heftig den Kopf schüttelte, dem Techniker ein Zeichen, das Band ins Studio zu spielen. Sie sahen, daß Bur-Malottke zusammenzuckte, noch heftiger schwitzte, sich dann die Ohren zuhielt, bis das Band durchgelaufen war. Er sagte etwas, fluchte, aber Murke und der Techniker hörten ihn nicht, sie hatten ihn ausgeschaltet: Kalt wartete Murke, bis er von Bur-Malottkes Lippen ablesen konnte, daß er wieder mit dem höheren Wesen begonnen hatte, er schaltete Mikrofon und Band ein, und Bur-Malottke fing mit den Dativen an: »jenem höheren Wesen, das wir verehren«.

Nachdem er die Dative gesprochen hatte, knüllte er Murkes Zettel zusammen, erhob sich, in Schweiß gebadet und zornig, wollte zur Tür gehen: aber Murkes sanfte, liebenswürdige junge

Stimme rief ihn zurück. Murke sagte: »Herr Professor, Sie haben den Vokativ vergessen.« Bur-Malottke warf ihm einen haßerfüllten Blick zu und sprach ins Mikrofon: »O du höheres Wesen, das wir verehren!«

Als er hinausgehen wollte, rief ihn abermals Murkes Stimme zurück. Murke sagte: »Verzeihen Sie, Herr Professor, aber in dieser Weise gesprochen, ist der Satz unbrauchbar.«

»Um Gottes willen«, flüsterte ihm der Techniker zu, »übertreiben Sie's nicht.«

Bur-Malottke war mit dem Rücken zur Glaskanzel an der Tür stehengeblieben, als sei er durch Murkes Stimme festgeklebt.

Er war, was er noch nie gewesen war: er war ratlos, und diese so junge, liebenswürdige, so maßlos intelligente Stimme peinigte ihn, wie ihn noch nie etwas gepeinigt hatte.

Murke fuhr fort: »Ich kann es natürlich so in den Vortrag hineinkleben, aber ich erlaube mir, Sie darauf aufmerksam zu machen, Herr Professor, daß es nicht gut wirken wird.«

Bur-Malottke drehte sich um, ging wieder zum Mikrofon zurück und sagte leise und feierlich: »O du höheres Wesen, das wir verehren.«

Ohne sich nach Murke umzusehen, verließ er das Studio. Es war genau Viertel nach zehn, und er stieß in der Tür mit einer jungen, hübschen Frau zusammen, die Notenblätter in der Hand hielt.

Die junge Frau war rothaarig und blühend, sie ging energisch zum Mikrofon, drehte es, rückte den Tisch zurecht, so daß sie frei vor dem Mikrofon stehen konnte.

In der Glaskanzel unterhielt sich Murke eine halbe Minute mit Huglieme, dem Redakteur der Unterhaltungsabteilung. Huglieme sagte, indem er auf die Zigarettenschachtel deutete: »Brauchen Sie das noch?« Und Murke sagte: »Ja, das brauche ich noch.« Drinnen sang die rothaarige junge Frau: »Nimm meine Lippen, so wie sie sind, und sie sind schön.« Huglieme schaltete sich ein und sagte ruhig ins Mikrofon: »Halt doch bitte noch für zwanzig Sekunden die Fresse, ich bin noch nicht ganz soweit.« Die junge Frau lachte, schürzte den Mund und sagte: »Du schwules Kamel.« Murke sagte zum Techniker: »Ich komme also um elf, dann schnippeln wir's auseinander und kleben es 'rein.«

»Müssen wir's nachher auch noch abhören?« fragte der Techniker. »Nein«, sagte Murke, »nicht um eine Million Mark höre ich es noch einmal ab.«

Der Techniker nickte, legte das Band für die rothaarige Sängerin ein, und Murke ging.

Er steckte eine Zigarette in den Mund, ließ sie unangezündet und ging durch den rückwärtigen Flur auf den zweiten Paternoster zu, der an der Südseite lag und zur Kantine hinunterführte. Die Teppiche, die Flure, die Möbel und Bilder, alles reizte ihn. Es waren schöne Teppiche, schöne Flure, schöne Möbel und geschmackvolle Bilder, aber er hatte plötzlich den Wunsch, das kitschige Herz-Jesu-Bildchen, das seine Mutter ihm geschickt hatte, hier irgendwo an der Wand zu sehen. Er blieb stehen, blickte um sich, lauschte, zog das Bildchen aus der Tasche und klemmte es zwischen Tapete und Türfüllung an die Tür des Hilfsregisseurs der Hörspielabteilung. Das Bildchen war bunt, grell, und unter der Abbildung des Herzens Jesu war zu lesen: *Ich betete für Dich in Sankt Jacobi.*

Murke ging weiter, stieg in den Paternoster und ließ sich nach unten tragen. Auf dieser Seite des Funkhauses waren die Schrörschnauzaschenbecher, die beim Preisausschreiben um die besten Aschenbecher den ersten Preis bekommen hatten, schon angebracht. Sie hingen neben den erleuchteten roten Zahlen, die das Stockwerk angaben: eine rote Vier, ein Schrörschnauzaschenbecher, eine rote Drei, ein Schrörschnauzaschenbecher, eine rote Zwei, ein Schrörschnauzaschenbecher. Es waren schöne, aus Kupfer getriebene, muschelförmige Aschenbecher, deren Stütze irgendein aus Kupfer getriebenes, originelles Meeresgewächs war: knotige Algen – und jeder Aschenbecher hatte zweihundertachtundfünfzig Mark und siebenundsiebzig Pfennig gekostet. Sie waren so schön, daß Murke noch nie den Mut gehabt hatte, sie mit seiner Zigarettenasche oder gar mit etwas Unästhetischem wie einer Kippe zu verunreinigen. Allen anderen Rauchern schien es ähnlich zu gehen – leere Zigarettenschachteln, Kippen und Asche lagen immer unter den schönen Aschenbechern auf dem Boden: niemand schien den Mut zu finden, diese Aschenbecher wirklich als solche zu benutzen; kupfern waren sie, blank und immer leer.

Murke sah schon den fünften Aschenbecher neben der rot erleuchteten Null auf sich zukommen, die Luft wurde wärmer, es roch nach Speisen, Murke sprang ab und taumelte in die Kantine. In der Ecke saßen drei freie Mitarbeiter an einem Tisch. Eierbecher, Brotteller und Kaffekannen standen um sie herum.

Die drei Männer hatten zusammen eine Hörfolge: ›Die Lunge, Organ des Menschen‹, verfaßt, hatten zusammen ihr Honorar abgeholt, zusammen gefrühstückt, tranken jetzt einen Schnaps miteinander und knobelten um den Steuerbeleg. Murke kannte einen von ihnen gut, Wendrich; aber Wendrich rief gerade heftig »Kunst!« – »Kunst«, rief er noch einmal, »Kunst, Kunst!«, und Murke zuckte erschreckt zusammen, wie der Frosch, an dem Galvani die Elektrizität entdeckte. Murke hatte das Wort *Kunst* an den beiden letzten Tagen zu oft gehört, aus Bur-Malottkes Mund; es kam genau einhundertvierunddreißigmal in den beiden Vorträgen vor; und er hatte die Vorträge dreimal, also vierhundertundzweimal das Wort *Kunst* gehört, zu oft, um Lust auf eine Unterhaltung darüber zu verspüren. Er drückte sich an der Theke vorbei in eine Laube in der entgegengesetzten Ekke der Kantine und atmete erleichtert auf, als die Laube frei war. Er setzte sich in den gelben Polstersessel, zündete die Zigarette an, und als Wulla kam, die Kellnerin, sagte er: »Bitte Apfelsaft« und war froh, daß Wulla gleich wieder verschwand. Er kniff die Augen zu, lauschte aber, ohne es zu wollen, auf das Gespräch der freien Mitarbeiter in der Ecke, die sich leidenschaftlich über Kunst zu streiten schienen; jedesmal, wenn einer von ihnen »Kunst« rief, zuckte Murke zusammen. Es ist, als ob man ausgepeitscht würde, dachte er.

Wulla, die ihm den Apfelsaft brachte, sah ihn besorgt an. Sie war groß und kräftig, aber nicht dick, hatte ein gesundes, fröhliches Gesicht, und während sie den Apfelsaft aus der Karaffe ins Glas goß, sagte sie: »Sie sollten Ihren Urlaub nehmen, Herr Doktor, und das Rauchen besser lassen.«

Früher hatte sie sich Wilfriede-Ulla genannt, dann aber den Namen der Einfachheit halber zu Wulla zusammengezogen. Sie hatte einen besonderen Respekt vor den Leuten von der kulturellen Abteilung.

»Lassen Sie mich in Ruhe«, sagte Murke, »bitte lassen Sie mich!«

»Und Sie sollten mal mit ’nem einfachen netten Mädchen ins Kino gehen«, sagte Wulla.

»Das werde ich heute abend tun«, sagte Murke, »ich verspreche es Ihnen.«

»Es braucht nicht gleich eins von den Flittchen zu sein«, sagte Wulla, »ein einfaches, nettes, ruhiges Mädchen mit Herz. Die gibt es immer noch.«

»Ich weiß«, sagte Murke, »es gibt sie, und ich kenne sogar eine.«

Na also, dachte Wulla und ging zu den freien Mitarbeitern hinüber, von denen einer drei Schnäpse und drei Tassen Kaffee bestellt hatte. Die armen Herren, dachte Wulla, die Kunst macht sie noch ganz verrückt. Sie hatte ein Herz für die freien Mitarbeiter und war immer darauf aus, sie zur Sparsamkeit anzuhalten. Haben sie mal Geld, dachte sie, dann hauen sie's gleich auf den Kopf, und sie ging zur Theke und gab kopfschüttelnd dem Büfettier die Bestellung der drei Schnäpse und der drei Tassen Kaffee durch.

Murke trank von dem Apfelsaft, drückte die Zigarette in den Aschenbecher und dachte voller Angst an die Stunden zwischen elf und eins, in denen er Bur-Malottkes Sprüche auseinanderschneiden und an die richtigen Stellen in den Vorträgen hineinkleben mußte. Um zwei wollte der Intendant die beiden Vorträge in sein Studio gespielt haben. Murke dachte an Schmierseife, an Treppen, steile Treppen und Rutschbahnen, er dachte an die Vitalität des Intendanten, dachte an

Bur-Malottke und erschrak, als er Schwendling in die Kantine kommen sah.

Schwendling hatte ein rot-schwarzes, großkariertes Hemd an und steuerte zielsicher auf die Laube zu, in der Murke sich verbarg. Schwendling summte den Schlager, der jetzt sehr beliebt war: »Nimm meine Lippen, so wie sie sind, und sie sind schön ...«, stutzte, als er Murke sah, und sagte: »Na, du? Ich denke, du schneidest den Käse von Bur-Malottke zurecht.«

»Um elf geht es weiter«, sagte Murke.

»Wulla, ein Bier«, brüllte Schwendling zur Theke hin, »einen halben Liter. – Na«, sagte er zu Murke hin, »du hättest dafür 'nen Extraurlaub verdient, das muß ja gräßlich sein. Der Alte hat mir erzählt, worum es geht.«

Murke schwieg, und Schwendling sagte: »Weißt du das Neueste von Muckwitz?« Murke schüttelte erst uninteressiert den Kopf, fragte dann aus Höflichkeit: »Was ist denn mit ihm?«

Wulla brachte das Bier, Schwendling trank daran, blähte sich ein wenig und sagte langsam: »Muckwitz verfeaturt die Taiga.«

Murke lachte und sagte: »Was macht Fenn?«

»Der«, sagte Schwendling, »der verfeaturt die Tundra.«

»Und Weggucht?«

»Weggucht macht ein Feature über mich, und später mache ich eins über ihn nach dem Wahlspruch: Verfeature du mich, dann verfeature ich dich ...«

Einer der freien Mitarbeiter war jetzt aufgesprungen und brüllte emphatisch in die Kantine hinein: »Kunst – Kunst – das allein ist es, worauf es ankommt.«

Murke duckte sich, wie ein Soldat sich duckt, der im feindlichen Schützengraben die Abschüsse der Granatwerfer gehört hat. Er trank noch einen Schluck Apfelsaft und zuckte wieder zusammen, als eine Stimme durch den Lautsprecher sagte: »Herr Doktor Murke wird im Studio dreizehn erwartet – Herr Doktor Murke wird im Studio dreizehn erwartet.« Er blickte auf die Uhr, es war erst halb elf, aber die Stimme fuhr unerbittlich fort: »Herr Doktor Murke wird im Studio dreizehn erwartet. – Herr Doktor Murke wird im Studio dreizehn erwartet.« Der Lautsprecher hing über der Theke des Kantinenraumes, gleich unterhalb des Spruches, den der Intendant hatte an die Wand malen lassen: *Disziplin ist alles.*

»Na«, sagte Schwendling, »es nutzt nichts, geh.«

»Nein«, sagte Murke, »es nutzt nichts.« Er stand auf, legte Geld für den Apfelsaft auf den Tisch, drückte sich am Tisch der freien Mitarbeiter vorbei, stieg draußen in den Paternoster und ließ sich an den fünf Schrörschnauzaschenbechern vorbei wieder nach oben tragen. Er sah sein Herz-Jesu-Bildchen noch in der Türfüllung des Hilfsregisseurs geklemmt und dachte: »Gott sei Dank, jetzt ist wenigstens ein kitschiges Bild im Funkhaus.«

Er öffnete die Tür zur Kanzel des Studios, sah den Techniker allein und ruhig vor vier Pappkartons sitzen und fragte müde: »Was ist denn los?«

»Die waren früher fertig, als sie gedacht hatten, und wir haben eine halbe Stunde gewonnen«, sagte der Techniker, »ich dachte, es läge Ihnen vielleicht daran, die halbe Stunde auszunutzen.«

»Da liegt mir allerdings daran«, sagte Murke, »ich habe um eins eine Verabredung. Also fangen wir an. Was ist mit den Kartons?«

»Ich habe«, sagte der Techniker, »für jeden Kasus einen Karton – die Akkusative im ersten, im zweiten die Genitive, im dritten die Dative und in dem da« – er deutete auf den Karton, der am weitesten rechts stand, einen kleinen Karton, auf dem REINE SCHOKOLADE stand, und sagte: »und da drin liegen die beiden Vokative, in der rechten Ekke der gute, in der linken der schlechte.«

»Das ist großartig«, sagte Murke, »Sie haben den Dreck also schon auseinandergeschnitten.«

»Ja«, sagte der Techniker, »und wenn Sie sich die Reihenfolge notiert haben, in der die Fälle eingeklebt werden müssen, sind wir spätestens in 'ner Stunde fertig. Haben Sie sich's notiert?«

»Hab ich«, sagte Murke. Er zog einen Zettel aus der Tasche, auf dem die Ziffern 1 bis 27 notiert waren; hinter jeder Ziffer stand ein Kasus.

Murke setzte sich, hielt dem Techniker die Zigarettenschachtel hin; sie rauchten beide, während der Techniker die zerschnittenen Bänder mit Bur-Malottkes Vorträgen auf die Rolle legte.

»In den ersten Schnitt«, sagte Murke, »müssen wir einen Akkusativ einkleben.« Der Techniker griff in den ersten Karton, nahm einen der Bandschnippel und klebte ihn in die Lücke.

»In den zweiten«, sagte Murke, »'nen Dativ.«

Sie arbeiteten flink, und Murke war erleichtert, weil es so rasch ging.

»Jetzt«, sagte er, »kommt der Vokativ; natürlich nehmen wir den schlechten.«

Der Techniker lachte und klebte Bur-Malottkes schlechten Vokativ in das Band. »Weiter«, sagte er, »weiter!« – »Genitiv«, sagte Murke.

Der Intendant las gewissenhaft jeden Hörerbrief. Der, den er jetzt gerade las, hatte folgenden Wortlaut:

Lieber Rundfunk, gewiß hast Du keine treuere Hörerin als mich. Ich bin eine alte Frau, ein Mütterchen von siebenundsiebzig Jahren, und ich höre Dich seit dreißig Jahren täglich. Ich bin nie sparsam mit meinem Lob gewesen. Vielleicht entsinnst Du Dich meines Briefes über die Sendung: ›Die sieben Seelen der Kuh Kaweida‹. Es war eine großartige Sendung – aber nun muß ich böse mit Dir werden! Die Vernachlässigung, die die Hundeseele im Rundfunk erfährt, wird allmählich empörend. Das nennst Du dann Humanismus. Hitler hatte bestimmt seine Nachteile: wenn man alles glauben kann, was man so hört, war er ein garstiger Mensch, aber eins hatt' er: er hatte ein Herz für Hunde und tat etwas für sie. Wann kommt der Hund endlich im deutschen Rundfunk wieder zu seinem Recht? So wie Du es in der Sendung ›Wie Katz und Hund‹ versucht hast, geht es jedenfalls nicht: es war eine Beleidigung für jede Hundeseele. Wenn mein kleiner Lohengrin reden könnte, der würd's Dir sagen! Und gebellt hat er, der Liebe, während Deine mißglückte Sendung ablief, gebellt hat er, daß einem 's Herz aufgehen konnte vor Scham. Ich zahle meine zwei Mark im Monat wie jeder andere Hörer und mache von meinem Recht Gebrauch und stelle die Frage: Wann kommt die Hundeseele endlich im Rundfunk wieder zu ihrem Recht?

Freundlich – obwohl ich so böse mit Dir bin –

Deine Jadwiga Herchen, ohne Beruf

P. S. Sollte keiner von den zynischen Gesellen, die Du Dir zur Mitarbeit aussuchst, fähig sein, die Hundeseele in entsprechender Weise zu würdigen, so bediene Dich meiner bescheidenen Versuche, die ich Dir beilege. Aufs Honorar würde ich verzichten. Du kannst es gleich dem Tierschutzverein überweisen.

Beiliegend: 35 Manuskripte. Deine J. H.

Der Intendant seufzte. Er suchte nach den Manuskripten, aber seine Sekretärin hatte sie offenbar schon wegsortiert. Der Intendant stopfte sich eine Pfeife, steckte sie an, leckte sich über die vitalen Lippen, hob den Telefonhörer und ließ sich mit Krochy verbinden. Krochy hatte ein winziges Stübchen mit einem winzigen, aber geschmackvollen Schreibtisch oben in der Abteilung Kulturwort und verwaltete ein Ressort, das so schmal war wie sein Schreibtisch: Das Tier in der Kultur.

»Krochy«, sagte der Intendant, als dieser sich bescheiden meldete, »wann haben wir zuletzt etwas über Hunde gebracht?«

»Über Hunde?« sagte Krochy. »Herr Intendant, ich glaube, noch nie, jedenfalls, solange ich hier bin noch nicht.«

»Und wie lange sind Sie schon hier, Krochy?« Und Krochy oben in seinem Zimmer zitterte, weil die Stimme des Intendanten so sanft wurde; er wußte, daß nichts Gutes bevorstand, wenn diese Stimme sanft wurde.

»Zehn Jahre bin ich jetzt hier, Herr Intendant«, sagte Krochy.

»Es ist eine Schweinerei«, sagte der Intendant, »daß Sie noch nie etwas über Hunde gebracht haben, schließlich fällt es in Ihr Ressort. Wie hieß der Titel Ihrer letzten Sendung?«

»Meine letzte Sendung hieß«, stotterte Krochy.

»Sie brauchen den Satz nicht zu wiederholen«, sagte der Intendant, »wir sind nicht beim Militär.«

»Eulen im Gemäuer«, sagte Krochy schüchtern.

»Innerhalb der nächsten drei Wochen«, sagte der Intendant, nun wieder sanft, »möchte ich eine Sendung über die Hundeseele hören.«

»Jawohl«, sagte Krochy, er hörte den Klicks, mit dem der Intendant den Hörer aufgelegt hatte, seufzte tief und sagte: »O mein Gott!«

Der Intendant griff zum nächsten Hörerbrief.

In diesem Augenblick trat Bur-Malottke ein. Er durfte sich die Freiheit nehmen, jederzeit unangemeldet hereinzukommen, und er nahm sich diese Freiheit häufig. Er schwitzte noch, setzte sich müde auf einen Stuhl dem Intendanten gegenüber und sagte: »Guten Morgen also.«

»Guten Morgen«, sagte der Intendant und schob den Hörerbrief beiseite. »Was kann ich für Sie tun?«

»Bitte«, sagte Bur-Malottke, »schenken Sie mir eine Minute.«

»Bur-Malottke«, sagte der Intendant und machte eine großartige, vitale Geste, »braucht mich nicht um eine Minute zu bitten, Stunden, Tage stehen zu Ihrer Verfügung.«

»Nein«, sagte Bur-Malottke, »es handelt sich nicht um eine gewöhnliche Zeitminute, sondern um eine Sendeminute. Mein Vortrag ist durch die Änderung um eine Minute länger geworden.«

Der Intendant wurde ernst, wie ein Satrap, der

Provinzen verteilt. »Hoffentlich«, sagte er sauer, »ist es nicht eine politische Minute.«

»Nein«, sagte Bur-Malottke, »eine halbe lokale und eine halbe Unterhaltungsminute.«

»Gott sei Dank«, sagte der Intendant, »ich habe bei der Unterhaltung noch neunundsiebzig Sekunden, bei den Lokalen noch dreiundachtzig Sekunden gut, gerne gebe ich einem Bur-Malottke eine Minute.«

»Sie beschämen mich«, sagte Bur-Malottke.

»Was kann ich sonst noch für Sie tun?« fragte der Intendant.

»Ich wäre Ihnen dankbar«, sagte Bur-Malottke, »wenn wir gelegentlich darangehen könnten, alle Bänder zu korrigieren, die ich seit 1945 besprochen habe. Eines Tages«, sagte er – er fuhr sich über die Stirn und blickte schwermütig auf den echten Brüller, der über des Intendanten Schreibtisch hing –, »eines Tages werde ich« – er stockte, denn die Mitteilung, die er dem Intendanten zu machen hatte, war zu schmerzlich für die Nachwelt – »eines Tages werde ich – sterben werde ich –«, und er machte wieder eine Pause und gab dem Intendanten Gelegenheit, bestürzt auszusehen und abwehrend mit der Hand zu winken – »und es ist mir unerträglich, daran zu denken, daß nach meinem Tode möglicherweise Bänder ablaufen, auf denen ich Dinge sage, von denen ich nicht mehr überzeugt war. Besonders zu politischen Äußerungen habe ich mich im Eifer des fünfundvierziger Jahres hinreißen lassen, zu Äußerungen, die mich heute mit starken Bedenken erfüllen und die ich nur auf das Konto jener Jugendlichkeit setzen kann, die von jeher mein Werk ausgezeichnet hat. Die Korrekturen meines geschriebenen Werkes laufen bereits an, ich möchte Sie bitten, mir bald die Gelegenheit zu geben, auch mein gesprochenes Werk zu korrigieren.«

Der Intendant schwieg, hüstelte nur leicht, und kleine, sehr helle Schweißtröpfchen zeigten sich auf seiner Stirn: es fiel ihm ein, daß Bur-Malottke seit 1945 jeden Monat mindestens eine Stunde gesprochen hatte, und er rechnete flink, während Bur-Malottke weitersprach: zwölf Stunden mal zehn waren einhundertzwanzig Stunden gesprochenen Bur-Malottkes.

»Pedanterie«, sagte Bur-Malottke, »wird ja nur von unsauberen Geistern als des Genies unwürdig bezeichnet, wir wissen ja« – und der Intendant fühlte sich geschmeichelt, durch das Wir unter die sauberen Geister eingereiht zu sein –, »daß die wahren, die großen Genies Pedanten waren. Himmelsheim ließ einmal eine ganze, ausgedruckte Auflage seines ›Seelon‹ auf eigene Kosten neu binden, weil drei oder vier Sätze in der Mitte dieses Werkes ihm nicht mehr entsprechend erschienen. Der Gedanke, daß Vorträge von mir gesendet werden können, von denen ich nicht mehr überzeugt war, als ich das Zeitliche segnete – der Gedanke ist mir unerträglich. Welche Lösung würden Sie vorschlagen?«

Die Schweißtropfen auf der Stirn des Intendanten waren größer geworden. »Es müßte«, sagte er leise, »erst einmal eine genaue Aufstellung aller von Ihnen gesprochenen Sendungen gemacht und dann im Archiv nachgesehen werden, ob diese Bänder noch alle dort sind.«

»Ich hoffe«, sagte Bur-Malottke, »daß man keins der Bänder gelöscht hat, ohne mich zu verständigen. Man hat mich nicht verständigt, also hat man kein Band gelöscht.«

»Ich werde alles veranlassen«, sagte der Intendant.

»Ich bitte darum«, sagte Bur-Malottke spitz und stand auf. »Guten Morgen.«

»Guten Morgen«, sagte der Intendant und geleitete Bur-Malottke zur Tür.

Die freien Mitarbeiter in der Kantine hatten sich entschlossen, ein Mittagessen zu bestellen. Sie hatten noch mehr Schnaps getrunken, sprachen immer noch über Kunst, ihr Gespräch war ruhiger, aber nicht weniger leidenschaftlich geworden. Sie sprangen alle erschrocken auf, als plötzlich Wanderburn in die Kantine trat. Wanderburn war ein großer, melancholisch aussehender Dichter mit dunklem Haar, einem sympathischen Gesicht, das ein wenig vom Stigma des Ruhmes gekerbt war. Er war an diesem Tage unrasiert und sah deshalb noch sympathischer aus. Er ging auf den Tisch der drei freien Mitarbeiter zu, setzte sich erschöpft hin und sagte: »Kinder, gebt mir etwas zu trinken. In diesem Hause habe ich immer das Gefühl, zu verdursten.«

Sie gaben ihm zu trinken, einen Schnaps, der noch dastand, und den Rest aus einer Sprudelflasche. Wanderburn trank, setzte das Glas ab, blickte die drei Männer der Reihe nach an und sagte: »Ich warne Sie vor dem Funk, vor diesem Scheißkasten – vor diesem geleckten, geschniegelten, aalglatten Scheißkasten. Ich warne Sie. Er macht uns alle kaputt.«

Seine Warnung war aufrichtig und beeindruckte die drei jungen Männer sehr; aber die drei jungen Männer wußten nicht, daß Wanderburn gerade von der Kasse kam, wo er sich viel Geld als Honorar für eine leichte Bearbeitung des Buches Hiob abgeholt hatte.

»Sie schneiden uns«, sagte Wanderburn, »zehren unsere Substanz auf, kleben uns, und wir alle werden es nicht aushalten.«

Er trank den Sprudel aus, setzte das Glas auf den Tisch und schritt mit melancholisch wehendem Mantel zur Tür.

Punkt zwölf war Murke mit dem Kleben fertig. Sie hatten den letzten Schnippel, einen Dativ, gerade eingeklebt, als Murke aufstand. Er hatte schon die Türklinke in der Hand, da sagte der Techniker: »Ein so empfindliches und kostspieliges Gewissen möcht' ich auch mal haben. Was machen wir mit der Dose?« Er zeigte auf die Zigarettenschachtel, die oben im Regal zwischen den Kartons mit neuen Bändern stand.

»Lassen Sie sie stehen«, sagte Murke.

»Wozu?«

»Vielleicht brauchen wir sie noch.«

»Halten Sie's für möglich, daß er wieder Gewissensqualen bekommt?«

»Nicht unmöglich«, sagte Murke, »warten wir besser ab. Auf Wiedersehen.« Er ging zum vorderen Paternoster, ließ sich zum zweiten Stock hinuntertragen und betrat erstmals an diesem Tage sein Büro. Die Sekretärin war zum Essen gegangen, Murkes Chef, Humkoke, saß am Telefon und las in einem Buch. Er lächelte Murke zu, stand auf und sagte: »Na, Sie leben ja noch. Ist dies Buch Ihres? Haben Sie es auf den Schreibtisch gelegt?« Er hielt Murke den Titel hin, und Murke sagte: »Ja, es ist meins.« Das Buch hatte einen grün-grau-orangefarbenen Schutzumschlag, hieß ›Batley's Lyrik-Kanal‹; es handelte von einem jungen englischen Dichter, der vor hundert Jahren einen Katalog des Londoner Slangs angelegt hatte.

»Es ist ein großartiges Buch«, sagte Murke.

»Ja«, sagte Humkoke, »es ist großartig, aber Sie lernen es nie.«

Murke sah ihn fragend an.

»Sie lernen es nie, daß man großartige Bücher nicht auf dem Tisch herumliegen läßt, wenn Wanderburn erwartet wird, und Wanderburn wird immer erwartet. Der hat es natürlich gleich erspäht, es aufgeschlagen, fünf Minuten darin gelesen, und was ist die Folge?«

Murke schwieg.

»Die Folge ist«, sagte Humkoke, »zwei einstündige Sendungen von Wanderburn über ›Batley's Lyrik-Kanal‹. Dieser Bursche wird uns eines Tages noch seine eigene Großmutter als Feature servieren, und das Schlimmste ist eben, daß eine seiner Großmütter auch meine war. Bitte, Murke, merken Sie sich: nie großartige Bücher auf den Tisch, wenn Wanderburn erwartet wird, und ich wiederhole, er wird immer erwartet. – So, und nun gehen Sie, Sie haben den Nachmittag frei, und ich nehme an, daß Sie den freien Nachmittag verdient haben. – Ist der Kram fertig? Haben Sie ihn noch einmal abgehört?«

»Ich habe alles fertig«, sagte Murke, »aber abhören kann ich die Vorträge nicht mehr, ich kann es einfach nicht.«

»›Ich kann es einfach nicht‹, ist eine sehr kindliche Redewendung«, sagte Humkoke.

»Wenn ich das Wort Kunst heute noch einmal hören muß, werde ich hysterisch«, sagte Murke.

»Sie sind es schon«, sagte Humkoke, »und ich billige Ihnen sogar zu, daß Sie Grund haben, es zu sein. Drei Stunden Bur-Malottke, das haut hin, das schmeißt den stärksten Mann um, und Sie sind nicht einmal ein starker Mann.« Er warf das Buch auf den Tisch, kam einen Schritt auf Murke zu und sagte: »Als ich in Ihrem Alter war, hatte ich einmal eine vierstündige Hitlerrede um drei Minuten zu schneiden, und ich mußte mir die Rede dreimal anhören, ehe ich würdig war, vorzuschlagen, welche drei Minuten herausgeschnitten werden sollten. Als ich anfing, das Band zum erstenmal zu hören, war ich noch ein Nazi, aber als ich die Rede zum drittenmal durch hatte, war ich kein Nazi mehr; es war eine harte, schreckliche, aber sehr wirksame Kur.«

»Sie vergessen«, sagte Murke leise, »daß ich von Bur-Malottke schon geheilt war, bevor ich seine Bänder hören mußte.«

»Sie sind doch eine Bestie«, sagte Humkoke lachend, »gehen Sie, der Intendant hört es sich um zwei noch einmal an. Sie müssen nur erreichbar sein, falls etwas passiert.«

»Von zwei bis drei bin ich zu Hause«, sagte Murke.

»Noch etwas«, sagte Humkoke und zog eine gelbe Keksdose aus einem Regal, das neben Murkes Schreibtisch stand, »was für Bandschnippel haben Sie in dieser Dose?«

Murke wurde rot. »Es sind«, sagte er, »ich sammle eine bestimmte Art von Resten.«

»Welche Art Reste?« fragte Humkoke.

»Schweigen«, sagte Murke, »ich sammle Schweigen.«

Humkoke sah ihn fragend an, und Murke fuhr fort: »Wenn ich Bänder zu schneiden habe, wo die Sprechenden manchmal eine Pause gemacht haben – auch Seufzer, Atemzüge, absolutes Schweigen –, das werfe ich nicht in den Abfallkorb, sondern das sammle ich. Bur-Malottkes Bänder übrigens gaben nicht eine Sekunde Schweigen her.«

Humkoke lachte: »Natürlich, der wird doch nicht schweigen. – Und was machen Sie mit den Schnippeln?«

»Ich klebe sie aneinander und spiele mir das Band vor, wenn ich abends zu Hause bin. Es ist noch nicht viel, ich habe erst drei Minuten – aber es wird ja auch nicht viel geschwiegen.«

»Ich muß Sie darauf aufmerksam machen, daß es verboten ist, Teile von Bändern mit nach Hause zu nehmen.«

»Auch Schweigen?« fragte Murke.

Humkoke lachte und sagte: »Nun gehen Sie!« Und Murke ging.

Als der Intendant wenige Minuten nach zwei in sein Studio kam, war der Bur-Malottke-Vortrag eben angelaufen:

...*und wo immer, wie immer, warum immer*

und wann immer wir das Gespräch über das Wesen der Kunst beginnen, müssen wir zuerst auf jenes höhere Wesen, das wir verehren, blicken, müssen uns in Ehrfurcht vor jenem höheren Wesen, das wir verehren, beugen und müssen die Kunst dankbar als ein Geschenk jenes höheren Wesens, das wir verehren, entgegennehmen. Die Kunst...

Nein, dachte der Intendant, ich kann wirklich keinem Menschen zumuten, einhundertzwanzig Stunden Bur-Malottke abzuhören. Nein, dachte er, es gibt Dinge, die man einfach nicht machen kann, die ich nicht einmal Murke gönne. Er ging in sein Arbeitszimmer zurück, schaltete dort den Lautsprecher an und hörte gerade Bur-Malottke sagen: »O du höheres Wesen, das wir verehren ...« Nein, dachte der Intendant, nein, nein.

Murke lag zu Hause auf seiner Couch und rauchte. Neben ihm auf einem Stuhl stand eine Tasse Tee, und Murke blickte gegen die weiße Decke des Zimmers. An seinem Schreibtisch saß ein bildschönes, blondes Mädchen, das starr zum Fenster hinaus auf die Straße blickte. Zwischen Murke und dem Mädchen, auf einem Rauchtisch, stand ein Bandgerät, das auf Aufnahme gestellt war. Kein Wort wurde gesprochen, kein Laut fiel. Man hätte das Mädchen für ein Fotomodell halten können, so schön und so stumm war es.

»Ich kann nicht mehr«, sagte das Mädchen

plötzlich, »ich kann nicht mehr, es ist unmenschlich, was du verlangst. Es gibt Männer, die unsittliche Sachen von einem Mädchen verlangen, aber ich meine fast, was du von mir verlangst, wäre noch unsittlicher als die Sachen, die andere Männer von einem Mädchen verlangen.«

Murke seufzte. »Mein Gott«, sagte er, »liebe Rina, das muß ich alles wieder 'rausschneiden, sei doch vernünftig, sei lieb und beschweige mir wenigstens noch fünf Minuten Band.«

»Beschweigen«, sagte das Mädchen, und sie sagte es auf eine Weise, die man vor dreißig Jahren »unwirsch« genannt hätte. »Beschweigen, das ist auch so eine Erfindung von dir. Ein Band besprechen würde ich mal gern – aber beschweigen ...«

Murke war aufgestanden und hatte den Bandapparat abgestellt. »Ach Rina«, sagte er, »wenn du wüßtest, wie kostbar mir dein Schweigen ist. Abends, wenn ich müde bin, wenn ich hier sitzen muß, lasse ich mir dein Schweigen ablaufen. Bitte sei nett und beschweige mir wenigstens noch drei Minuten und erspare mir das Schneiden; du weißt doch, was Schneiden für mich bedeutet.«

»Meinetwegen«, sagte das Mädchen, »aber gib mir wenigstens eine Zigarette.«

Murke lächelte, gab ihr eine Zigarette und sagte: »So habe ich dein Schweigen im Original und auf Band, das ist großartig.« Er stellte das Band wieder ein, und beide saßen schweigend einander gegenüber, bis das Telefon klingelte. Murke stand auf, zuckte hilflos die Achseln und nahm den Hörer auf.

»Also«, sagte Humkoke, »die Vorträge sind glatt durchgelaufen, der Chef hat nichts Negatives gesagt ... Sie können ins Kino gehen. – Und denken Sie an den Schnee.«

»An welchen Schnee?« fragte Murke und blickte hinaus auf die Straße, die in der grellen Sommersonne lag.

»Mein Gott«, sagte Humkoke, »Sie wissen doch, daß wir jetzt anfangen müssen, an das Winterprogramm zu denken. Ich brauche Schneelieder, Schneegeschichten – wir können doch nicht immer und ewig auf Schubert und Stifter herumhocken. – Kein Mensch scheint zu ahnen, wie sehr es uns gerade an Schneeliedern und Schneegeschichten fehlt. Stellen Sie sich einmal vor, wenn es einen harten und langen Winter mit viel Schnee und Kälte gibt: wo nehmen wir unsere Schneesendungen her. Lassen Sie sich irgend etwas Schneeiges einfallen.«

»Ja«, sagte Murke, »ich lasse mir etwas einfallen.« Humkoke hatte eingehängt.

»Komm«, sagte er zu dem Mädchen, »wir können ins Kino gehen.«

»Darf ich jetzt wieder sprechen«, sagte das Mädchen.

»Ja«, sagte Murke, »sprich!«

Um diese Zeit hatte der Hilfsregisseur der Hörspielabteilung das Kurzhörspiel, das am Abend laufen sollte, noch einmal abgehört. Er fand es gut, nur der Schluß hatte ihn nicht befriedigt. Er saß in der Glaskanzel des Studios dreizehn neben dem Techniker, kaute an einem Streichholz und studierte das Manuskript.

(Akustik in einer großen leeren Kirche)
Atheist: (spricht laut und klar) Wer denkt noch an mich, wenn ich der Würmer Raub geworden bin?
(Schweigen)
Atheist: (um eine Nuance lauter sprechend) Wer wartet auf mich, wenn ich wieder zu Staub geworden bin?
(Schweigen)
Atheist: (noch lauter) Und wer denkt noch an mich, wenn ich wieder zu Laub geworden bin?
(Schweigen)

Es waren zwölf solcher Fragen, die der Atheist in die Kirche hineinschrie, und hinter jeder Frage stand? Schweigen.

Der Hilfsregisseur nahm das durchgekaute Streichholz aus dem Mund, steckte ein frisches in den Mund und sah den Techniker fragend an.

»Ja«, sagte der Techniker, »wenn Sie mich fragen: ich finde, es ist ein bißchen viel Schweigen drin.«

»Das fand ich auch«, sagte der Hilfsregisseur, »sogar der Autor findet es und hat mich ermächtigt, es zu ändern. Es soll einfach eine Stimme sagen: »Gott« – aber es müßte eine Stimme ohne die Akustik der Kirche sein, sie müßte sozusagen in einem anderen akustischen Raum sprechen. Aber sagen Sie mir, wo krieg' ich jetzt die Stimme her?«

Der Techniker lächelte, griff nach der Zigarettendose, die immer noch oben im Regal stand. »Hier«, sagte er, »hier ist eine Stimme, die in einem akustikfreien Raum ›Gott‹ sagt.«

Der Hilfsregisseur schluckte vor Überraschung das Streichholz hinunter, würgte ein wenig und hatte es wieder vorn im Mund. »Es ist ganz harmlos«, sagte der Techniker lächelnd, »wir haben es aus einem Vortrag herausschneiden müssen, siebenundzwanzigmal.«

»So oft brauche ich es gar nicht, nur zwölfmal«, sagte der Hilfsregisseur.

»Es ist natürlich einfach«, sagte der Techniker, »das Schweigen 'rauszuschneiden und zwölfmal Gott 'reinzukleben – wenn Sie's verantworten können.«

»Sie sind ein Engel«, sagte der Hilfsregisseur, »und ich kann es verantworten. Los, fangen wir an.« Er blickte glücklich auf die sehr kleinen, glanzlosen Bandschnippel in Murkes Zigarettenschachtel. »Sie sind wirklich ein Engel«, sagte er, »los, gehen wir 'ran!«

Der Techniker lächelte, denn er freute sich auf die Schnippel Schweigen, die er Murke würde schenken können: es war viel Schweigen, im ganzen fast eine Minute; so viel Schweigen hatte er Murke noch nie schenken können, und er mochte den jungen Mann.

»Schön«, sagte er lächelnd, »fangen wir an.«

Der Hilfsregisseur griff in seine Rocktasche, nahm seine Zigarettenschachtel heraus; er hatte aber gleichzeitig ein zerknittertes Zettelchen gepackt, glättete es und hielt es dem Techniker hin: »Ist es nicht komisch, was für kitschige Sachen man im Funkhaus finden kann? Das habe ich an meiner Tür gefunden.«

Der Techniker nahm das Bild, sah es sich an und sagte »Ja, komisch«, und er las laut, was darunter stand:

Ich betete für Dich in Sankt Jacobi.

Brief an einen jungen Katholiken

Lieber Herr M.!

Als wir uns neulich bei Pfarrer U. kennenlernten, kamen Sie gerade von einem jener Einkehrtage, wie man sie für einrückende Rekruten veranstaltet. Man hatte Sie dort vor den moralischen Gefahren des Soldatenlebens gewarnt, und – wie es bei diesen Warnungen üblich ist – wurde Moral immer noch mit sexueller Moral identifiziert. Ich will mich nicht damit aufhalten, Ihnen auseinanderzulegen, welch ein immenser theologischer Irrtum in dieser Identifizierung liegt; er ist offenkundig genug; an dieser einseitigen Interpretation der Moral leidet der gesamte europäische Katholizismus seit ungefähr hundert Jahren.

Als ich in Ihrem Alter war, zwanzig, das war im Jahre 1938, ließ auch ich mich überreden, an einem Einkehrtag für einrückende Rekruten teilzunehmen. Auf der Einladung stand etwas von »geistigem Rüstzeug für den Dienst in der Wehrmacht«. Der Einkehrtag fand in einem jener Klöster statt, wie sie uns das ausgehende neunzehnte Jahrhundert geschenkt hat: gelber Backstein, neugotische, dunkle Flure, in denen eine trübselige Demut sauer geworden war. Das kleine Kloster beherbergte ein Internat für junge Mädchen, die dort in der Kunst unterrichtet wurden, einen »bürgerlichen Haushalt« zu führen. Sorgfältig hatte man die am wenigsten hübschen Mädchen ausgewählt, uns nach der heiligen Messe das Frühstück zu servieren; aber es gibt kaum achtzehnjährige Mädchen, die nicht hübsch wirken angesichts der trostlosen kirchlichen Architektur des ausgehenden neunzehnten Jahrhunderts.

Nach dem Frühstück gab es das geistige Rüstzeug. Zunächst sprach der Priester, der den Einkehrtag leitete, etwa eine halbe Stunde über den Hauptmann von Kapharnaum, auf dessen schwache Schultern man seit etwa einem Jahrhundert die theologische Rechtfertigung der allgemeinen Dienstpflicht zu laden pflegt. Nun, die Toten können sich nicht wehren, und der arme Hauptmann mußte für alles herhalten, was damals an landläufigen Phrasen verzapft wurde: Volk ohne Raum, bolschewistische Bedrohung, gerechte Verteidigung. Geben Sie immer acht, junger Freund, wenn die Theologen von gerechter Verteidigung sprechen. Das Wort ist so groß und so billig, daß es eigentlich verboten werden müßte. Die Enkel jener Männer, die 1914 gefallen sind, werden heute an Atomkanonen ausgebildet, und immer noch nicht, nach 44 Jahren noch nicht, sind sich die Historiker einig darüber, wer sich im Jahre 1914 nun im Stande der gerechten Verteidigung befand. Wer sollte sich da in einem solchen Begriff trösten können?

Sollten Sie jedoch nach historischen Beispielen für gerechte Verteidigung suchen, so finden Sie deren einige in der jüngsten Vergangenheit: das bolschewistische Rußland befand sich im Jahre 1941, als die deutsche Wehrmacht dort einfiel, im Zustand der gerechten Verteidigung; Dänemark, Norwegen, Frankreich – nehmen Sie sich eine Europakarte vor und zählen Sie die Länder ab.

Der Priester, der den Einkehrtag leitete, konnte sich einiger soldatischen Erfahrung rühmen: er war im Weltkrieg Feldwebel gewesen und war einer der wenigen Träger des Pour le Mérite der Unteroffiziersklasse. Dem Vortrag über den Hauptmann von Kapharnaum – ach, dieser Hauptmannkomplex des deutschen Bürgers! – folgte eine praktische Unterweisung, die darin bestand, uns Ratschläge zu geben, wie wir bei der unvermeidlichen Teilnahme an Kompaniefesten und Kameradschaftsabenden der Trunkenheit entgehen könnten; sich vor Trunkenheit zu hüten war wichtig, weil nach Kompaniefesten und Kameradschaftsabenden immer der kollektive Bordellbesuch zu folgen pflegte; die Gefahren, vor denen wir gewarnt wurden, waren »sittliche«, was bedeuten sollte: sexuelle.

Um diese Zeit, im Sommer 1938, waren die meisten meiner Schulkameraden längst aus den verschiedenen katholischen Jugendgruppen in die HJ oder ins Jungvolk übergewechselt; ich begegnete ihnen manchmal, wenn sie an der Spitze ihrer Gruppen durch die Stadt marschierten; sie lächelten mir entschuldigend zu, wenn ihre Gruppe gerade sang: »Wenn das Judenblut vom Messer spritzt ...«, ich erwiderte das entschuldigende Lächeln nicht. Ich weiß nicht, welche Gefahr sittlich die größere war, mit einhundert Zehnjährigen zu singen: »Wenn das Judenblut vom Messer spritzt ...«, oder ein sexueller Fehltritt. Ich habe einiges an Widerwärtigkeiten während der Jahre bei der Wehrmacht erleben müssen, aber nicht ein einziges Mal habe ich erlebt, daß jemand zu einem sexuellen Fehltritt gezwungen wurde; nichts imponiert den Menschen im allgemeinen mehr als eine bestimmte Ansicht über bestimmte Dinge.

Der Priester riet uns, vor solchen Kompaniesaufereien tüchtig Fleisch zu essen, in viel Fett gebraten, oder rohes Hackfleisch, gute Mettwurst; wir sollten uns eine gute Unterlage besorgen, um Trunkenheit und die damit verbundenen sittlichen Gefahren zu meiden. Mir vergeht heute noch der Appetit, wenn ich mich der Einzelheiten dieser ekelhaften Kulinarik entsinne; im übrigen waren die Ratschläge nicht nur medizinisch falsch, sondern auch rein versorgungstechnisch von einer himmelschreienden Naivität: wie sollte ein armer Rekrut etwa des Jahres 1940 oder 1941 an Fleisch kommen, und zwar in solchen Quantitäten? Es folgte dann – bedaure, aber die Dirnen spielten wirklich die Hauptrolle – eine weitere Warnung vor jenen gefährlichen Wesen; er selber hatte im ersten Weltkrieg als Bursche eines Hauptmanns (!!) hin und wieder eine solche Dame in das Quartier des Epaulettierten holen müssen; offenbar war es ihm nie in den Sinn gekommen, möglicherweise diesen Befehl zu verweigern (was sogar juristisch möglich gewesen wäre, aber ein deutscher Katholik verweigert wohl nicht den Befehl), und nun beschrieb er uns die Taktiken, mit denen er den Lockungen dieser Personen entgangen war. Er sprach offen, so wie man eben »unter Soldaten« spricht, und diese Offenheit war schon eklig genug.

Dann gab es gemeinsames Mittagessen, es folgte eine weitere Unterweisung, die darin bestand, uns zur Tapferkeit, zum Gehorsam zu ermahnen, nach der beliebten Auffassung: die Katholiken immer vorne, wir sind doch keine Schlappschwänze. Ach, junger Freund, zwei Himmelreiche, drei, für einen Priester, der einmal die Schwachen, die Feigen, die Plattfüßler, die körperlich Untüchtigen gegen diese Turnlehrertheologie verteidigen würde. Es kam noch einmal der Hauptmann von Kapharnaum an die Reihe, dann gab es Kaffee. Waren die Mädchen, die uns bedienten, wirklich hübscher geworden oder erschien es mir nur so nach achtstündiger Gefangenschaft in diesem Gebäude?

Wir wurden entlassen. Kein Wort über Hitler,

kein Wort über Antisemitismus, über etwaige Konflikte zwischen Befehl und Gewissen. Wir hatten unser geistiges Rüstzeug weg und schlichen durch die düstere Vorstadt nach Hause.

Vier Jahre später war ich Dolmetscher bei einer Ortskommandantur in einem kleinen französischen Badeort, und eine meiner Aufgaben war die höchst ehrenvolle, morgens so gegen neun in das Bordell zu gehen und jene Gegenstände einzusammeln, die von betrunkenen Unteroffizieren, Feldwebeln und Offizieren während der Nacht in diesen trostlosen Venusquartieren liegengelassen worden waren: Brieftaschen, Geldbörsen, Führerscheine, hin und wieder einmal war es auch eine Pistole oder ein Briefumschlag mit Fotos der liebenden Gattin und der geliebten Kinder. Wie trostlos waren diese kleinen Orte an der französischen Küste! Die Bevölkerung war zum größten Teil evakuiert, riesige Hotels verkamen, Sprengbrocken lagen am Strand, in den Spielkasinos fuhren die Ratten Karussell auf den Roulettetischen; der kleine Hafen war fast verödet, die Soldaten langweilten sich in den Bunkern und lauerten voller Spannung auf Brieftauben, die manchmal englandwärts flogen. Es war befohlen, diese Tauben abzuschießen, und wie glücklich waren die armen, vom Stumpfsinn Geplagten, wenn wirklich einmal eine Taube auftauchte; sofort knallte es aus allen Ecken wie beim Schützenfest; manchmal wurde sogar eine Taube abgeschossen; die Meldungen, die diese hübschen Tiere hätten nach England bringen sollen, die aber nun in aufgeregten Regimentsstäben dechiffriert wurden, lauteten fast immer gleich: die Moral der Truppe ist schlecht, die Truppe hat Hunger.

Durch dieses verödete Nest also schlich ich mit dem Karabiner auf dem Rücken und suchte aus der Liebeskaserne die Habseligkeiten der Venusjünger aller Dienstgrade zusammen; eine ältliche Dame mit verquollenem Gesicht stellte mir eine Tasse Kaffee hin, stieg uralte Treppen hinauf, und ich hörte oben die gereizten Stimmen der übernächtigten Mädchen. Die Bar, in der ich meistens wartete, meine Hände an der Kaffeetasse wärmend, war noch nicht aufgeräumt; das Aussehen eines viel frequentierten Ausschanks am frühen Morgen – muß ich es Ihnen beschreiben? Manchmal mußte ich lange warten, dann ging ich in die Küche, goß mir eine zweite Tasse Kaffee ein – dazu war ich ermächtigt, denn ich war mit Madame fast befreundet –, und wenn ich Glück hatte, erlebte ich noch die Ankunft der Reinigungsfrau, einer jungen Bäuerin aus einem Nachbardorf; ich erfreute mein Herz mit dem Anblick ihres vom Radfahren erhitzten Gesichts, ihrer kräftigen Beine, ihrer Brust, der hellgrauen Augen; ich half ihr, die Stühle auf die Tische stellen, die Aschenbecher leeren, holte ihr Wasser, und es stärkte meine angeknackste

Moral, daß ich inmitten dieser absolut sinnlosen Existenz etwas so Positives tun konnte wie: Stühle stapeln, Aschenbecher säubern, Wasser holen, noch dazu für eine so hübsche junge Frau. Wenn Madame dann nach unten kam und mir die vermißten Gegenstände aushändigte, tranken wir drei gemeinsam Kaffee und unterhielten uns über den Unterschied zwischen praktizierenden und nicht praktizierenden Katholiken; Germaine, die junge Bäuerin, praktizierte wie ich, Madame nicht. Manchmal auch kamen zwei oder drei Mädchen herunter, die nicht mehr hatten einschlafen können, wir frühstückten zu vieren oder fünfen, und ich spielte später, während Germaine putzte und Madame ihre Kasse prüfte, beim langsam erkaltenden Kaffee eine Art Mensch-ärgere-dich-nicht mit den Mädchen, oder wir betrachteten kopfschüttelnd ein Familienfoto: Mein Gott, diese biedere Schulmeistersfrau mit dem hübschen Töchterchen im Arm, hatte sie sich auf der Veranda knipsen lassen, um dem Leutnantsgatten zu beweisen, welch eine schöne Bluse sie sich aus der französischen Seide hatte schneidern lassen?

Sittliche Gefahr? Sie bestand – aber sie bestand nicht in den Verlockungen jener Geschöpfe. Ich habe die Klienten dieser Häuser nie verachten können, weil es mir unmöglich ist, das, was man irrigerweise die körperliche Liebe nennt, zu verachten; sie ist die Substanz eines Sakraments, und ich zolle ihr Ehrfurcht, die ich auch dem ungeweihten Brot als der Substanz eines Sakraments zolle; die Spaltung der Liebe in die sogenannte körperliche und die andere ist angreifbar, vielleicht unzulässig; es gibt nie rein die körperliche, nie rein die andere; beide enthalten immer eine Beimischung der anderen, sei es auch nur eine winzige. Wir sind weder reine Geister noch reine Körper, und das ständig wechselnde Mischungsverhältnis von beidem – vielleicht beneiden uns die Engel darum. Einen Brief zu schreiben, das kann ein fast vollkommen sinnlicher Akt sein: Papier, Federhalter und die Hände, diese Instrumente subtiler und weniger subtiler Zärtlichkeit. Ich lernte manche Dirnen verachten, nicht ihres Berufes wegen, sondern so wie ich Priester verachte, die sich über die Inbrunst ihrer Gläubigen lustig machen. Wenn es wahr ist, was manche Theologen sagen, daß im Wein des Sakraments Bacchus und Dionys miterlöst worden sind, so müßte man daraus schließen dürfen, daß im Sakrament der Ehe Venus und Aphrodite erlöst werden müssen; dies aber würde eine weniger grobe, weniger verächtliche Behandlung der sogenannten körperlichen Liebe erfordern.

In der Verachtung der Klienten jenes Hauses waren sich Germaine, Madame und die Mädchen auf eine verhängnisvolle Weise einig; ihr Moralisieren wurde mir dann auch nach einer Stunde langweilig; ich verließ das Etablissement und suchte Trost im Wein, da ich vergebens auf eine Regung des Mitleids wartete.

Mitleid hatte ich mit dem jungen Pionieroffizier, der die Aufgabe hatte, an diesem Küstenstreifen einige Hotels und Kinderheime in die Luft zu sprengen, weil sie angeblich das Schußfeld im Falle einer Invasion beeinträchtigt hätten. Es geisterte da ein General umher, der auf den verschiedensten Kriegsschulen, in Kursen oder bei ähnlichen Weiterbildungsgelegenheiten außer dem Wort »Schußfeld« nicht sehr viel mitgekriegt zu haben schien. So purzelten also die Hotels, die Kinderheime, die Sanatorien, und die deutschen Soldaten bewiesen einen ameisenhaften Fleiß, indem sie in der Nacht vor der Sprengung die Häuser aller brauchbaren Gebrauchsgegenstände beraubten, Bettwäsche, Decken, Spielzeug, alles wurde in nächtlicher Heimlichkeit aus den verurteilten Häusern entfernt, den Postbestimmungen entsprechend in einzelne Teile zerlegt; Briefwaagen standen hoch im Kurs, und so manche fleißige Hausfrauenhand nähte wenige Tage später in einer Art Puzzle-Spiel die Beute am heimischen Herd wieder zusammen, in Pommern, im Rheinland, in Württemberg.

Werkzeug der Zerstörung sein, wie sinnlos; da hilft kein tragisches Bewußtsein mehr; sittliche Gefahr? Sie bestand in der fast vollkommenen Sinnlosigkeit dieser Existenz: monatelang, jahrelang den stumpfsinnigen Trott mitzutrotten; wie wohltuend war es da, für Germaine Stühle zu stapeln, Aschenbecher zu leeren, mit den übernächtigten Freudenmädchen, die sich wie Kinder freuten, Mensch-ärgere-dich-nicht zu spielen. Die sittliche Gefahr, der ein Soldat ausgesetzt ist, ist allerdings groß, aber die sexuelle Gefahr ist die geringste, glauben Sie es mir.

Wenn ich die Langeweile nicht mehr ertragen konnte, meldete ich mich krank, suchte mir eine Krankheit aus, die eine Fahrt nach Paris zum Spezialarzt notwendig machte; kaufte mir in Paris Léon Bloys Tagebücher und entzifferte mir auf einer Caféhausterrasse mit meinem Taschenlexikon den Text – bis ich im letzten der Tagebücher am heiligen Weihnachtsfest 1916 die Eintragung fand, die mit dem Satz anfängt: »Wir haben die Gans aus der Bretagne erhalten ...«, und einige Zeilen weiter: »Meine Genugtuung wäre größer, wenn ich die vollkommene Sicherheit hätte, daß in dem Augenblick, wo wir unser Weihnachtsmahl halten, ganz Deutschland vor Hunger krepieren würde.« Geschrieben 1916, am Weihnachtsfest, zu einer Zeit, wo meine Mutter mit fünf Kindern tatsächlich vom Hungertod nicht weit entfernt war, gelesen 1942, während in Köln meine Frau, meine Eltern, meine Geschwister täglich einige Male in Todesangst versetzt wurden; vielleicht sollte Bloys schrecklicher Fluch sich erfüllen, die Deutschen würden krepieren, nicht an Hunger, sondern in der Brisanz der Sprengbomben. Hätte ich an die deutsche Kollektivschuld geglaubt, ich wäre desertiert und hätte einen Weg in die Emigration gefunden; so spazierte ich durch Paris, empfand die deutsche Armee als ebenso fremd wie die französische Bevölkerung, deren Feindseligkeit mörderisch wirkte, weil sie kollektiv angewendet wurde; tröstete mich mit Wein, setzte mich manchmal für eine halbe Stunde in eine Kirche, ging ins Kino, dann in mein Hotelzimmer und schrieb einen langen Brief an meine Frau, bevor ich mich ins Bett legte, um grübelnd auf den Schlaf zu warten. Es fiel mir nicht leicht, Bloy preiszugeben, aber ich konnte seinen Haß nicht verzeihen, nicht verstehen, nicht vollziehen, den Haß eines alten Mannes, und so gab ich Bloy preis, in dieser Nacht, in diesem schäbigen Pariser Hotel, inmitten dieser feindseligen Stadt, in der mir die intelligenten deutschen Offiziersgesichter ebenso fremd waren wie der kühle Haß der Bevölkerung.

Sittliche Gefahren? Sie bestehen, lieber Freund, in der absoluten Verzweiflung, in der Erkenntnis der Sinnlosigkeit einer solchen Existenz. Es gibt Auswege: Bildung, Zynismus, Korruptheit. Der Bildungsweg: die jeweilige Situation als gegeben hinnehmen und sich an ihr geistig bereichern: Kathedralen besichtigen und Bilder, eine sublime Art von Globetrotter abgeben; dazu gehören Privilegien: ein gutes Kommando, einsichtsvolle Vorgesetzte, jene Art höchst gebildeter und (ohne Anführungsstriche) humaner Offiziere, die wissen, was einem gebildeten Menschen gebührt. Zynismus ist schon eine Stufe aufrichtiger: die Situation rücksichtslos genießen, sich von der Geschichte tragen lassen: aus dem Badezimmer im französischen Quartier in die mörderische Realität, wie sie der Krieg in Rußland hatte. Den Schmerz von sich abgleiten lassen, kein Leiden vollziehen und das Leiden der anderen mit der Sachlichkeit eines Beerdigungsunternehmers betrachten, der schließlich kein Mörder ist. Korruptheit: sich am Krieg bereichern, wo immer sich eine Möglichkeit dazu bietet; man müßte einen Röntgenblick haben, um herauszufinden, wie viele Vermögen des blühenden Deutschland aus dieser Quelle stammen: ein Waggon voll Schweizer Uhren auf dem Bahnhof in Amiens; zwei Flakkanonen, die in Odessa verschwanden – oder jene fingierten Arbeiten, die ein Feldwebel jahrelang von fingierten Arbeitern tun ließ, wobei das einzig nicht Fiktive die Löhne waren; sie wurden ausbezahlt und zwischen dem Feldwebel und den französischen Bauunternehmern geteilt. Es gibt andere Auswege: Selbstmord. Der blasse kleine Unteroffizier mit den schief aufgenähten Fähnrichstreifen auf seinen Schulterklappen: ein Posten fand ihn morgens vor dem Bunker, genau an der Flutlinie lag er, die Pistole neben sich, vor sich die graue, unendliche Gleichgültigkeit des

Ozeans. Was mag er gespürt haben, dieser blasse Studienassessor, der seinen Plautus auswendig konnte?

Lieber Herr M., lassen Sie sich nicht einreden, daß alles ganz harmlos sei, daß die sittlichen Gefahren nur von Freudenmädchen drohen. Die sittlichen Gefahren drohen anderswo und anderswie. Es ist üblich geworden, immer dann, wenn die Haltung der offiziellen katholischen Kirche in Deutschland während der Nazizeit angezweifelt wird, die Namen der Männer und Frauen zu zitieren, die in Konzentrationslagern und Gefängnissen gelitten haben und hingerichtet worden sind. Aber jene Männer, Prälat Lichtenberg, Pater Delp und die vielen anderen, sie handelten nicht auf kirchlichen Befehl, sondern ihre Instanz war eine andere, deren Namen auszusprechen heute schon verdächtig geworden ist: das Gewissen.

Sie erzählten mir, daß einer der Vorträge, den Sie gehört haben, von Major Sch. gehalten worden sei. Ich rate Ihnen, trauen Sie Major Sch. nicht. Er ist kein schlechter Mensch, er würde nie einen der Auswege wählen, die ich als möglich beschrieb: Bildung, Zynismus, Korruptheit, Selbstmord. Ich kenne Major Sch. seit mehr als zwanzig Jahren: er hat – wie so viele andere – mit seiner Jungengruppe »Wenn das Judenblut vom Messer spritzt« gesungen, er lächelte mir entschuldigend zu, wenn ich ihm bei solcher Gelegenheit begegnete, und er war oppositionell, d.h., er sang mit seiner Gruppe in abgelegenen Parkecken Lieder, die verboten waren, zum Beispiel: »Jenseits des Tales standen ihre Zelte ...« So etwas galt damals als ein Akt außerordentlicher Tapferkeit; man muß dem jugendlichen Drang zur Opposition nur ein Ventil geben, verbotene Lieder, die man heimlich singen kann, auf daß das andere, das Wichtigere unwidersprochen geschehe: die Fußübung, der Geländedienst.

Major Sch. ist ein braver katholischer Mann, ohne Anführungsstriche, nur einige kleine Fehler hat er; sein Erinnerungsvermögen ist schwach, seine Intelligenz mäßig, das sind die Eigenschaften, die zum Opportunisten gehören, und nicht einmal sein Opportunismus ist schuldhaft; er ist einfach Opportunist, so wie jemand blaue Augen hat. Lassen Sie sich von der frischfröhlichen, unbekümmerten »Kritik«, die Ihnen bei Major Sch. so imponiert hat, nicht allzusehr beeinflussen; das ist wie das Singen jener verbotenen Lieder, die völlig harmlos waren. Major Sch. – ich habe inzwischen einen seiner Vorträge gehört – fängt immer mit einer Kritik der Bundeswehr an, bevor er um die jungen Leute, die ihm zuhören, wirbt; soviel Offenheit imponiert natürlich, sie wirkt sportlich; es würde mich enttäuschen, wenn Sie auf diesen Leim gingen. Ich habe Hunderte von Sch.s kennengelernt; von diesem Typ gibt es sogar eine gebildete Variante; ich spielte einmal eine Art Postillon d'amour für einen jungen Leutnant, der auf dreihundert Meter Entfernung nach katholischer Jugendbewegung aussah; ich mußte für ihn Rendezvous arrangieren und bei den ersten Rendezvous als Dolmetscher fungieren, und so hatte ich sein ganzes Bildungsgewäsch ins Französische zu übersetzen: das ging von Guardini bis Ernst Jünger, von Nietzsche bis Carossa, kreuz und quer und querfeldein, über Mauriac und Gide bis »Le Reich«: das war ein sauer verdientes Obergefreitengehalt, das ich abends in einer kleinen Kneipe, wo mir der Wirt sein kommunistisches Herz ausschüttete, vertrank. Ich maße mir nicht die moralische Überlegenheit an, hier an Major Sch. eine verspätete Entnazifizierung vorzunehmen; ich zähle nur Phänomene auf, und es steht mir nicht zu, über jene zu richten, die agierend den Weg des geringsten Widerstandes gingen und ihre Lippen zum »Wenn das Judenblut ...« öffneten, während ich mich passiv verhielt und solches *nicht* tat; ich kann nicht dafür garantieren, daß ich die Konsequenzen, die mir nie abgefordert wurden, gezogen hätte; so bin ich, wie ich Ihnen hier schreibe, persönlich jeden Kredites bar, weiß nur den einen, fast mechanischen Kredit anzuführen, daß ich fünfzehn Jahre alt war, als der Vatikanstaat als erster diplomatische Beziehungen mit Hitler aufnahm; daß ich achtundzwanzig Jahre alt war, als ich aus einem amerikanischen Gefangenenlager nach Hause kam.

Gewiß wundern Sie sich, daß ich Ihnen das alles schreibe und es Ihnen nicht an jenem Abend bei Pfarrer U. erzählte; das hat einen Grund, den ich Ihnen nicht verschweigen will: ich bringe es nicht mehr über mich, in Gegenwart von Pfarrer U. über Dinge zu sprechen, die mir ernst sind; ich kenne Pfarrer U. schon länger als zwanzig Jahre; damals sprachen wir über Bernanos und Bloy (wobei Pfarrer U. wie allen anderen deutschen Katholiken, von einigen Ausnahmen abgesehen, immer wieder bis heute der Irrtum unterläuft, Bernanos für einen linken Katholiken zu halten, womit sie nur beweisen, daß sie noch rechts von Bernanos stehen – aber das wäre eines besonderen Exkurses wert, wieviel verhängnisvolle Irrwege aus diesem Irrtum zu erklären sind). Damals schon erzählte Pfarrer U. die besten Witze übers Generalvikariat, und es imponiert natürlich einem jungen Mann, auf diese Weise zu den Eingeweihten und Privilegierten gezählt zu werden. Aber die Witze über das Generalvikariat (die sich übrigens in den letzten zwanzig Jahren wenig verändert haben), sind nur das, was für Major Sch. die verbotenen Lieder waren, was heute für ihn die Kritik ist; lassen Sie sich nur nicht täuschen; man weicht den Entscheidungen aus. Ich schätze Pfarrer U. auf eine bestimmte Weise: er ist witzig, amüsant, weiß gut über Literatur Bescheid, er bietet seinen Gästen einen ausgezeichneten Wein an, vorzügliche Zigarren, und ich weiß diese

Dinge – als nebensächlich – durchaus zu schätzen; außerdem gehört es zu meinem Beruf, zu beobachten, und ich beobachte Pfarrer U. seit mehr als zwanzig Jahren; ich versuche, in meine Beobachtung etwas von der Verzweiflung zu legen, die der junge blasse Unteroffizier empfunden haben muß, als er sich im Anblick der grauen, unendlichen Gleichgültigkeit des Ozeans im Morgengrauen erschoß, ein wenig auch von der verzweifelten Korruptheit jenes intelligenten Feldwebels, der sich am Krieg bereicherte. Vieles weiß ich an Pfarrer U. zu schätzen, doch ein Gespräch mit ihm interessiert mich nicht; lieber spiele ich mit meinen Kindern Mensch-ärgere-dich-nicht.

Die deutschen Katholiken, die für mich in Pfarrer U. bis zu einem gewissen Grad repräsentiert sind, haben seit Jahrzehnten kaum andere Sorgen gehabt als die Vervollkommnung der Liturgie und die Hebung des Geschmacks; das ist höchst lobenswert, doch frage ich mich, ob es als Alibi für eine oder zwei Generationen ausreicht. Es gehört zum guten Ton, fast möchte ich sagen zum Programm, über das jeweilige Generalvikariat zu schimpfen, über die Bischöfe, den Klerus (besonders Kleriker tun sich darin hervor), aber die geistige Haltung, die aus diesem Gebaren spricht, ist kaum ernster zu nehmen als die eines Obersekundaners, der sich beim Kommers über seinen Klassenlehrer lustig macht. Hinter diesen Kindereien verbirgt sich bei Pfarrer U. wie bei vielen anderen Katholiken eine tiefe Verzweiflung: Literatur, Bildung, Liturgie sind nur Mittel, ihren Gewissensqualen zu entfliehen; sie alle sind einsichtig und intelligent genug, um zu wissen, daß die Fast-Kongruenz von CDU und Kirche verhängnisvoll ist, weil sie den Tod der Theologie zur Folge haben kann; es ist doch einfach nur peinlich, nichts anderes als peinlich, wenn man Stellungnahmen von Theologen zu politischen Fragen liest; das ist stramm auf Bonn gezielt und man spürt hinter jedem Satz einen Eifer, der auf das Schulterklopfen wartet.

So können Sie, lieber Herr M., bei Pfarrer U. getrost etwaige Zweifel am Dogma von der leiblichen Himmelfahrt Mariens äußern; es wird Ihnen eine höchst subtile, gescheite und theologisch saubere Unterweisung zuteil werden; sollte es Ihnen jedoch einfallen, Zweifel am (unausgesprochenen) Dogma von der Unfehlbarkeit der CDU zu äußern, so wird Pfarrer U. auf eine nervöse Weise ungemütlich und unsubtil. Sie können auch getrost das Gespräch auf die Christus-Vision des Heiligen Vaters bringen; man wird Sie auf eine liebenswürdige Weise darüber aufklären, daß Sie nicht verpflichtet sind, daran zu glauben; aber sollten Sie Zweifel äußern an irgendeinem Satz des Heiligen Vaters, der eine Wiederbewaffnung Deutschlands rechtfertigen könnte, wird das Gespräch wiederum höchst ungemütlich. So werden Sie bei Pfarrer U. eine Reihe recht liebenswürdiger, gesellschaftlich komfortabler Jung- und Altliberaler kennenlernen, die sich auf dem Umweg über die CDU wieder »der Kirche genähert haben«. Natürlich halten diese Leute nichts von Mystik; sie gehen Ostern und Weihnachten (Pfingsten nicht, weil dann das Wetter meistens zu schön ist) in einen liturgisch tadellos vollzogenen Gottesdienst in einer architektonisch tadellos renovierten Kirche (mindestens 13. Jahrhundert muß es sein) und kommen immer mehr zu der Überzeugung, daß »diese Sache doch gar nicht so schlecht sei«. Die Frage, ob jemand wirklich gläubig sei, wird zu einem gesellschaftlichen Fauxpas; die Frage, ob jemand mit seiner öffentlich verkündeten Meinung identifizierbar sei, wird zu einer kindlichen Torheit. Solche Fragen »stellt man einfach nicht«; das ist peinlich, wie wenn man Rotwein aufs weiße Tischtuch verschüttet. Wir leben im Lande der Opportunisten, und der jugendliche Drang zum Widerspruch – für den gibt es Kanäle.

Als die Frage der Wiederbewaffnung Deutschlands diskutiert wurde, gab der Bundesvorstand der deutschen katholischen Jugend eine Denkschrift heraus; in dieser Denkschrift hatte sich irgend jemand abgequält, eine Form für das Gebetbuch des zukünftigen deutschen Soldaten zu finden; die »nötige Strapazierfähigkeit und Gediegenheit« dieses Gebetbuchs sollte durch »gutes Dünndruckpapier und einen flexiblen Leineneinband erhöht werden«. Das sind genau die Sorgen der deutschen Katholiken. Jedes einzelne Wort dieses Satzes wäre fast eines eigenen Pamphletes wert: Strapazierfähigkeit, Gediegenheit, gutes Dünndruckpapier, flexibler Leineneinband. Ich habe in Rußland zu viele Menschen sterben sehen, auf den Kampfstätten, in den Lazaretten, und ich kann diesen Satz als nichts anderes empfinden als eine teuflische Blasphemie, deren Wurzel ich in der Geschmäcklerei der deutschen Katholiken suchen muß. Angesichts des Todes, den die Brüder und Schwestern, die nach Auschwitz verschleppten Nachbarn und Schulkameraden des Urhebers dieses Satzes erlitten haben, könnte nur ärztlich bescheinigter Schwachsinn mich bewegen, diesen Satz zu verzeihen, doch wäre dann der Bundesvorstand der deutschen katholischen Jugend immer noch dafür verantwortlich, daß er Schwachsinnigen die Abfassung einer Denkschrift zur Wehrfrage überläßt; zwei Millionen Mitglieder dieses Verbandes haben solches offenbar unwidersprochen hingenommen, und offenbar ist es keinem der Seelsorger klargeworden, welch ein teuflischer Wahnwitz sich hinter einem solchen Satz verbirgt; zur Turnlehrertheologie käme also die Buchherstellertheologie hinzu. Warten wir ab, ob nicht eines Tages Dentisten, Grafiker, Kunsthonighersteller für ein eigenes Gebetbuch plädieren.

Machen Sie sich keine Gedanken über Ihr Gebetbuch, lieber Herr M., und stimmen Sie nie in das Schimpfen und Witzeln übers Generalvikariat und den Episkopat ein; es ist Ihrer Intelligenz und Ihres Ernstes unwürdig; nehmen Sie Pfarrer U.s Weine, seine witzige Art, Konversation zu machen, seine gescheiten Literaturanalysen als das, was sie sind: als hübsches Beiwerk, aber um Gottes willen: nehmen Sie das alles nicht ernst und erwarten Sie sich keinerlei verbindliche Ratschläge für die sittlichen Gefahren, die Ihnen nicht erspart bleiben werden. Für mich, als ich in Ihrem Alter war, war es eine sittliche Gefahr hohen Grades, als der Vatikan als erster Staat mit Hitler einen Vertrag schloß; diese Anerkennung war weitaus folgenreicher als heute etwa die diplomatische Anerkennung Pankows durch Bonn wäre. Bald nach Abschluß dieses Vertrages zwischen dem Vatikan und Hitler galt es als schick, in SA-Uniform zur Kommunionbank zu gehen, als schick und modisch, aber es war nicht nur schick und modisch, sondern auch logisch, und wenn man nach der heiligen Messe dann zum Dienst ging, durfte man wohl getrost singen: »Wenn das Polenblut, das Russenblut, das Judenblut ...«; dreißig Millionen Polen, Russen, Juden haben den Tod erlitten, lieber Herr M. Sittliche Gefahren? Es gibt deren unzählige, sobald man anfängt nachzudenken, und ich sah Ihrem Gesicht an, daß Sie sich das Nachdenken nicht ersparen werden. Flexible Leineneinbände werden Ihnen einen Dreck dabei nützen, und vielleicht wird das gute Dünndruckpapier Sie nur noch durch die Tatsache beglücken, daß es sich so gut zum Zigarettendrehen eignet: das wäre immerhin ein Nutzen, denn ich hoffe, Sie können die paar Gebete, die Ihnen Trost bringen werden, auswendig. Vertrauen Sie nur nicht diesem frischfröhlichen Draufgängertum, dem unbekümmert Jungenhaften, wie es Ihr zukünftiger höchster Vorgesetzter, der Verteidigungsminister, ausstrahlt, und falls die Theologen Ihnen von gerechter Verteidigung sprechen, werden Sie präzis und fragen: wann gab es einen Fall gerechter Verteidigung? oder: welches sind die Voraussetzungen für gerechte Verteidigung? Wer will je herausfinden, wo Verteidigung anfängt oder Angriff aufhört? Vielleicht werden Sie in einem eleganten Flugzeug mit Atombomben über Europa kreisen, und es wird sich jene Instanz melden, die beim Namen zu nennen schon verdächtig geworden ist: das Gewissen. Auch Gewissen ist ein großes Wort, ich weiß, und die Instanz, die dieses Wort bezeichnet, ist von unzähligen, unbenennbaren Einzelheiten abhängig, aber vergessen Sie nicht: es war die Instanz, der alle jene Männer gehorchten, die sich entschlossen, Hitler Widerstand zu leisten, und die wußten, welcher Preis ihnen abverlangt werden würde; und vergessen Sie nicht, wenn die vagen und törichten Begriffe »links« und »rechts« Sie zu verwirren drohen: diese Männer kamen von der äußersten Linken und von der äußersten Rechten; das sentimentale Gerede von der heimatlosen Linken ist eine besonders tückische Art der Heuchelei, es gibt eine heimatlose Rechte, die ebenso zwischen den Parteien liegt wie die Linke; deren Geist durch einige der Männer repräsentiert wird, die am 20. Juli den verzweifelten Versuch machten, Hitler zu ermorden. Auch dieses ganze Gerede von links und rechts ist nichts weiter als Ausweichen. Das Spiel zwischen links und rechts ist wie ein Fußballspiel, bei dem man die Tore mit Brettern zugenagelt hat; auch sind die Politiker geübt in dem hübschen Kinderspiel: »Bäumchen, Bäumchen, wechsel dich ...« Wer das Pech hat, nach dem Wechsel alle Bäume besetzt zu finden, wer nicht flink genug war, bedeckt sein Gesicht, läßt die Tränen rinnen und bezeichnet sich als heimatlos oder oppositionell. Die Politik ist hart geworden und die Theologie weich. Häresien gibt es keine mehr, die Theologen haben sich aufs politische Feld drängen lassen und spielen hilflos bei diesem Spiel mit vernagelten Toren mit. Adenauer ist katholisch, Strauß und einige andere sind es; was wollen wir mehr?

Tatsächlich: mehr scheinen wir nicht zu wollen. Da bleibt uns Zeit genug, dem deutschen Nationalsport zu huldigen: wir bauen, widmen uns weiterhin der Verfeinerung des Geschmacks, der Vollendung der Liturgie, und trösten uns an flexiblen Leineneinbänden. Wenn wir unter uns sind, wir intellektuellen Katholiken einschließlich der dazugehörenden Kleriker, dann witzeln wir übers Generalvikariat, lächeln über die Bischöfe; das sind unsere Pralinen, das ist das Konfekt der Eingeweihten, da darf man sogar getrost einen etwas schlüpfrigen Witz wagen, ohne sich sittlichen Gefahren auszusetzen; wir lächeln über die Predigten, die wir sonntags notgedrungen mit der heiligen Messe hören, wir sind sicher, daß sie uns nichts angehen, aber wen gehen sie eigentlich etwas an? Wovon leben die Leute, denen es nicht vergönnt ist, sich an jenem snobistischen Konfekt die Magenverstimmung zu holen, die eine der Voraussetzungen für Gespräche unter »intellektuellen Katholiken« zu sein scheint?

Halten Sie Abstinenz, lieber Herr M., naschen Sie nicht von all diesen Pralinensorten, von der Kritik, den Witzen, dem Gespräch über Literatur. Bald werden Sie spüren, wie Ihr Magen knurrt; daß Sie nach Brot verlangen, nicht nach verwaschener Soziologie, verwaschener Politik, verwaschener Kulturkritik, wie man sie gemeinhin geboten bekommt; der Magen knurrt, und das Gehirn dürstet, dürstet bis zur Verzweiflung nach Klarheit und Entschiedenheit: was dem Menschen nottut, ist Verbindlichkeit, und Sie werden nur Unverbindliches zu hören bekommen. Wenn Sie gar einmal das zweifelhafte Glück haben, eine jener Predigten zu hören, wie sie von glänzenden Rhetorikern zurechtgeschneidert werden, diese Gestik, das fein ausgeklügelte Mienenspiel, Wortgehudel, Wortgesudel (alles vor dem Spiegel und auf Tonband viele Male ausprobiert, bevor es an Ihre Ohren dringt, Ihre Augen erreicht, bevor es bei Ihnen »ankommt«) – dann stellt sich bald ein anderes Gefühl ein: Brechreiz, das ist einfach zum Kotzen. Seien Sie froh über jeden Priester, dem hin und wieder noch ein Stammeln unterläuft. Der Mensch lebt nicht vom Brot allein, aber das andere, das Wort, wird ihm leider nur selten geboten, und doch verlangen erstaunlich viele Menschen nach diesem Wort, warten drauf, auf das Wort, das so einfach wie Brot ist, das am Anfang war und am Ende sein wird.

Tatsächlich, sittliche Gefahren drohen Ihnen, lieber Herr M., keine geringen; jene zu Unrecht verdächtige Instanz, die Gewissen heißt, wird sich melden; und es wird die schlimmste Plage aller Soldaten über Sie kommen, die unabhängig ist vom Stand der Bewaffnung: der Stumpfsinn, vor dem Sie gewiß niemand gewarnt hat. Nehmen Sie keine der dargebotenen Trost-Schablonen an: den technischen Reiz gewisser Waffen, körperliche Ertüchtigung, oder jene Art von Kameraderie, wie sie von Typen wie Major Sch. gepflegt wird: beim Bier ein Schulterklopfen, ein wenig bramarbasiert, mit dem

Unterton: »Ist ja doch alles wurscht.« Meiden Sie den Gottesdienst, den der Divisionspfarrer abhält; schließlich gibt es für Zahnärzte auch keine Sondergottesdienste, und die beiden gutgewachsenen Ministranten in Heeresuniform sind nur ein kleines optisches Spectaculum, das Sie sich ersparen sollten; das Pathos, das in solcher Veranstaltung liegt, würde bei einem Turnverein lächerlich, bestenfalls rührend wirken; doch eine Armee ist kein Turnverein, sie hütet den schrecklichsten aller Horte, sie ist die Verwalterin des Todes von Millionen Menschen. Wenn Sie nach Vorbildern suchen: es gibt deren unzählige; wählen Sie einen kleinen Judenjungen aus einem galizischen Dorf, einen Namenlosen, der vom Spielplatz weg in den Waggon gezerrt, an der Rampe in Birkenau von der Hand seiner Mutter gerissen und im Zustand vollkommener Unschuld getötet wurde. Oder falls Sie ein Vorbild suchen, das Aktion vollzog: wählen Sie den Grafen Schwerin von Schwanenfeld, der vor dem Volksgerichtshof, von Freisler angebrüllt, mit leiser, klarer Stimme sagte: »Ich dachte an die vielen Morde.« Ein Christ und Offizier, der verbündet war mit Männern, die ihm seiner Herkunft und seiner politischen Tradition nach so vollkommen entgegengesetzt waren: mit Marxisten und Gewerkschaftern; der Geist dieser Verbrüderung und des Bündnisses hat sich nicht erhalten, ist nicht in die Nachkriegspolitik eingegangen;

wir könnten eine Tradition haben, diese, doch es scheint, als wäre es unmöglich, diesen Geist in die gegenwärtige Politik zu tragen: die Catcher beherrschen das Feld, die Primitiv-Taktiker, Männer ohne Erinnerungsvermögen, die Vitalen, Gesunden, die nicht »rückwärts blicken« und nicht jenem verpönten Laster frönen, das Nachdenken heißt, aber unter dem Namen Morbidität als eine Art Rauschgift für sogenannte Intellektuelle diffamiert wird; erhalten Sie sich getrost etwas von dieser Morbidität, räumen Sie ihr eine Provinz Ihres Bewußtseins ein und versuchen Sie, die Verzweiflung des kleinen Unteroffiziers zu begreifen, der die Geschichte nicht ertragen konnte.

Es wird bald in Deutschland viele Katholiken geben, die mit ihren Glaubensbrüdern und -schwestern nur noch ihren Glauben gemeinsam haben; ja, Sie haben recht gelesen, ich schrieb: *nur;* es gibt ja keine religiösen Auseinandersetzungen mehr, nur noch politische, und selbst religiöse Entscheidungen, wie die des Gewissens, werden zu politischen gestempelt: magere Jahre stehen bevor, denn die Theologen verweigern uns jenes andere, das Wort, von dem wir leben, und ob wir am nächsten Tag noch Brot haben werden, ist ohnehin fraglich. Wir werden gezwungen, von Politik zu leben – und das ist eine fragwürdige Kost, da gibt es, je nach den Erfordernissen der Taktik, an einem Tag Pralinen, am anderen eine Suppe aus Dörrgemüse: unser Brot müssen wir selber backen und das Wort uns selbst bereiten.

Ich grüße Sie herzlich.

Ihr Heinrich Böll

Zur Verteidigung der Waschküchen

Ein Kritiker klopfte mir nach Erscheinen eines meiner Bücher lobend auf die Schulter, indem er feststellte, daß ich nun das Armeleutemilieu verlassen habe, meine Bücher von Waschküchengeruch frei und der sozialen Anklage bar seien. Dieses Lob wurde mir gespendet zu einer Zeit, da eben bekannt zu werden begann, daß zwei Drittel der Menschheit hungern, daß in Brasilien Kinder sterben, die niemals erfahren haben, wie Milch schmeckt; geschah in einer Welt, die nach Ausbeutung stinkt; in der Armut weder Station zum Klassenkampf noch mystische Heimat mehr ist, nur noch eine Art Aussatz, vor dem man sich zu hüten hat und den zum Gegenstand seiner Arbeiten zu wählen einem Autor angekreidet werden kann, ohne daß man sich die Mühe machen muß festzustellen, ob eine Kongruenz von Form und Inhalt hergestellt sei.

Mich persönlich betrifft der Vorwurf kaum, bedeutsamer finde ich die geistige Unklarheit, die aus einem solchen Vokabularium spricht, denn wenn eine »Waschküche« kein der Literatur würdiger Ort ist – wo sind die der Literatur würdigen Orte, wo muß Literatur, wie man so hübsch unklar zu sagen pflegt, angesiedelt sein? Siedle, wer da siedeln mag, mit Hilfe einer Bausparkasse, unter Ausnutzung aller Steuervorteile.

Das Gespenst, vor dem solche Geistigkeit Angst hat, trägt einen häßlichen Namen, es heißt: Kleinbürger. Was besagt diese Vokabel noch in einer Zeit, da die Könige sich kleinbürgerlicher geben, als unsere Großväter es je taten; da Marschälle ihre Krawatte so binden, daß sie dem Mann auf der Straße gefällt; jedermann, auch der schärfste Nonkonformist, ängstlich auf sein Publikum lauert; was hat die Waschküche bloß so Empörendes, wenn pensionierte Generale Publicity Manager bei Großwäschereien werden?

Merkwürdigerweise entsinne ich mich nicht, jemals in einer meiner Geschichten oder in einem Roman eine Waschküche beschrieben oder auch nur erwähnt zu haben; fast fühle ich mich verpflichtet, in einem nächsten Buch eine zu erwähnen; vielleicht schreibe ich einen Waschküchenroman, aber ich lasse ihn dann in China oder im Vorderen Orient spielen. Allerdings könnte ich mich dann nicht der Einzelheiten bedienen, wie ich sie aus den Erzählungen meiner Frau kenne. Meine Frau weiß nämlich zu berichten, daß in dem kleinen Städtchen, aus dem ihre Großmutter stammte – zufällig stammte auch meine Großmutter aus diesem Städtchen, und so könnte ich alles recht penetrant beschreiben –, der Waschtag ein besonderer Festtag war. Zur Zeit unserer Großmütter wurde in jenem Städtchen – es heißt Düren – der Waschtag noch als Fest gefeiert. In der Zeit hochgefüllter Leinenschränke wusch man nur einmal im Monat, wusch ganze Berge, fuhr dann zu den Rurwiesen, wo die Wäsche gebleicht wurde, während man von Kutschen Bierfässer, Schinken, Brote, kleine Butterfäßchen ablud; zu den waschenden Maiden gesellten sich die zur Untätigkeit neigenden Halbstarken jener Zeit; es wurde getanzt, getrunken, gespielt – am Abend lud man die gebleichte Wäsche, die geleerten Fässer und Körbe wieder auf die Kutschen und fuhr nach Hause. Das Wäschewaschen war eine fröhliche Angelegenheit, und es tut mir leid, daß ich mir diese Episoden bisher entgehen ließ.

Natürlich wusch auch meine Mutter Wäsche (welch ein erniedrigender Zustand!); sie wusch in der Waschküche, meistens am Montagmorgen. In der ganzen weiten Welt flattern am späten Montagvormittag Hemden und Leintücher, Taschentücher und die Unaussprechlichen auf den Wäscheleinen, und dieser Anblick hat mich nie deprimiert, vielmehr getröstet, kündet er doch von der unermüdlichen Energie der Menschheit, sich des Schmutzes zu entledigen; und die Rheinkähne, wie ich sie von meiner Kindheit bis heute kenne, schleppen immer eine Wäschefahne rheinauf, rheinab. Ich habe nichts gegen Wäschewaschen und nichts gegen Waschküchen, sie werden nur –

im Zeitalter der Waschmaschinen – immer seltener und werden vielleicht eines Tages in Heimatmuseen zu besichtigen sein: Waschküche, kleinbürgerlich, Anfang 20. Jahrhundert.

Ich könnte mir vorstellen, daß sich in einer Waschküche ein Drama abspielte; wo doch so viele Dramen in Schlössern spielen, Dramen, deren Dialog in einem vier Stunden währenden Austausch von Banalitäten besteht. Leichten Herzens verteidige ich die Waschküche, die ich nie beschrieben habe. Wenn ich meiner Mutter Anmachholz und Briketts in ihre Waschküche brachte und mich vergeblich – wie später unzählige Male ebenso vergeblich als angeschnauzter Sklave bei der Wehrmacht – als Ofenanzünder versuchte, habe ich nicht die schlechtesten Weisheiten erfahren und nicht wenig erzählt bekommen; wieviel Ochsen man schlachtete, wenn Kirmes gefeiert wurde; wie man aus den Kneipen das Geld am Samstagabend schürzenvoll in die Wohnstube trug; wie gewisse Leute nach Köln fuhren, mit dem D-Zug am Morgen, um dort – so nannte man es – die ›Kölnische Zeitung‹ zu lesen, und wie einer meiner Altvorderen sich dem Trunke ergab, konsequent, bis er – ich habe es selbst gesehen! – sein letztes Hemd um ein paar Gläser Bier in Zahlung gab.

Was das Armeleutemilieu betrifft, so frage ich mich schon lange, welche anderen Milieus es noch gibt: das Feineleutemilieu, das Kleineleutemilieu (nach dem Motto: arm, aber brav), das Großeleutemilieu; das Großeleutemilieu ist mir durch die Geschicklichkeit moderner Reklame erspart: Die Großen der Welt tragen Rolex-Uhren. Was habe ich da noch mitzuteilen? Die kleinen Leute? Ich bin größenblind, so wie man farbenblind ist, ich bin milieublind und versuche, Vorurteilslosigkeit zu üben, die gar oft mit Urteilslosigkeit verwechselt wird. Größe ist eine Vokabel, die nicht vom sozialen Ort abhängt, so wie Schmerz und Freude unabhängig vom Sozialen sind; auch in Waschküchen werden stundenlang Banalitäten ausgetauscht, und vielleicht gibt es unter den Großen der Welt tatsächlich Große; geben wir ihnen eine Chance. Dostojewskijs Romane haben zum Teil verflucht unangenehme Titel: Arme Leute und Erniedrigte und Beleidigte, und sieht man sich das Milieu an, in dem sich ein gewisser Rodion Raskolnikow bewegt oder gar ein Fürst mit dem Namen Myschkin – so ist das tatsächlich empörend; man hätte ihnen allen Rolex-Uhren schenken sollen, auf daß sie sich wahrhaft groß fühlen, und man hätte Dostojewskij mitteilen sollen, er möge sich endlich in feinere Kreise begeben; man sollte ihm postum die Frage stellen, ob auch zu seiner Zeit mehr als zwei Drittel der Menschheit hungerten.

Es gab eine Zeit, in der alles, was nicht adlig war, überhaupt nicht als literaturfähig galt; daß man einen Kaufmann als der Feder eines Dichters für würdig befand, galt als eine Revolution, war eine; dann kamen jene Verbrecher, die sogar den Arbeiter literaturfähig machten, kunstfähig; inzwischen gibt es Kunsttheorien, die alles, was *nicht* arbeitende Klasse ist, für literaturunwürdig erklären. Sollte sich in unserer gesegneten Gesellschaft eine Gegentheorie dazu bilden? Das wäre interessant, aufschlußreich und einer ausführlichen Analyse würdig.

Großeltern gesucht

Die Eltern aller Zeiten haben ihren Kindern erzählt, wie streng sie erzogen worden sind; da mußte gegessen werden, was auf dem Tisch stand, der Stock stand immer bereit, die Lehrer waren ungebildet, arm und streng, die Schulen düster und eng, und soeben hatte man entdeckt, daß das Leben ein Kampf sei. Süßigkeiten gab es nur an hohen Feiertagen, als Geschenk nur was Nützliches: ein Paar Strümpfe, ein Hemd und vom Patenonkel einen Taler, der in Vaters eiserner Truhe verschwand bis zu dem Tag, an dem man vierzehnjährig, achtzehnjährig auszog, »sich einen Platz in dieser Welt zu suchen«. Mit Grundsätzen gewappnet trat man dieser Welt entgegen, die keine Schrecken barg. Und jeder von uns hatte wohl einen Onkel, der erzählte, wie er acht Kilometer marschiert war, um fünf Pfennige Fahrgeld zu sparen.

Wir lauschten dieser feierlich vorgetragenen Kolportage mit Bangen; wir, wir aßen auch außerhalb der hohen Feiertage Süßigkeiten (aßen sie immer dann, wenn wir welche bekommen konnten), wir mochten nicht alles, was auf den Tisch kam, kein Stock stand bereit, und wenn uns jemand Geld zusteckte, versuchten wir mit allen Mitteln, es vor Sparbüchsen und ähnlichen eisernen Gräbern zu retten; wir gingen nicht einmal einen Kilometer zu Fuß, um 20 Pfennige zu sparen. Wir liebten unsere Eltern, weil sie uns diese Strenge, von der sie berichteten, ersparten, aber wir fürchteten auch die Folge dieser Milde: wir, wir würden nicht gewappnet sein, »unseren Platz in dieser Welt« zu finden, und so legten wir uns freiwillig Entbehrungen auf, bildeten spartanische Banden, schliefen im Freien, aßen wochenlang keinen Kuchen, legten uns Steine in die Schuhe, um die dunkle Göttin Zukunft, vor der wir uns fürchteten, durch Opfer zu versöhnen. Daß die Eltern einen Platz in dieser Welt hatten, erhöhte unsere Bewunderung, steigerte aber auch unsere Angst: würden wir in der Lage sein, Miete zu bezahlen, Brot zu kaufen und Schuhe? Wir schoben die Beantwortung dieser Frage auf. Wenn unsere Untröstlichkeit offenbar wurde, nahmen die Erwachsenen uns beiseite und versuchten, uns mit der Zukunft zu trösten: wir würden es besser haben. Die Erwachsenen hatten vergessen, daß Kinder einer erstaunlichen Logik fähig sein können: Zukunft war das Schreckenswort, das der Gegenwart allen Reiz nahm; war nicht die Vergangenheit, war nicht diese aufgeweichte, grundsatzlose Gegenwart einmal die Zukunft der Eltern gewesen? Was hatten sie bloß daraus gemacht. So öffneten sich Abgründe, Zeit war keine beständige Größe, nicht meßbar, ablesbar am Kalender und von Uhren. In den

Folterkammern kindlicher Phantasie wurden Stunden zu Ewigkeiten gedehnt, schrumpften Wochen zu Minuten, Jahre lagen vor uns wie Gebirgsmassive, die wir würden überschreiten müssen, Jahrtausende hinter uns, lauter mißglückte Zukunften. Woher nahmen die Erwachsenen diese törichte Zuversicht zu glauben, daß ausgerechnet unsere Zukunft eine freundlichere sein würde? Wir wußten es besser, fanden nur keine Worte, es auszudrücken, verweigerten diesem Optimismus den Kommentar. Wir waren unseres Platzes in dieser Zukunft gar nicht so sicher. Mochten andere, Gleichaltrige es sein, mochten sie sagen: »In fünf Jahren werde ich aus der Schule entlassen, dann werde ich Tischler; mit achtzehn mache ich dann meine Gehilfenprüfung.« Fremdlinge, fremder noch als die Erwachsenen waren sie, weil sie, obwohl zu uns sich zählend, mit deren Leichtfertigkeit über Uhr und Kalender verfügten, die Zukunft einteilten wie einen Kuchen. Sie waren schon jung, wir waren noch Kinder; ein Kind ist nicht jung; jung wird man erst, wenn man mit dem Geld in der Tasche fröhlich zu klimpern beginnt, wohl wissend, was man damit anfangen kann; für ein Kind ist der blanke Groschen noch wertvoller als der schäbige Fünfzigmarkschein; es ist ganz natürlich, daß Kinder dazu neigen, Geldscheine wie Abfallpapier zu verbrennen und einen Kupfernagel, den sie in der Gosse gefunden haben, wie eine Kostbarkeit aufzubewahren. Kinder sind unsentimental. Ein Kupfernagel *ist* wertvoller als ein Stück Papier. Das haben wir alles längst vergessen, haben schon angefangen, unseren Kindern mit der gleichen Feierlichkeit die gleiche Kolportage zu erzählen; von der Strenge unserer Erziehung, der Härte unserer Jugend, von der aufgeweichten Gegenwart, die keine Grundsätze mehr kennt; mein Gott, wann sind wir einmal ins Kino gegangen, wann haben wir einmal Schokolade gegessen? Und was haben wir alles siegreich überlebt: Terror und Krieg, Entbehrungen, Gefangenschaft, und trotz aller Schläge haben wir ihn gefunden: den Platz in der Welt. Sind wir nicht wahre Helden?

Erwachsen sein heißt: vergessen, wie untröstlich wir als Kinder oft gewesen sind. Ob wir uns von anderen Elterngeschlechtern nur dadurch unterscheiden, daß wir es nicht über die Lippen bringen, das Wort von der freundlicheren Zukunft? In einigen Jahren werden wir auch zu dieser gängigen Lüge fähig sein. Optimismus ist eine Alterserscheinung, Erinnerung eine Kunst, die nur von wenigen beherrscht wird; wir lügen bei unseren Erzählungen nicht, lassen nur einiges aus: da wohnte doch irgendwo im Haus die Großmutter, der Großvater; sie hatten mehr zu erzählen als das Kino, nicht nur mehr: was sie erzählten, war auch authentisch: Großvater hatte den König gesehen, ja, *gesehen*, mit diesen seinen Augen, auf die er zeigte, um sie als Zeugen aufzurufen. Großvater konnte beschreiben, wie man einen Tisch repariert, wie man Kühe melkt, er ahmte das Geräusch nach, mit dem die Milch in den Eimer spritzt; als Neunjähriger schon hatte er die Kirchenglocken läuten dürfen, hatte seinem Vater auf der Orgelempore den Blasebalg getreten. Großmutter hatte Kuchen in einer großen Blechdose, Großvater schenkte uns schon einmal Groschen, und die beiden Alten lächelten auf eine bedeutungsvolle Weise, wenn ihnen vorgeworfen wurde, sie verwöhnten uns. Die Großeltern konnten von ihren Eltern, deren Eltern erzählen, wir saßen im Dunkeln am flackernden Herdfeuer, und obwohl die Worte: Tod, Krankheit, Krieg in diesen Erzählungen nicht fehlten – die Zuversicht, die die Eltern uns durch abstrakte Worte wie »besser« und »anders« einzuflößen versuchten, wurde hier, im Zimmer der Großeltern, konkreter: Brot hatten die Menschen gegessen, Äpfel gepflückt, Kühe gemolken, Glocken geläutet. Mit den Eltern hatten wir Mitleid, weil sie auf eine so eindringliche, fast verzweifelte Weise um unser Glück besorgt waren; mit den Großeltern brauchten wir kein Mitleid zu haben: selbst ihre Gebrechen kamen uns gesund vor: sie waren alt, und dieses Wort klang gut. Wenn wir von unserer harten Kindheit, der strengen Jugend erzählen, lassen wir noch mehr aus: daß ein Bach noch ein Bach war: kein verdächtiges Rinnsal, das man erst testen muß, ehe man es den Kindern zum Spiel freigibt; das Brot, das wir aßen, gibt es heute nur noch in einigen Spezialläden, für Auserwählte, die Geld genug haben, es zu bezahlen, und Zeit genug, es sich zu besorgen: »naturreines Brot« wird bald wertvoller sein als Hummer. Natur ist nicht einfach mehr da: sie hat Besichtigungswert, Bäume müssen durch Gesetz geschützt werden, Altwerden wird als Schande verkündet; obwohl sich die »Lebenserwartung« steigert, fehlt es an alten Leuten. Daß Eltern nervös sind, gehetzt auf Uhr und Kalender blicken, hängt mit der Zwitterhaftigkeit ihres Zustandes zusammen: sie haben »ihren Platz in der Welt«, müssen ihn behaupten, sie sind gar nicht so sicher, wie sie sich immer geben müssen: ein gutes Kind hat Mitleid mit seinen Eltern; sie verschieben die Korrekturen, die sie an ihren Erinnerungen anbringen müßten; manchmal fällt es ihnen ein: wir hatten doch zu Hause eine Rumpelkammer, da standen Schränke mit abgebrochenen Beinen, zerbrochene Spiegel, lagen in Schachteln abgelegte Hüte, von Motten zerfressene Kleider, eine alte Geige, Zeitschriften; Kinderwagen standen da, Kisten und Koffer. Es gibt keine Rumpelkammer mehr: in unseren Wohnungen ist kein Raum dafür frei.

Die Schulen werden immer heller, die Lehrer immer gebildeter, die Großeltern aber – obwohl es mehr alte Leute gibt als früher – scheinen auszusterben. Kein Wunder, daß die Kinder zum Kino drängen und sich im Dunkeln Geschichten erzählen lassen. Wer hat noch nie den großen Seufzer der Erleichterung gehört, wenn bei Kindervorstellungen im Kino endlich das Licht ausgeht? Empörte Erwachsene wundern sich, wenn Kinder, was ihnen da vorgeflimmert wird, für authentisch halten. Kinder sind ständig auf der Flucht vor Uhr und Kalender: ahnungslos fliehen sie in die Zukunft hinein. Geschichte wird nur im Detail verstanden: Napoleons Hut (hat er den wirklich auf dem Kopf gehabt?) ist konkret. War das, was er getan hat, gut oder böse? Da gibt es für die Antwort keine sentimentalen Zwischenzonen: was nicht Ja oder Nein ist, ist verdächtig. Im Kino gibt es auch nur Gute oder Böse, bestenfalls als zulässige Zwischenstufe von Bekehrte. Alles andere ist langweilig und verdächtig.

Wir Erwachsenen sind in einer verzweifelten Lage: wir wollen das Beste: düstere Schulen sind scheußlich, ungebildete Lehrer eine Plage, Rumpelkammern unhygienisch, und warum sollten wir nicht alles tun, den Kindern zu helfen, ihren Platz in der Welt zu finden? Psychologie und Psychotherapie, Medikamente und Kuren, bunte Kindergärten, schöne Möbel: nur nicht sparen, wenn es um das Wohl der Kinder geht. Vielleicht fallen wir den Kindern nur lästig, erreichen nur, daß sie viel zu früh ihren Platz in der Welt finden, und züchten kleine Ungeheuer, die mit vier Jahren schon zu wissen glauben, daß Hans im Glück verrückt war, als er den Klumpen Gold gegen einen Schleifstein tauschte.

Die Großmütter sind beleidigt, wenn man sie als solche bezeichnet, Großväter werden in Altersheimen und möblierten Zimmern griesgrämig, sehen sich nach Nebenbeschäftigungen um, da ihre Hauptbeschäftigung, Großvater zu sein, nicht mehr gefragt ist; helle Wohnungen, helle Schulen, gläserne Säuglingsstationen, keine Großeltern, keine Dunkelheit mehr – was die Rumpelkammern füllen würde, wird dem städtischen Fuhrpark überantwortet. Nicht einmal die Kirchen sind mehr dunkel – die einzigen Orte in der Welt, wo Dunkelheit garantiert wird, sind die Kinos.

Zu allen Zeiten und in allen Kulturen sind Kinder gequält worden, weil die Erwachsenen ihnen ihre Optik aufzuzwingen versuchten. Am Ende stand der Alarmruf: du bist doch kein Kind mehr! Damit waren die Kinder sowohl freigesprochen wie verurteilt: nicht mehr Kind, sondern Sohn, Tochter, verantwortlich, der Zeit unterworfen, auf ein Ziel angesetzt: den Platz in der Welt zu finden. Man ist nicht jung, wenn man aufhört ein Kind zu sein, sondern *wird* es: neue Schrecken tun sich auf, andere Freuden. Wir Erwachsenen nehmen unsere Position mit einer erdrückenden Selbstverständlichkeit ein: wir haben unseren Platz in der Welt, noch schlimmer: wir werden mit dem Leben fertig, wir haben die Mitte erreicht, kennen unseren Radius. Das Vertrauen, das die Kinder uns spenden, kann durch ein mißverstandenes Augenzwinkern zerstört werden; wir ahnen gar nicht, wie groß der Kredit ist, den sie uns geben, und wie schnell er verspielt ist.

Hierzulande

Als wir um Mitternacht zum Hauptbahnhof fuhren, schwiegen wir bedrückt; unser Gespräch war mißglückt; der Besucher hatte von mir genaue Auskunft über die Bundesrepublik erwartet, aber ich war nicht fähig gewesen, über ein so ungenaues Land genaue Auskunft zu geben. Für dieses gemischte Gebilde, das Bundesrepublik heißt, eine Formel zu finden, dazu wäre sogar ein Einstein der Formulierung nicht fähig. Eine Frage des Besuchers: »Was unterscheidet die Menschen hier eigentlich von denen im Jahre 1933?« hatte ich mit einem »Natürlich nichts« beantwortet, dann eine winzige Korrektur hinzugefügt: »Es geht ihnen wirtschaftlich besser als denen damals.« Die Frage: »Gibt es noch Nazis in diesem Land?« Meine Antwort: »Natürlich, hatten Sie erwartet, ein nacktes Datum, der 8. Mai 1945, habe die Menschen verwandelt?«

Auf dem Wege zum Bahnhof im Taxi fügte ich, ohne noch einmal gefragt worden zu sein, auf die vor Stunden gestellte Frage noch hinzu: »Sie werden hierzulande niemals jemand sagen hören: Deutschland ist besiegt worden, immer werden Sie hören: Zusammenbruch. Mit den Worten ›nach dem Zusammenbruch‹ bezeichnet man die Zeit von Mai 45 bis zur Währungsreform, oder zurückblickend nennt man sie: vor der Währungsreform. Die Zeit vom 20. Juni 1948 bis heute nennt man: nach der Währungsreform, im Volksmund schlichter: vor und nach der Währung, wobei mit ›vor der Währung‹ instinktsicher auch die Kriegszeit, in der das Geld strömte, gemeint ist. Wir leben im Jahre 12 nach der Währung. Vor dem Zusammenbruch hatten wir die Nazizeit, die hinwiederum in sechs Jahre Frieden und sechs Jahre Krieg zerfällt. Sie wissen wohl noch aus dem Geschichtsunterricht, daß alles *zerfällt,* in Regierungszeiten von X und Y, in Krieg und Frieden. Vor der Nazizeit die Weimarer Republik, die in die Regierungszeiten der verschiedenen Präsidenten zerfällt; vor der Weimarer Republik – aber das würde zu weit führen; wenn ich mir vorstelle, daß ich im Jahr 1917 geboren bin, also noch als kaiserlicher Untertan, so kommt mir das gespenstischer vor, als wenn mein Vater mir allen Ernstes erzählen würde, er habe am dritten Punischen Krieg teilgenommen – unwirklich ...«

Der Besucher antwortete nicht; auch der Taxichauffeur schwieg; er war schlecht gelaunt; drei Stunden auf Kundschaft warten, dann eine Fahrt zu 4,80 DM; die Aussicht, wieder drei Stunden warten zu müssen; das kann einem schon die Laune verderben. Taxifahren ist hierzulande unpopulär, wie Telefon und Scheckbuch; diesen nützlichen Einrichtungen haftet noch der Geruch der Verschwendung an; man läßt sich hierzulande einen feuchtfröhlichen Abend schon etwas kosten, lauert aber dann ängstlich der letzten Straßenbahn auf, wird die so teuer bezahlte gute Laune, an Umsteigestationen fröstelnd, wieder los, obwohl der Nachttarif der Straßenbahn und der Preis für ein Taxi kaum um den Preis einer halben Flasche Wein differieren. Jemand, der hierzulande ein Scheckbuch »zückt«, hat einige Aussicht, als wohlhabend zu gelten, und doch kostet ein Scheckbuch nur fünfundsiebzig Pfennige, und die fünfzig Schecks, die es enthält, sind sehr nützlich bei dem Sport, den man, will man kreditfähig werden, sozusagen als Anfangssport betreiben muß. Der Sport heißt: »Bewege dein Konto.« Wenn man zweitausend Mark fünfzigmal bewegt hat, sind es einhunderttausend, und das ist ein stattlicher Umsatz. Umsatz ist alles, er bringt Kredit, höheren, vielleicht sechstausend, und diese dann, hundertmal bewegt, machen einen Umsatz von sechshunderttausend. Man muß nur wissen, wie man sein Konto bewegt: hin und her, her und hin; die Seifenblase darf nicht platzen. Kein Wunder, daß in einem Land, wo die landläufigen Vorurteile gegen Rechnen und Mathematik immer noch salonfähig sind, diejenigen, die den Sport fleißig ausüben, einige Aussicht auf Erfolg haben. Adam Riese hat umsonst gelebt; rechnen zu können gilt fast als ein Makel; wenn sich doch herumsprechen würde, wie gut Goethe rechnen konnte! Die Straßen waren leer in dieser Septembernacht, nur einige Fahrzeuge des städtischen Fuhrparks waren unterwegs; leise drehten sich die Kehrichtwalzen, sanft summten die Motoren der Sprengwagen. Der Taxifahrer nahm die Zigarette, die mein Besucher ihm anbot, dankend an; er würde niemals – und vielleicht ist diese Erkenntnis der Teil einer Formel – dem Fahrgast eine angeboten haben; nicht etwa, weil er geizig wäre, sondern weil dieser für ihn in diesem Augenblick etwas repräsentiert, das in diesem Land angebetet und zugleich verachtet wird: Kunde. Volkswirtschaftlich ausgedrückt: Verbraucher. Wir sind ein Volk von Verbrauchern. Krawatten und Konformismus, Hemden und Nonkonformismus, alles hat seine Verbraucher, wichtig ist nur, daß es sich – ob Hemd oder Konformismus – als Markenartikel präsentiert. Weder Instinkt noch Erfahrung des Verbrauchers reichen aus, Qualität festzustellen; so verlangt man verbriefte Qualität; verbriefte Qualität aber ist teuer. Wer je Lust verspürt, sich als Obsthändler niederzulassen, könnte getrost darauf vertrauen, daß er die teuersten Äpfel am besten verkauft; würde er sich den Scherz erlauben, die Preisschildchen der Äpfel zu vierzig mit denen zu achtzig zu vertauschen, so würde er wahrscheinlich die schlechteren Äpfel teuer besser verkaufen als die guten billig. Welche junge Hausfrau hätte wohl noch gelernt, einen Apfel in die Hand zu nehmen, ihn zu prüfen? Vielleicht ist auch diese Erkenntnis der Teil einer Formel.

Gespannt wartete ich auf den Augenblick, wo unser Taxi in die Straße einbiegen würde, die man auf dem Weg zum Hauptbahnhof unweigerlich passieren muß. Da strömen die Gebäude Weihe und Würde aus, bester Stein ist da in bestem Reichsparteitagstil verarbeitet, unter der Devise: Solider geht's nimmer. Herrschen und Bauen sind eins, und wer hierzulande baut, das wird in dieser Straße deutlich. Wenn man im Taxi durchfährt, wirft der Taxifahrer vorsichtshalber noch einen Blick auf Schuhe, Kleider, Gesicht des Fahrgasts, um festzustellen, ob der Kommentar angebracht ist, den der Volksmund sich angesichts dieser Gebäude erlaubt. »Alles von unserem Geld erbaut.«

Unser Fahrer in dieser warmen Septembernacht brach endlich sein mißlauniges Schweigen; er konnte sich erlauben, noch präziser als der Volksmund zu werden: »Da steckt das Geld mit drin, das mein Vater vierzig Jahre lang in die Lebensversicherung gezahlt hat.«

Man muß schon genau wissen, wie schwierig es ist, die Deutschen zu provozieren, wenn man solche Paläste auch noch nächtlicherweile anstrahlt; mildes gelbes Licht gibt den kupfernen Türen und Fenstern einen Schimmer von Würde, mit dem sich die Stromrechnung bezahlt macht. An den

Gebäudefronten ist der Ortsgeist mit religiösen Emblemen versöhnt, oder würde ich besser sagen: es ist ihm Tribut gezollt worden? Ob die Heiligen den Tribut annehmen? Keiner von ihnen eignet sich so gut als Vorbild für Monumentalbildhauerei wie der gute Christophorus, der das lächelnde Christkind durch gefährlich gurgelnde Fluten trägt; außerdem ist er der Schutzpatron der Autofahrer, und welcher Autofahrer wäre nicht versichert? So lassen sich Geschäft mit Religion, Repräsentationspflicht mit der Pflicht, die Künste zu fördern, vereinen, man kann sogar noch öffentlich die Verachtung, die man den Abstrakten, den Entarteten schuldet, dokumentieren. Fünf auf einen Streich! Das nenn' ich mir geschickt.

Der Besucher war überrascht, mitten in der Nacht einen solchermaßen angestrahlten Palastbezirk zu passieren. »Welche Satrapen«, fragte er, »verwalten von hier aus welche Provinz welchen Reiches?« – »Vielleicht«, sagte ich, »fragen Sie bei Ihrem nächsten Deutschlandbesuch einen Finanzexperten nach der geheimnisvollen Formel, die die einen 100 Reichsmark in 7, die anderen aber gleich in 5000 oder mehr verwandelte! Man wird Ihnen einzureden versuchen, Geld sei eine rein rationale Sache. Die Leute, die nicht an die wunderbare Brotvermehrung glauben, werden Ihnen den wunderbaren Brotraub nicht erklären können. Man wird weiterhin unseren Kindern das dumme

$2 \times 2 = 4$ beibringen und sie zur Sparsamkeit erziehen. Offenbar hat der ehrenwerte Adam Riese nichts von Wundern gewußt. Sollte das deutsche Wunder auf der Formel 7 = unendlich beruhen?«

Der Taxifahrer zeigte eine gewisse Nervosität, er fuhr schneller als erlaubt, eilig strebte er dem Bahnhof zu, als ginge es ihm darum, uns rasch loszuwerden; zum Bahnhof war nicht mehr weit. Die Fahrgäste, denen er seinen Kommentar nicht erzählen würde, pflegen auf die Frage nach den Grundregeln der Währungsreform zu antworten, daß in der DDR beim Währungsschnitt den Dummen noch weniger Geld gelassen worden ist. Das sind so die Tröstungen, die man für uns bereithält. Wenn ich einmal unschuldig für sechs Jahre im Gefängnis einsitzen muß, wird mich vielleicht ein Zellengenosse trösten, der unschuldig für acht Jahre einsitzt.

Als wir am Bahnhof ausstiegen, war der Taxifahrer erschrocken über das hohe Trinkgeld, das mein Besucher ihm gab: zwei Mark auf fünf! und das von einem Kunden, den er seines Kommentars für würdig gehalten hatte. Hatte er sich etwa doch in uns getäuscht und hätte sich besser den Kommentar verkniffen? Waren wir Kommunisten oder hielten wir ihn für einen? Vorsicht! Unglücklicherweise setzte sich sein Schrecken in Liebedienerei um. Wie sorgfältig er die Tasche des Besuchers aus dem Gepäckraum nahm! Man weiß in diesem

Land Großzügigkeit so wenig zu schätzen wie Sparsamkeit. Geld ist mit viel Sentimentalität befrachtet. Kein Wunder in einem Land, wo Armut weder mystische Heimat noch Station zum Klassenkampf mehr ist. In den Köpfen auch der sogenannten Intellektuellen sind die Begriffe: arm, brav, Arbeiter, immer noch identisch; die Folgerung: da die Arbeiter nicht mehr arm sind, gibt es keine Armut mehr – und die Arbeiter sind nicht mehr brav. Die, die man sozial nennt, sind dann die Ausnahmen; daß Asozialität unter den Satrapen eine Entsprechung haben könnte, auf den Gedanken ist man noch nicht gekommen; wer sich mit einem Hundertmarkschein eine Zigarette anzündet, kann eher auf Bewunderung als auf Verachtung oder Haß rechnen. Daß er mit seinem Hundertmarkschein ein Stück Freiheit verbrennt, würde als die Folgerung eines Verrückten betrachtet. Geld kann kein Mittel zur Freiheit sein, wo Armut keine Souveränität hat. Trinkgeldgeber sind gleich würdelos wie Trinkgeldempfänger – in diesem Land.

Der Zug, mit dem der Besucher wegfahren wollte, stand schon abfahrbereit; einige Reisende schliefen schon, andere trösteten sich an Abendzeitungen und warmen Würstchen; nachdem der Besucher eingestiegen war, seinen Platz gefunden, das Fenster heruntergeschoben hatte, blieben noch einige Minuten, zu wenige, als daß wir das mißglückte Gespräch noch einmal hätten aufnehmen können. Ich versuchte mir vorzustellen, was er denken und fühlen mochte; in dieser Stadt geboren, zur Schule gegangen, im Jahre 1937 emigriert; seine Eltern blieben bis 1939; ihr Vertrauen auf die deutsche Anständigkeit hätte sie fast das Leben gekostet; drei Jahre später – im Jahr 1942 – setzte man schon sein Leben aufs Spiel, wenn man einem Juden eine Handvoll Kartoffeln in sein Versteck brachte, oder wenn man als polnischer Kriegsgefangener ein deutsches Mädchen in einem Hausflur küßte; ein Kuß in der Haustür, eine Handvoll Kartoffeln, oder eine politische Randbemerkung im Luftschutzkeller. Meine Mutter, die Lebensweisheit und die Heftigkeit ihrer Gefühle in deutlichem Haß auszudrücken verstand, erlaubte sich solche Bemerkungen im Jahr 1940 in Gegenwart eines jungen Strebers, der nicht Mitglied der Nazipartei war, es auch nie wurde; er war nur von einem damals noch ziellosen Ehrgeiz erfüllt, der sich später auf die Unteroffizierskarriere konzentrierte. Das Leben meiner Mutter hing nicht an einem Haar, sondern am Gewissen eines Ortsgruppenleiters, der dann die Denunziation offenbar nicht weitergab; die Deutschen konnte man nicht 1933 kennenlernen, sondern im Siegesrausch des Jahres 1940, als die Marschallstäbe wie Manna vom Himmel regneten. Der junge Streber, ein wenig älter, wenn auch nicht klüger geworden, war im Jahr 1946 einer der Favoriten der CDU fürs Stadtparlament; er war nie Mitglied der Nazipartei. Wahrscheinlich saß der Ortsgruppenleiter, der meiner Mutter das Leben rettete, währenddessen in einem Internierungslager. Wie viele Denunziationen er weitergereicht, wie viele er unterdrückt hat, weiß ich nicht. Ich weiß nur: wenn ich Bekannte wiedertreffe, versuche ich mich daran zu erinnern, was sie im Jahr 1940 sagten und dachten, im Jahr des Sieges und des Glanzes, als die Einsamkeit am größten war und wir meiner Mutter rieten, die Randbemerkungen im Luftschutzkeller zu unterdrücken; sie sprach nur noch mit Blicken, und ihre großen, dunklen Augen sprachen wohl noch deutlicher als ihr Mund; der junge Streber geriet in Zustände, die an Raserei grenzten, sooft sie ihn anblickte. Ich weiß nicht, ob jemand eines Blickes wegen zum Tode verurteilt worden ist, möglich wäre es schon.

Noch drei Minuten bis zur Abfahrt des Zuges; zwecklos, die Gedanken noch formulieren zu wollen; auf dem gegenüberliegenden Bahnsteig warteten müde Bummler auf die Abfahrt in ein Provinznest. Vielleicht sind die Juden, die auch 1942 noch auf die deutsche Anständigkeit vertrauten, von diesem Gleis aus nach Polen abgefahren. Sie waren auch bei der Abfahrt noch nicht bereit, an das Schreckliche zu glauben. Wer glaubte daran? Ein Kuß in der Haustür, eine Handvoll Kartoffeln, eine politische Randbemerkung unter *Nicht*-Parteimitgliedern. Sich nur nicht auf den Menschen und seine Psyche verlassen. Man müßte die Sprache der Bahnhöfe entdecken, die Lyrik der Eisenbahnschienen entziffern, den Gesang der Stufen übersetzen können, die auf Bahnsteige hinaufführen: polnische Gefangene, russische Sklaven, Juden, Soldaten, verschickte Kinder, unzählige Füße Todgeweihter haben diese Stufen berührt. Die Menschen, die an heißen Sommernachmittagen, gereizt von mißglückten Landpartien heimkehrend, hier lustlos ihre lauwarme Limonade schlürfen, haben ihre Söhne und Brüder an Züge begleitet, die von hier aus in den Tod fuhren. Womit ist ihre Trauer getötet, ihre Erinnerung verschüttet worden? Wie wenige Gesichter in diesem Land lassen erkennen, daß der Besitzer der Trauer und der Erinnerung fähig ist. Den Trauernden ist Trost versprochen worden, den Gereizten nicht. Würde eine Mutter auf diesem Bahnsteig in Tränen ausbrechen, weil sie sich erinnerte, daß von diesem Bahnsteig aus ihr Sohn in den Tod fuhr – man würde ihr tröstend auf die Schulter klopfen und sie insgeheim der Sentimentalität zeihen; wie kann man sich ein solches Gedächtnis leisten, das sechzehn, siebzehn Jahre zurückreicht. Wenn dieselbe Frau ohne starke Gemütsbewegung zusehen würde, wie sieben Feuerwehren sich mühen, eine Katze zu retten, die in ein Abflußrohr rutschte, würde man sie für eine gefährliche Bestie halten. Man muß innerhalb der handelsüblichen Sentimentalitätsschablonen reagieren, sonst gilt man als gefährlich; die Erinnerung an den Tod der Nachbarn ist keiner Handbewegung wert. Für alles, was der Erinnerung dienen könnte, hat die Psychologie die Mordwaffe geliefert, die heute jedermann zur Verfügung steht: das Wort Ressentiment; wie ein Messer wird es jedem in die Brust gestoßen, der es wagt, echte Gefühle zu zeigen. Um dieser Mordwaffe zu entgehen, treibt man Erinnerungen und Gefühle ab, es ist dieser permanente Abort, der die Gesichter so leer macht; geweint und geschrien wird nur noch in den psychiatrischen Kliniken. Gefühllosigkeit, Sentimentalität beherrschen den Markt, der die Objekte liefert, an die man sein Herz hängen kann: Maskottchen jeglicher Größe und Preislage, vom Mecki bis zum Hochhaus. Die Preise für ein Herz und ein Gewissen fallen; für das, was der Mensch wirklich braucht, steigen sie. Ein Beamter, der im Jahr 1936 in die Nazipartei eintrat, um seine Familie vor dem Elend zu bewahren, erscheint mir heute als ein ehrenwerter Mann; für ihn stand wirklich etwas auf dem Spiel, er war bedroht, und es gab keine gesellschaftliche Instanz, keine kirchliche, die ihm das Gefühl des Bedrohtseins hätte in Gelassenheit verwandeln helfen. Die einzige Drohung, die einem Deutschen *heute* Angst einflößt, ist die des sinkenden Umsatzes. Sobald diese Drohung sich zu verwirklichen scheint, tritt Panik ein, stehen alle Zeichen auf Hochalarm. Es gibt sehr viele sehr kluge, sehr gescheite, schreibgewandte junge Leute, die auf eine beunruhigende Weise informiert, die gebildet sind, Zusammenhänge erkennen, über den dritten Punischen Krieg so gut Bescheid wissen wie über Faulkner; ich frage mich nur, wo ihr Widerstand anfängt oder anfangen würde. Sie haben weder Angst vor Adenauer noch vor Ollenhauer; wenn man ihnen winzige Konzessionen nachweist, zitieren sie eine Instanz, die viel gefährlicher ist, als der eine ist und der andere je werden könnte: Lieschen Müller, diese mythische Gestalt, die mir eine Erfindung ihres schlechten Gewissens zu sein scheint. Lieschen Müller und der Umsatz hängen eng zusammen. Wer den Umsatz gefährdet – hat eine Chance, die Deutschen zu provozieren. Der Tod ihrer Nachbarn und Freunde hat sie nicht gelehrt, das Leben zu würdigen; Schmerz ist nicht Weisheit, Trauer nicht Kraft geworden, sie sind auf eine absurde Weise arm, da sie angesichts der ständigen Drohung nicht einmal fähig sind, ihren relativen Wohlstand wirklich zu genießen. Der Hunger der Jahre »vor der Währung« hat sie nicht einmal weise genug gemacht, der Segnungen des Augenblicks sich wirklich zu erfreuen; nicht einmal aus dem Elend ist ihnen eine Würze erwachsen; wessen Erinnerung sich auch nur über zehn Jahre erstreckt, der wird für krank gehalten oder gehört in Tiefschlaf versetzt, auf daß er gestärkt für die Gegenwart wieder erwache. Eine Handvoll Kartoffeln, ein Kuß im Hausflur, eine politische Bemerkung unter *Nicht*-Parteimitgliedern – das war der Preis für ein Menschenleben. Vielleicht liegt das Geheimnis dieses Auslöschens der Erinnerung in der Natur der unbekannten Formel, die unser Leben in die Zeit vor und nach der Währungsreform *zerfallen* läßt.

Das alles hatte ich dem Besucher sagen wollen, aber die Worte im Gespräch nicht gefunden. Ein rascher Händedruck, ein »Adieu«, der Zug fuhr ab. Ich ging die Stufen hinunter, gab meine Bahnsteigkarte ab und fuhr nach Hause. Dort, wo noch leergetrunkene Flaschen als Zeugen des mißglückten Gesprächs standen, fand ich die Schiefertafel meines jüngsten Sohnes mit den Rechenaufgaben auf dem Tisch: 7 + 5 = 12, 9 + 6 = 15. Wer könnte angesichts der Gläubigkeit, mit der solches hingeschrieben wird, ungerührt bleiben. Ich schrieb quer über die freie Partie der Tafel 7 = unendlich, räumte die leeren Flaschen weg und versuchte hinzuschreiben, was auszudrücken mir unmöglich gewesen war. Nicht die Formel, vielleicht nur Teile, die niemand zu einer Gleichung zusammensetzen könnte, die aufgehen würde. Wer würde es wagen, über den Ortsgruppenleiter zu richten, der meine Mutter *nicht* verriet, vielleicht aber andere. Der junge Streber, der mich wegen Beleidigung verklagen könnte, wenn ich ihn einen Nazi schimpfen würde, wird sich hoffentlich hin und wieder der dunklen Augen meiner Mutter erinnern.

Ein Deutscher zu sein, das bedeutet in einem Pariser Hotel: bedroht zu werden, weil man einer ist und auf der Rückfahrt im D-Zug einem jungen französischen Faschisten gegenübersitzt, der einem Komplimente zu machen versucht über die Konsequenz, mit der man hierzulande den Antisemitismus betrieben hat; es bedeutet, nicht als mitsprachefähig betrachtet zu werden, wenn Franzosen unter sich über Algerien sprechen; vielleicht darf man erst mitsprechen, wenn in Algerien soviel Menschen umgebracht worden, wie zwischen 1933 und 1945 unter deutscher Herrschaft in Europa getötet worden sind. Wer führte dieses geheimnisvolle Konto der Nationen? Wer reguliert den Preis für ein Menschenleben? Wird es morgen ein Blick sein? Die dunkle Börse, die diesen Kurs diktiert, wo wird sie betrieben? Die Bedrohung im Pariser Hotel wendet sich natürlich genau gegen den Deutschen, der die Handvoll Kartoffeln in das Versteck des Juden brachte, und der englische Zollbeamte nimmt wie den Ausweis eines Aussätzigen den Paß genau des Deutschen in seine zarten Finger, der die Denunziation nicht weitergab. Wenn es Ansätze von Kollektivschuld in diesem Lande gäbe, dann von dem Augenblick an, wo mit der »Währungsreform« der Ausverkauf an Schmerz, Trauer und Erinnerung anfing.

Schrecklich ist es, daß es Anlässe genug gibt, über dieses Land und in ihm zornig zu werden, aber an wen den Zorn adressieren? Sie schlucken alles; man könnte ihnen auf dem Fernsehschirm vielleicht bei der Reportage über einen Verkehrsunfall zeigen, wie ihr eigener Nachbar stirbt; sie würden stutzen, möglicherweise noch sagen: »Den kenn' ich aber doch?« und schon auf das nächste Bild warten. Bei einer nächsten Währungsreform könnte man ihnen ihr Geld 100 = 0,1 aufwerten, das Vermögen der Schlauen dann entsprechend höher; sie würden seufzen, ein wenig schimpfen, aber dann bald schon die Ärmel aufkrempeln und schuften, schuften; auf diese Weise kann man noch einige Wunder zustande bringen und braucht nicht zu fürchten, daß sich einer über die Unbekannte in der Gleichung aufregen würde. Die Umkehrung der wunderbaren Brotvermehrung ist der wunderbare Brotraub. Die Gesichter der Fachleute, die das Wunder mit glatten Worten zu erklären vermögen, sind so leer und tot wie der Mond.

Es dämmerte schon, als ich aufstand. Die unschuldigen Ziffernkolonnen auf der Schultafel meines Sohnes wurden unwirklich; ich wischte meine Gleichung 7 = unendlich aus; sie würde dem Jungen nur eine Strafarbeit eintragen, die er nicht verdient hat; auf den Schulen gilt Adam Riese, auf den

Schulen *zerfallen* die Geschichtsperioden in einzelne Abschnitte. Mein Besucher schlief wohl schon längst, irgendwo zwischen Brüssel und Ostende; er hatte zwar einen britischen Paß, und doch würden die zarten Finger des Zöllners in Dover vielleicht durch ein winziges Spreizen eine Spur von Verachtung ausdrücken, denn er sieht deutscher aus als ein heutiger Deutscher; Kleidung, Gesten, Aussprache verraten ihn, und auch er, obwohl schon so lange kein Deutscher mehr, zahlt immer noch mit für eine Schuld, die für alt gehalten wird und doch erst so jung ist, daß nur wir Deutsche selber von ihr wissen können.

Als der Krieg ausbrach

lag ich im Fenster, hatte die Hemdsärmel hochgekrempelt, blickte über Toreinfahrt und Wache hinweg in die Telefonzentrale des Regimentsstabes und wartete darauf, daß mein Freund Leo mir das verabredete Zeichen geben würde: ans Fenster kommen, die Mütze abnehmen, wieder aufsetzen; ich lag, sooft ich konnte, im Fenster und telefonierte, sooft ich konnte, auf Heereskosten mit einem Mädchen in Köln und mit meiner Mutter – und wenn Leo ans Fenster kam, die Mütze abnahm, wieder aufsetzte, würde ich auf den Kasernenhof hinunterlaufen und in der öffentlichen Telefonzelle warten, bis es klingelte.

Die anderen Telefonisten saßen barhaupt da, im Unterhemd, und wenn sie sich vorbeugten, um einzustöpseln, auszustöpseln, eine Klappe hochzuschieben, baumelte aus dem offenen Unterhemd die Erkennungsmarke heraus und fiel wieder zurück, wenn sie sich aufrichteten. Leo hatte als einziger die Mütze auf, nur, damit er sie abnehmen konnte, um mir das Zeichen zu geben. Er hatte einen schweren, rosigen Kopf, weißblonde Haare, war Oldenburger, das erste Gesicht, das man an ihm bemerkte, war treuherzig; das zweite war: unglaublich treuherzig, und keiner beschäftigte sich mit Leo lange genug, um mehr als diese beiden Gesichter zu sehen; er wirkte langweilig wie die Jungengesichter auf Käsereklamen.

Es war heiß, Nachmittag; die seit Tagen währende Alarmbereitschaft war schon abgestanden, verwandelte alle verstreichende Zeit in mißglückte Sonntagsstunden; blind lagen die Kasernenhöfe da und leer, und ich war froh, daß ich wenigstens meinen Kopf aus der Zimmerkameraderie heraushalten konnte. Drüben stöpselten die Telefonisten ein, aus, schoben Klappen hoch, wischten sich den Schweiß ab, und Leo saß da zwischen ihnen, die Mütze auf seinem dichten, weißblonden Haar.

Plötzlich merkte ich, daß der Rhythmus, in dem ein- und ausgestöpselt wurde, sich veränderte; die Armbewegungen verloren das routiniert Mechanische, wurden ungenau, und Leo warf dreimal die Arme über den Kopf: ein Zeichen, das wir nicht verabredet hatten, aus dem ich aber ablesen konnte, daß etwas Außerordentliches geschehen war; dann sah ich, wie ein Telefonist seinen Stahlhelm vom Klappenschrank nahm und ihn aufsetzte; er sah lächerlich aus, wie er da saß, schwitzend im Unterhemd, die Erkennungsmarke baumelnd, mit dem Stahlhelm auf dem Kopf – aber ich konnte nicht über ihn lachen; mir fiel ein, daß Stahlhelmaufsetzen so etwas wie »gefechtsbereit« bedeutete, und ich hatte Angst.

Die hinter mir im Zimmer auf den Betten gedöst

hatten, standen auf, steckten sich Zigaretten an und bildeten die beiden bewährten Gruppen; drei Lehramtskandidaten, die immer noch hofften, sie würden aus »volkserzieherischen Gründen« freigestellt, fingen ihr Gespräch über Ernst Jünger wieder an; die beiden anderen, ein Krankenpfleger und ein Kaufmannsgehilfe, fingen ein Gespräch über den weiblichen Körper an; sie machten keine schmutzigen Witze darüber, lachten nicht, sie sprachen darüber, wie zwei ausnehmend langweilige Geographielehrer über die möglicherweise interessante Topographie von Wanne-Eickel gesprochen hätten. Beide Gesprächsthemen interessierten mich nicht. Es mag für Psychologen, für psychologisch Interessierte und für solche, die gerade einen Volkshochschulkursus in Psychologie absolvieren, interessant sein, zu erfahren, daß mein Wunsch, mit dem Mädchen in Köln zu telefonieren, heftiger wurde als je in den Wochen vorher; ich ging an meinen Schrank, nahm meine Mütze heraus, setzte sie auf, legte mich mit der Mütze auf dem Kopf ins Fenster: das Zeichen für Leo, daß ich ihn dringend zu sprechen verlangte. Als Zeichen dafür, daß er mich verstanden hatte, winkte er mir zu, und ich zog meine Jacke an, ging aus dem Zimmer, die Treppe hinunter und wartete am Eingang des Regimentsgebäudes auf Leo.

Es war noch heißer, noch stiller, die Kasernenhöfe waren noch leerer, und nichts hat je meiner

Vorstellung von Hölle so entsprochen wie heiße, stille, leere Kasernenhöfe. Leo kam sehr rasch; auch er hatte jetzt den Stahlhelm auf und zeigte eins der fünf weiteren Gesichter, die ich an ihm kannte: gefährlich für alles, was er nicht mochte; mit diesem Gesicht saß er, wenn er Spät- oder Nachtdienst hatte, am Klappenschrank, hörte geheime Dienstgespräche ab, teilte mir deren Inhalt mit, riß plötzlich Stöpsel heraus, trennte geheime Dienstgespräche, um ein dringend geheimes nach Köln zustande zu bringen, damit ich mit dem Mädchen sprechen konnte; später übernahm ich dann die Vermittlung, und Leo telefonierte erst mit seinem Mädchen im Oldenburgischen, dann mit seinem Vater; zwischendurch schnitt Leo von dem Schinken, den seine Mutter ihm geschickt hatte, daumendicke Scheiben ab, schnitt diese in Würfel, und wir aßen Schinkenwürfel. Wenn wenig zu tun war, lehrte Leo mich die Kunst, an der Art, wie die Klappe fiel, den Dienstgrad des Telefonierenden zu erkennen; erst glaubte ich, es genüge, an der bloßen Heftigkeit den jeweiligen Dienstgrad sich steigernd abzulesen: Gefreiter, Unteroffizier usw., aber Leo wußte genau zu unterscheiden, ob ein dienstbesessener Gefreiter oder ein müder Oberst eine Verbindung verlangte; sogar die Unterschiede zwischen ärgerlichen Hauptleuten und gereizten Oberleutnants – sehr schwer zu erkennende Unterschiede – las er von der herunterfallenden Klappe ab, und im Laufe des Abends kamen seine anderen Gesichter zum Vorschein: entschlossener Haß; uralte Tücke; mit diesen Gesichtern wurde er plötzlich pedantisch, sprach sein »Sprechen Sie noch«, seine »Jawolls« ganz korrekt aus und wechselte mit beunruhigender Geschwindigkeit die Stöpsel so aus, daß ein Dienstgespräch über Stiefel zu einem über Stiefel und Munition wurde, das andere über Munition zu einem über Munition und Stiefel, oder in das Privatgespräch eines Hauptfeldwebels mit seiner Frau sprach plötzlich ein Oberleutnant hinein: »Ich bestehe auf Bestrafung, ich bestehe darauf.« Blitzschnell wechselte Leo dann die Stöpsel wieder so aus, daß die Stiefelpartner wieder beide über die Stiefel, die anderen wieder über Munition sprachen und die Hauptfeldwebelsfrau mit ihrem Mann wieder über ihre Magenbeschwerden sprechen konnte. Wenn der Schinken aufgegessen war, Leos Ablösung kam und wir über den stillen Kasernenhof auf unser Zimmer gingen, war Leos letztes Gesicht da: töricht, auf eine Weise unschuldig, die ganz anders war als kindliche Unschuld.

Zu jeder anderen Zeit hätte ich über Leo gelacht, wie er da vor mir stand, mit dem Stahlhelm, dem Symbol ungeheurer Wichtigkeit, auf dem Kopf. Er blickte an mir vorbei, über den ersten, den zweiten Kasernenhof, zu den Pferdeställen hin; seine Gesichter wechselten von drei auf fünf, von fünf auf vier, und mit seinem letzten Gesicht sagte er zu mir: »Es ist Krieg, Krieg, Krieg – sie habens geschafft.« Ich sagte nichts, und er sagte: »Du willst natürlich mit ihr sprechen?«

»Ja«, sagte ich.

»Mit meiner hab ich gesprochen«, sagte er, »sie kriegt kein Kind, ich weiß nicht, ob ich mich darüber freuen soll. Was meinst du?« – »Sei froh«, sagte ich, »ich glaube, es ist nicht gut, im Krieg Kinder zu haben.«

»Generalmobilmachung«, sagte er, »Gefechtsbereitschaft, bald wird es hier wimmeln – und es wird lange dauern, bis wir wieder mit den Rädern wegkönnen.« (Wenn wir dienstfrei hatten, waren wir mit den Rädern über Land, in die Heide gefahren, hatten uns von den Bauersfrauen Spiegeleier braten und Schmalzbrote machen lassen.) »Der erste Kriegswitz ist schon passiert«, sagte Leo: »Ich bin wegen besonderer Befähigung und besonderer Verdienste um das Telefonwesen zum Unteroffizier befördert – geh jetzt in die Öffentliche, und wenn es in drei Minuten nicht klingelt, degradiere ich mich wegen Unfähigkeit.«

In der Telefonzelle stützte ich mich auf das Telefonbuch ›Oberpostdirektion Münster‹, steckte mir eine Zigarette an und blickte durch eine Lücke in der Drahtglaswand über den Kasernenhof; es war nur eine Hauptfeldwebelsfrau zu sehen, ich glaube, in Block 4; sie begoß aus einer gelben Kanne ihre Geranien; ich wartete, blickte auf die Armbanduhr: eine Minute, zwei, und ich erschrak, als es wirklich klingelte, erschrak noch mehr, als ich sofort die Stimme des Mädchens in Köln hörte: »Möbelhaus Maybach, Schubert ...«, und ich sagte: »Ach, Marie, es ist Krieg, Krieg« – und sie sagte: »Nein.« Ich sagte: »Doch«, dann blieb es eine halbe Minute still, und sie sagte: »Soll ich kommen?«, und noch bevor ich spontan, meiner Stimmung gehorchend: »Ja, ja, ja« gesagt hatte, schrie die Stimme eines wahrscheinlich ziemlich hohen Offiziers: »Munition brauchen wir, wir brauchen dringend Munition.« Das Mädchen sagte: »Bist du noch da?« Der Offizier brüllte: »Schweinerei«; inzwischen hatte ich Zeit gefunden, darüber nachzudenken, was mir an der Stimme des Mädchens fremd, fast unheimlich gewesen war: sie hatte so nach Ehe geklungen, und ich wußte plötzlich, daß ich keine Lust hatte, sie zu heiraten. Ich sagte: »Wir rücken wahrscheinlich heute nacht noch aus.« Der Offizier brüllte: »Schweinerei, Schweinerei« (es schien ihm nichts Besseres einzufallen), das Mädchen sagte: »Ich könnte den Vier-Uhr-Zug noch kriegen und gegen sieben dort sein«, und ich sagte rascher, als höflich gewesen wäre: »Es ist zu spät, Marie, zu spät« – dann hörte ich nur noch den Offizier, der offenbar nahe dran war, verrückt zu werden. Er schrie: »Kriegen wir nun die Munition oder nicht?« Und ich sagte mit steinharter Stimme (das hatte ich von Leo gelernt): »Nein, nein, Sie bekommen keine Munition, und wenn Sie verrecken.« Dann legte ich auf.

Es war noch hell, als wir Stiefel von Eisenbahnwaggons auf Lastwagen luden, aber als wir Stiefel von Lastwagen auf Eisenbahnwaggons luden, war es dunkel, und es war immer noch dunkel, als wir wieder Stiefel von Eisenbahnwaggons auf Lastwagen luden, dann war es wieder hell, und wir luden Heuballen von Lastwagen auf Eisenbahnwaggons, und es war immer noch hell, und wir luden immer noch Heuballen von Lastwagen auf Eisenbahnwaggons; dann aber war es wieder dunkel, und genau doppelt so lange, wie wir Heuballen von Lastwagen auf Eisenbahnwaggons geladen hatten, luden wir Heuballen von Eisenbahnwaggons auf Lastwagen. Einmal kam eine kriegsmäßig aufgemachte Feldküche, wir bekamen viel Gulasch und wenig Kartoffeln, und wir bekamen richtigen Kaffee und Zigaretten, die wir nicht zu bezahlen brauchten; das muß im Dunkeln gewesen sein, denn ich erinnere mich, eine Stimme gehört zu haben, die sagte: Bohnenkaffee und Zigaretten umsonst, das sicherste Zeichen für Krieg; ich erinnere mich nicht des Gesichts, das zu dieser Stimme gehörte. Es war wieder hell, als wir in die Kaserne zurückmarschierten, und als wir in die Straße einbogen, die an der Kaserne vorüberführte, begegnete uns das erste ausrückende Bataillon. Voran marschierte eine Musikkapelle, die ›Muß i denn, muß i denn‹ spielte, dann kam die erste Kompanie, deren Gefechtswagen, dann die zweite, die dritte und schließlich die vierte mit den schweren Maschinengewehren. Auf keinem, nicht auf einem einzigen Gesicht sah ich eine Spur von Begeisterung; es standen natürlich Leute an der Straße, auch Mädchen, aber ich sah nicht einmal, daß jemand einem Soldaten einen Blumenstrauß ans Gewehr steckte; es lag auch nicht der Hauch einer Spur von Begeisterung in der Luft.

Leos Bett war unberührt; ich öffnete seinen Spind (eine Stufe der Vertraulichkeit mit Leo, die die Lehramtskandidaten kopfschüttelnd als »zu weit gehend« bezeichneten); es war alles an seinem Platz: das Foto des oldenburgischen Mädchens, sie stand, auf ihr Fahrrad gelehnt, vor einer Birke; die Fotos von Leos Eltern; deren Bauernhof. Neben dem Schinken lag ein Zettel: »Ich bin zum Divisionsstab versetzt, du hörst bald von mir, nimm den Schinken ganz, ich habe noch welchen. Leo.« Ich nahm nichts von dem Schinken, schloß den Spind wieder zu; ich hatte keinen Hunger, und auf dem Tisch waren die Rationen für zwei Tage gestapelt: Brote, Leberwurst in Büchsen, Butter, Käse, Marmelade und Zigaretten. Einer von den Lehramtskandidaten, der mir am wenigsten angenehme, verkündete, daß er zum Gefreiten befördert und für die Dauer von Leos Abwesenheit zum Stubenältesten ernannt sei; er fing an, die Rationen zu verteilen; es dauerte sehr lange; mich interessierten nur die Zigaretten, und die verteilte er zuletzt, weil er Nichtraucher war. Als ich die Zigaretten endlich hatte, riß ich die Packung auf, legte mich in den Kleidern aufs Bett und rauchte; ich sah den anderen zu, wie sie aßen. Sie schmierten sich die Leberwurst fingerdick aufs Brot und sprachen über die »vorzügliche Qualität der Butter«, dann zogen sie die Verdunkelungsrollos herunter und legten sich in die Betten; es war sehr heiß, aber ich hatte keine Lust, mich auszukleiden; die Sonne schien durch ein paar Ritzen ins Zimmer, und in einem dieser Lichtstreifen saß der zum Gefreiten Beförderte und nähte sich seinen Gefreitenwinkel an. Es ist gar nicht leicht, einen Gefreitenwinkel anzunähen: der muß in einem bestimmten, vorgeschriebenen Abstand von der Ärmelnaht sitzen, auch darf keine Verzerrung der beiden offenen Schenkel des Winkels entstehen; der Lehramtskandidat mußte den Winkel ein paarmal wieder abtrennen, er saß mindestens zwei Stunden lang da, trennte ab, nähte an, und es sah nicht so aus, als ob er die Geduld verlieren würde; draußen kam in Abständen von je vierzig Minuten die Musikkapelle vorbeimarschiert, und ich hörte das ›Muß i denn, muß i denn‹ von Block 7, Block 2, von Block 9, dann von den Pferdeställen her, näher kommen, sehr laut, dann wieder leiser werden; es dauerte fast genau drei ›Muß i denns‹ lang, bis der Gefreite seinen Winkel angenäht hatte, und er saß immer noch nicht gerade; dann war ich mit meinen Zigaretten zu Ende und schlief ein.

Am Nachmittag brauchten wir weder Stiefel von Lastwagen auf Eisenbahnwaggons noch Heuballen von Eisenbahnwaggons auf Lastwagen zu laden; wir mußten dem Regimentsbekleidungsfeldwebel helfen; er hielt sich für ein Organisationsgenie; er hatte so viele Hilfskräfte angefordert, wie Bekleidungs- und Ausrüstungsstücke auf der Liste standen; nur für die Zeltbahnen brauchte er zwei und außerdem einen Schreiber. Die beiden mit den Zeltbahnen gingen voran, legten säuberlich geradegezupft und ausgerichtet die Zeltbahnen auf den Betonboden des Pferdestalls; sobald die Zeltbahnen ausgebreitet waren, ging der erste los, legte auf jede Zeltbahn zwei Kragenbinden; der zweite zwei Taschentücher, dann kam ich mit den Kochgeschirren, und während alle Gegenstände, bei denen, wie der Feldwebel sagte, die Maße keine Rolle spielen, verteilt wurden, bereitete er mit dem intelligenteren Teil des Kommandos die Dinge vor, bei denen die Maße eine Rolle spielten: Röcke, Stiefel, Hosen und so weiter; er hatte ganze Stapel von Soldbüchern dort liegen, suchte nach Körpergröße und Gewicht die Röcke, Hosen und Stiefel heraus, und er schwor uns, daß alles passen müsse, »wenn nur die Scheißkerle im Zivilleben nicht zu fett geworden sind«; es mußte alles sehr rasch gehen, Zug um Zug, und es ging auch rasch, Zug um Zug, und wenn alles ausgelegt war, kamen die Reservisten herein, wurden vor ihre Zeltbahn geführt, banden deren Enden zusammen, nahmen ihr Bündel auf den Rücken und gingen auf ihre Zimmer, um sich umzukleiden. Es kam sehr selten vor, daß jemand etwas umtauschen mußte, und immer nur dann, wenn einer im Zivilleben zu fett geworden war. Es kam auch selten vor, daß irgendwo etwas fehlte: eine Schuhbürste oder ein Eßbesteck, und jedesmal stellte sich heraus, daß ein anderer dann zwei Schuhbürsten oder zwei Eßbestecke hatte, eine Tatsache, die dem Feldwebel seine Theorie bestätigte, daß wir nicht mechanisch genug arbeiteten, unser »Gehirn noch zu viel betätigten«. Ich betätigte mein Gehirn gar nicht, und so fehlte niemals jemand ein Kochgeschirr.

Während der erste der jeweils ausgestatteten Kompanie sein Bündel über die Schulter nahm, mußten die ersten von uns schon wieder die nächste Zeltbahn auslegen; es ging alles reibungslos; inzwischen saß der frisch beförderte Gefreite am Tisch und schrieb alles in die Soldbücher ein; er brauchte fast nur Einsen in die Soldbücher reinzuschreiben, nur bei den Kragenbinden, den Socken, den Taschentüchern, den Unterhemden und Unterhosen eine Zwei.

Es entstanden trotz allem tote Minuten, wie der

Feldwebel sie nannte, die durften wir dazu benutzen, uns zu stärken; wir hockten in einer Pferdepflegerkoje, aßen Brote mit Leberwurst, manchmal Brote mit Käse oder Brote mit Marmelade, und wenn der Feldwebel selber einmal ein paar tote Minuten hatte, kam er zu uns und klärte uns auf über den Unterschied zwischen Dienstgrad und Dienststellung; er fand es ungeheuer interessant, daß er selbst Bekleidungsunteroffizier war – »das ist meine Dienststellung« – und doch im Rang eines Feldwebels stand, »das ist mein Dienstgrad«, so könnte zum Beispiel, sagte er, ein Gefreiter durchaus Bekleidungsunteroffizier sein, ja sogar ein einfacher Soldat; er konnte von dem Thema gar nicht genug kriegen und konstruierte dauernd neue Fälle, von denen einige eine fast schon hochverräterische Phantasie voraussetzten: »Es kann zum Beispiel durchaus vorkommen«, sagte er, »daß ein Gefreiter Kompaniechef wird, sogar Bataillonskommandeur.«

Zehn Stunden lang legte ich Kochgeschirre auf Zeltbahnen, schlief sechs Stunden und legte noch einmal zehn Stunden lang Kochgeschirre auf Zeltbahnen; dann schlief ich wieder sechs Stunden und hatte immer noch nichts von Leo gehört. Als die dritten zehn Stunden Kochgeschirrauslegen begannen, fing der Gefreite an, überall, wo eine Eins hätte stehen müssen, eine Zwei hinzuschreiben, und überall, wo eine Zwei hätte stehen müssen, eine Eins. Er wurde abgelöst, mußte jetzt Kragenbinden auslegen, und der zweite Lehramtskandidat wurde zum Schreiber ernannt. Ich blieb auch während der dritten zehn Stunden bei den Kochgeschirren, der Feldwebel meinte, ich hätte mich überraschend gut bewährt.

Während der toten Minuten, wenn wir in den Kojen hockten und Brot mit Käse, Brot mit Marmelade, Brot mit Leberwurst aßen, wurden jetzt merkwürdige Gerüchte kolportiert. Eine Geschichte wurde von einem ziemlich berühmten, pensionierten General erzählt, der telefonisch Bescheid bekommen hatte, sich auf einer Hallig einzufinden, um dort ein besonders geheimes, besonders wichtiges Kommando zu übernehmen; der General hatte seine Uniform aus dem Schrank geholt, Frau, Kinder, Enkel geküßt, seinem Lieblingspferd einen Abschiedsklaps gegeben, war mit dem Zug zu irgendeiner Nordseestation gefahren, von dort mit einem gemieteten Motorboot zu jener Hallig; törichterweise hatte er das Motorboot zurückgeschickt, bevor er sich seines Kommandos vergewissert hatte; er war von der steigenden Flut abgeschnitten gewesen und hatte – so hieß es – den Halligbauern mit vorgehaltener Pistole gezwungen, ihn unter Lebensgefahr an Land zurückzurudern. Nachmittags hatte die Geschichte schon ihre Variante: da hatte im Boot zwischen General und Halligbauer eine Art Zweikampf stattgefunden, beide waren über Bord gespült worden und ertrunken. Unheimlich war mir, daß diese Geschichte – und einige andere – zwar als verbrecherisch, aber auch als komisch empfunden wurde, während ich sie weder als das eine noch als das andere empfand; ich konnte weder die düstere, anklägerische Vokabel Sabotage annehmen, die als eine Art moralischer Stimmgabel fungierte, noch konnte ich in das Lachen einstimmen oder mit ihnen grinsen. Der Krieg schien dem Komischen seine Komik zu nehmen.

Zu jeder anderen Zeit hätte ich die ›Muß i denns‹, die meine Träume, meinen Schlaf und die wenigen wachen Minuten erfüllten, hätte auch die Unzähligen, die mit ihren Pappkartons von der Straßenbahn her in die Kaserne gerannt kamen und sie eine Stunde später mit ›Muß i denn‹ wieder verließen; sogar die Reden, die wir manchmal mit halbem Ohr hörten, Reden, in denen immer das Wort Zusammenschweißen vorkam – alles hätte ich als komisch empfunden, aber alles, was vorher komisch gewesen wäre, war nicht mehr komisch, und über das, was lächerlich gewesen wäre, konnte ich nicht mehr lachen oder lächeln; nicht einmal über den Feldwebel und nicht über den Gefreiten, dessen Winkel immer noch schief saß und der manchmal drei statt zwei Kragenbinden auf die Zeltbahnen legte.

Es war immer noch heiß, immer noch August,

und daß dreimal sechzehn Stunden nur achtundvierzig sind, zwei Tage, zwei Nächte, wurde mir erst klar, als ich sonntags gegen elf wach wurde und zum ersten Mal, seitdem Leo versetzt war, wieder im Fenster liegen konnte; die Lehramtskandidaten waren schon in Ausgehuniform zum Kirchgang bereit und blickten mich halbwegs auffordernd an, aber ich sagte nur: »Geht schon, ich komme nach«, und es war deutlich zu merken, daß sie froh waren, endlich einmal ohne mich gehen zu können. Immer, wenn wir zur Kirche gegangen waren, hatten sie mich angeblickt, als hätten sie mich am liebsten exkommuniziert, weil irgend etwas an mir oder meiner Uniform ihnen nicht korrekt genug war: Schuhputz, Sitz der Kragenbinde, Koppel oder Haarschnitt; sie waren nicht als Mitsoldaten über mich empört (wozu sie objektiv meinetwegen ein Recht gehabt hätten), sondern als Katholiken; es wäre ihnen lieber gewesen, wenn ich gar nicht auf so eindeutige Weise bekundet hätte, daß wir tatsächlich in ein und dieselbe Kirche gingen; es war ihnen peinlich, aber sie konnten einfach nichts machen, weil ich im Soldbuch stehen hatte: r. k.

An diesem Sonntag waren sie so froh, daß sie ohne mich gehen konnten, daß ichs ihnen direkt ansah, wie sie da sauber, aufrecht und flink an der Kaserne vorbei in die Stadt marschierten. Manchmal, wenn ich Anfälle von Mitgefühl für sie hatte, pries ich sie glücklich darum, daß Leo Protestant war; ich glaube, sie hättens einfach nicht ertragen, wenn Leo auch noch katholisch gewesen wäre.

Der Kaufmannsgehilfe und der Krankenpfleger schliefen noch; wir brauchten erst nachmittags um drei wieder im Pferdestall zu sein. Ich blieb noch eine Weile im Fenster liegen, bis es Zeit war, zu gehen, um rechtzeitig nach der Predigt in die Kirche zu kommen. Dann, während ich mich anzog, öffnete ich noch einmal Leos Spind und erschrak: er war leer, bis auf einen Zettel und ein großes Stück Schinken; Leo hatte den Spind nur wieder abgeschlossen, damit ich den Zettel und den Schinken finden sollte. Auf dem Zettel stand: »Sie haben mich geschnappt und nach Polen geschickt – du hast doch von mir gehört?« Ich steckte den Zettel ein, schloß den Spind wieder ab und zog mich fertig an; ich war ganz benommen, als ich in die Stadt ging, in die Kirche trat, und nicht einmal die Blicke der drei Lehramtskandidaten, die sich nach mir umsahen, sich dann kopfschüttelnd wieder dem Altar zuwandten, weckten mich richtig auf. Wahrscheinlich hatten sie rasch feststellen wollen, ob ich nicht doch *nach* Beginn der Opferung gekommen war, und wollten meine Exkommunikation beantragen; aber ich war wirklich *vor* der Opferung gekommen, sie konnten nichts machen, ich wollte auch gern katholisch bleiben. Ich dachte an Leo und hatte Angst, ich dachte auch an das Mädchen in Köln und kam mir ein bißchen gemein vor, aber ich war ganz sicher, daß ihre Stimme nach Ehe geklungen hatte. Um meine Zimmergenossen zu ärgern, öffnete ich noch in der Kirche meinen Kragen.

Nach der Messe lehnte ich mich draußen an die Kirchenmauer in einer schattigen Ecke zwischen Sakristei und Ausgang, nahm meine Mütze ab, steckte mir eine Zigarette an und ließ die Gläubigen an mir vorüberziehen; ich dachte darüber nach, wie ich wohl an ein Mädchen käme, mit dem ich spazierengehen, Kaffee trinken und vielleicht ins Kino gehen könnte; ich hatte noch drei Stunden Zeit, bis ich wieder Kochgeschirre auf Zeltbahnen legen mußte. Ich wünschte, das Mädchen sollte nicht allzu albern und ein bißchen hübsch sein. Ich dachte auch an mein Mittagessen in der Kaserne, das jetzt verfiel, und daß ich vielleicht doch dem Kaufmannsgehilfen hätte sagen sollen, er könnte sich mein Kotelett und den Nachtisch holen.

Ich stand zwei Zigaretten lang da, sah, wie die Gläubigen in Gruppen stehenblieben, sich wieder trennten, und als ich eben die dritte Zigarette an der zweiten anzündete, fiel ein Schatten von der Seite über mich, und als ich nach rechts blickte, sah ich, daß die Person, die den Schatten warf, noch schwärzer war als der Schatten selbst: es war der Kaplan, der die Messe gelesen hatte. Er sah sehr freundlich aus, noch nicht alt, vielleicht gerade dreißig, blond und ein kleines bißchen zu gut ernährt. Er blickte zuerst auf meinen offenen Kragen, dann auf meine Stiefel, dann auf meinen unbedeckten Kopf und schließlich auf meine Mütze, die ich neben mir auf einen Sockel gelegt hatte, von dem herunter sie auf das Pflaster gerutscht war; zuletzt blickte er auf meine Zigarette, dann in mein Gesicht, und ich hatte den Eindruck, daß alles, was er sah, ihm sehr mißfiel. »Was ist denn los?« sagte er schließlich, »haben Sie Sorgen?« Und als ich noch kaum als Antwort auf diese Frage genickt hatte, sagte er: »Beichten?« Verdammt, dachte ich, die haben nichts als Beichten im Kopf und auch davon nur einen bestimmten Teil. »Nein«, sagte ich, »beichten will ich nicht.« – »Also?« sagte er, »was haben Sie denn auf dem Herzen?« Es klang so, daß er statt Herz genausogut hätte Darm sagen können. Er war offenbar sehr ungeduldig, blickte auf meine Mütze, und ich spürte, daß es ihn ärgerte, daß ich die Mütze noch nicht aufgehoben hatte. Ich hätte seine Ungeduld gerne in Geduld verwandelt, aber schließlich hatte ja nicht ich ihn, sondern er mich angesprochen, und so fragte ich – dummerweise stockend –, ob er nicht ein nettes Mädchen wüßte, das mit mir spazierengehen, Kaffee trinken und vielleicht am Abend ins Kino gehen würde; sie brauche nicht gerade eine Schönheitskönigin zu sein, aber doch ein bißchen hübsch und möglichst nicht aus gutem Hause, denn diese Mädchen seien meistens so albern. Ich könnte ihm die Adresse eines Kaplans in Köln geben, wo er sich erkundigen, den er notfalls anrufen könne, um sich zu vergewissern, daß ich aus gutkatholischem Haus sei. Ich sprach viel, zuletzt etwas flüssiger, und beobachtete, wie sein Gesicht sich veränderte: zuerst war es fast milde, es war nahe daran, fast lieb auszusehen, das war im Anfangsstadium, wo er mich noch für einen besonders interessanten, vielleicht sogar liebenswürdigen Fall von Schwachsinn hielt und mich psychologisch ganz belustigend fand. Die Übergänge von milde zu fast lieb, von fast lieb zu belustigt waren nur sehr schwer festzustellen, aber dann wurde er ganz plötzlich – und zwar in dem Augenblick, als ich von den körperlichen Vorzügen, die das Mädchen haben sollte, sprach – knallrot vor Wut. Ich erschrak, denn meine Mutter hatte mir einmal gesagt, daß es schlimm ist, wenn überernährte Leute plötzlich knallrot im Gesicht werden. Dann fing er an, mich anzubrüllen, und Brüllen hat mich immer schon in gereizte Stimmung versetzt. Er brüllte, wie schlampig ich aussähe, mit offener »Feldbluse«, ungeputzten Stiefeln, die Mütze neben mir »im Dreck, ja im Dreck«, und wie haltlos ich sei, eine Zigarette nach der anderen zu rauchen, und ob ich vielleicht einen katholischen Priester mit einem Kuppler verwechsle. In meiner Gereiztheit hatte ich schon längst keine Angst mehr um ihn, ich war nur noch wütend. Ich fragte ihn, was ihn denn meine Kragenbinde, meine Stiefel, meine Mütze angingen, ob er wohl glaube, er müsse meinen Unteroffizier vertreten, und: »Überhaupt«, sagte ich, »da sagt ihr dauernd, man soll mit seinen Sorgen zu euch kommen, und wenn man euch seine Sorgen erzählt, werdet ihr wütend.« – »Euch, ihr?« sagte er keuchend vor Wut, »haben wir vielleicht Brüderschaft getrunken?« – »Nein«, sagte ich, »getrunken haben wir sie nicht«, aber er hatte natürlich von Theologie keine Ahnung. Ich hob meine Mütze auf, setzte sie, ohne sie anzusehen, auf den Kopf und ging quer über den Kirchplatz weg. Er rief mir nach, ich solle doch wenigstens die Kragenbinde zumachen, und ich solle doch nicht so verstockt sein; ich war nahe daran, mich umzudrehen und ihm zuzubrüllen, *er* sei verstockt, aber dann erinnerte ich mich daran, daß meine Mutter mir gesagt hatte, man könne einem Priester schon die Wahrheit sagen, müsse aber möglichst Frechheiten vermeiden – und so ging ich, ohne mich noch einmal umzudrehen, in die Stadt. Ich ließ die Kragenbinde einfach weiter baumeln und dachte über die Katholiken nach; es war Krieg, aber sie blickten einem zuerst auf die Kragenbinde, dann auf die Stiefel. Sie sagten, man solle ihnen seine Sorgen erzählen, und wenn man sie ihnen erzählte, wurden sie wütend.

Ich ging langsam durch die Stadt, auf der Suche nach einem Café, in dem ich niemand hätte grüßen müssen; die blöde Grüßerei verdarb mir die ganze Lust am Café; ich blickte alle Mädchen an, die mir begegneten, ich blickte ihnen auch nach, sogar auf die Beine, aber es war keine darunter, deren Stimme nicht nach Ehe geklungen hätte. Ich war verzweifelt, ich dachte an Leo, an das Mädchen in Köln, ich war drauf und dran, ihr ein Telegramm zu schicken; ich war fast bereit, eine Ehe zu riskieren, nur, um mit einem Mädchen mal allein zu sein. Ich blieb vor dem Schaufenster eines Fotoateliers stehen, um in Ruhe über Leo nachzudenken. Ich hatte Angst um ihn. Im Schaufenster sah ich mich da stehen – mit der offenen Kragenbinde und den stumpfschwarzen Stiefeln, hob schon die Hände, um den Kragen zuzuknöpfen, aber dann fand ich es doch zu lästig und ließ die Hände wieder sinken. Die Fotos im Schaufenster des Ateliers waren sehr deprimierend. Es hingen fast nur Soldaten in Ausgehuniform da; manche hatten sich sogar im Stahlhelm fotografieren lassen, und ich überlegte gerade, ob ich die mit Stahlhelm deprimierender fand als die mit Schirmmütze, da trat ein Feldwebel mit einem gerahmten Foto aus dem Laden; das Foto war ziemlich groß, mindestens sechzig mal achtzig Zentimeter, der Rahmen war silbrig lackiert, und das Foto zeigte den Feldwebel in Ausgehuniform und Stahlhelm; er war noch jung, nicht viel älter als ich, höchstens einundzwanzig; er wollte erst an mir vorbeigehen, stutzte dann, blieb stehen, und ich zögerte noch, ob ich die Hand hochheben und ihn grüßen sollte, da sagte er: »Laß nur – aber die Kragenbinde würde ich doch zuknöpfen, auch die Feldbluse, es könnte einer kommen, der es genauer nimmt als ich.« Dann lachte er und ging weg, und seit diesem Vorfall ziehe ich die, die sich im Stahlhelm fotografieren lassen (relativ natürlich), denen vor, die sich in Schirmmützen fotografieren lassen.

Leo wäre der richtige gewesen, mit mir vor dem Fotoladen zu stehen und die Bilder anzusehen; es waren auch Brautpaare zu sehen, Erstkommunikanten und farbentragende Studenten mit Schleifen um den Bauch und Bierzipfeln, und ich überlegte lange, warum sie wohl keine Schleife im Haar trugen; das hätte manchen von ihnen gar nicht übel gestanden. Ich brauchte Gesellschaft und hatte keine.

Wahrscheinlich hatte der Kaplan geglaubt, ich litte an sexueller Not oder ich sei ein antiklerikaler Nazi; aber ich litt weder an sexueller Not noch war ich antiklerikal oder ein Nazi. Ich brauchte einfach Gesellschaft und keine männliche, und das war so einfach, daß es wahnsinnig kompliziert war; es gab ja auch leichte Mädchen in der Stadt, sogar käufliche (es war eine katholische Stadt), aber die leichten und die käuflichen Mädchen waren auch immer gleich beleidigt, wenn man nicht an sexueller Not litt.

Ich blieb lange vor dem Fotoladen stehen; bis auf den heutigen Tag sehe ich mir in fremden Städten immer die Fotoläden an; es ist so ziemlich überall gleich und überall gleich deprimierend, obwohl es nicht überall farbentragende Studenten gibt. Es war schon fast eins, als ich endlich weiterging, auf der Suche nach einem Café, wo ich niemand hätte zu grüßen brauchen, aber in allen Cafés saßen sie mit ihren Uniformen herum, und es endete damit, daß ich doch ins Kino ging, in die erste Vorstellung um Viertel nach eins. Ich erinnere mich nur der Wochenschau: sehr unedel aussehende Polen malträtierten sehr edel aussehende Deutsche; es war so leer im Kino, daß ich ungefährdet während der Vorstellung rauchen konnte; es war heiß am letzten Sonntag im August 1939.

Als ich in die Kaserne zurückkam, war es längst drei vorüber; aus irgendeinem Grund war der Befehl, um drei wieder Zeltbahnen auszulegen, Kochgeschirre und Kragenbinden draufzulegen, widerrufen worden; ich kam noch rechtzeitig, um mich umzuziehen, Brot mit Leberwurst zu essen, ein paar Minuten im Fenster zu liegen, Bruchstücke des Gesprächs über Ernst Jünger, des anderen über den weiblichen Körper zu hören; beide Gespräche waren noch ernster, noch langweiliger geworden; der Krankenpfleger und der Kaufmannsgehilfe flochten jetzt sogar lateinische Ausdrücke in ihre Betrachtungen ein, und das machte die Sache noch widerwärtiger, als sie ohnehin schon war.

Um vier wurden wir rausgerufen, und ich hatte schon geglaubt, wir würden wieder Stiefel von Lastwagen auf Waggons oder von Waggons auf Lastwagen laden, aber diesmal luden wir Persilkartons, die in der Turnhalle gestapelt waren, auf Lastwagen, und von den Lastwagen luden wir sie in die Halle des Paketpostamts, wo sie wieder gestapelt wurden. Die Persilkartons waren nicht schwer, die Adressen drauf waren maschinegeschrieben; wir bildeten eine Kette, und so wanderte Karton um Karton durch meine Hände; wir machten das den ganzen Sonntagnachmittag bis spät in die Nacht hinein, und es gab kaum tote Minuten, in denen wir etwas hätten essen können; wenn ein Lastwagen vollgeladen war, fuhren wir zur Hauptpost, bildeten wieder eine Kette und luden die Kartons ab. Manchmal überholten wir eine Muß-i-denn-Kolonne oder begegneten einer; sie hatten inzwischen drei Musikkapellen, und es ging alles rascher. Es war schon spät, nach Mitternacht, als wir die letzten Kartons weggebracht hatten – und meine Hände erinnerten sich der Anzahl der Kochgeschirre und stellten nur eine geringe Differenz zwischen Persilkartons und Kochgeschirren fest.

Ich war sehr müde und wollte mich in den Kleidern aufs Bett werfen, aber es lag wieder ein großer Haufen Brot und Leberwurstbüchsen, Marmelade und Butter auf dem Tisch, und die anderen bestanden darauf, daß er verteilt werde; ich wollte nur die Zigaretten, und ich mußte warten, bis alles genau verteilt war, denn der Gefreite verteilte natürlich die Zigaretten wieder zuletzt; er machte besonders langsam, vielleicht, um mich zu Maß und Zucht zu erziehen und um mir seine Verachtung über meine Gier zu bekunden; als ich endlich die Zigaretten hatte, legte ich mich in den Kleidern aufs Bett und rauchte und sah ihnen zu, wie sie sich ihre Leberwurstbrote schmierten, hörte, wie sie die vorzügliche Qualität der Butter lobten und sich auf eine sehr gemäßigte Weise darüber stritten, ob die Marmelade aus Erdbeeren, Äpfeln und Aprikosen oder ob sie nur aus Erdbeeren und Äpfeln sei. Sie aßen sehr lange, und ich konnte nicht einschlafen; dann hörte ich Schritte über den Flur kommen und wußte, daß sie mir galten: ich hatte Angst und war doch erleichtert, und es war merkwürdig, daß sie alle, die am Tisch saßen, der Kaufmannsgehilfe, der Krankenpfleger und die drei Lehramtskandidaten, im Kauen innehielten und auf mich blickten, während die Schritte näher kamen; jetzt hielt es der Gefreite für angebracht, mich anzubrüllen; er stand auf und schrie: »Verflucht, ziehen Sie doch die Stiefel aus, wenn Sie sich aufs Bett legen.«

Es gibt Dinge, die man nicht glauben will, und ich glaube es bis heute nicht, obwohl meine Ohren sich gut erinnern, daß er mit einemmal Sie zu mir sagte; mir wärs überhaupt lieber gewesen, wenn wir von vornherein Sie zueinander gesagt hätten, aber dieses plötzliche Sie klang so komisch, daß ich zum ersten Mal, seitdem Krieg war, wieder lachen mußte. Inzwischen war die Zimmertür aufgerissen worden, und der Kompanieschreiber stand schon vor meinem Bett; er war ganz aufgeregt, und vor lauter Aufregung brüllte er mich, obwohl er Unteroffizier war, nicht an, weil ich in Stiefeln und Kleidern rauchend auf dem Bett lag. Er sagte: »Sie, in zwanzig Minuten feldmarschmäßig in Block vier, verstanden?« Ich sagte: »Ja« und stand auf. Er sagte noch: »Melden Sie sich dort beim Hauptfeldwebel«, und ich sagte wieder ja und fing an, meinen Schrank auszuräumen. Ich hatte gar nicht gemerkt, daß der Kompanieschreiber noch im Zimmer war; ich steckte gerade das Foto des Mädchens in meine Hosentasche, da hörte ich ihn sagen: »Es ist eine traurige Mitteilung, die ich Ihnen machen muß, traurig, und doch ein Grund, stolz zu sein; der erste Gefallene des Regiments war Ihr Stubenkamerad Unteroffizier Leo Siemers.« Ich hatte mich während der letzten Hälfte des Satzes umgedreht, und sie alle, auch der Unteroffizier, blickten mich jetzt an; ich war ganz blaß geworden, und ich wußte nicht, ob ich wütend oder still sein sollte; dann sagte ich leise: »Es ist ja noch gar kein Krieg erklärt, er kann ja gar nicht gefallen sein – und er wäre auch nicht gefallen«, und ich brüllte plötzlich: »Leo fällt nicht, er nicht... ihr wißt es genau.« Keiner sagte etwas, auch der Unteroffizier nicht, und während ich meinen Schrank ausräumte und den vorgeschriebenen Krempel in meinen Tornister packte, hörte ich, daß er das Zimmer verließ. Ich packte das ganze Zeug auf dem Schemel zusammen, damit ich mich nicht umzudrehen brauchte; von den anderen hörte ich nichts, ich hörte sie nicht einmal kauen. Ich hatte das Zeug sehr schnell gepackt; das Brot, die Leberwurst, den Käse und die Butter ließ ich im Schrank und schloß ihn ab. Als ich mich umdrehen mußte, sah ich, daß es ihnen gelungen war, lautlos in die Betten zu kommen; ich warf dem Kaufmannsgehilfen meinen Schrankschlüssel aufs Bett und sagte: »Räum alles raus, was noch drin ist, es gehört dir.« Er war mir zwar unsympathisch, aber von den fünfen doch der Sympathischste; später tat es mir leid, daß ich doch nicht ganz wortlos gegangen war, aber ich war noch nicht zwanzig Jahre alt. Ich knallte die Tür zu, nahm draußen mein Gewehr vom Ständer, ging die Treppe hinunter und sah unten auf der Uhr an der Schreibstube, daß es schon fast drei war. Es war still und immer noch warm an diesem letzten Montag des Augusts 1939. Ich warf den Schlüssel von Leos Spind irgendwo auf den Kasernenhof, als ich zu Block vier hinüberging. Sie standen schon alle da, die Musikkapelle schwenkte schon vor die Kompanie, und irgendein Offizier, der die Zusammenschweißrede gehalten hatte, ging gerade quer über den Hof, er nahm seine Mütze ab, wischte sich den Schweiß von der Stirn und setzte die Mütze wieder auf. Er erinnerte mich an einen Straßenbahner, der an der Endstation seine Pause macht.

Der Hauptfeldwebel kam auf mich zu und sagte: »Sind Sie der Mann vom Stab?«, und ich sagte: »Ja.« Er nickte; er sah bleich aus und sehr jung, ein bißchen ratlos; ich blickte an ihm vorbei auf die dunkle, kaum erkennbare Masse; ich konnte nur die blinkenden Trompeten der Musikkapelle erkennen. »Sie sind nicht zufällig Telefonist?« fragte der Hauptfeldwebel, »es ist nämlich einer ausgefallen.« – »Doch«, sagte ich rasch und mit einer Begeisterung, die ihm überraschend vorzukommen schien, denn er blickte mich fragend an. »Doch«, sagte ich, »ich bin praktisch zum Telefonisten ausgebildet.« – »Gut«, sagte er. »Sie kommen mir wie gerufen, reihen Sie sich irgendwo am Ende ein, unterwegs wird sich alles klären.« Ich ging nach rechts hinüber, wo das dunkle Grau ein wenig heller wurde; beim Näherkommen erkannte ich sogar

Gesichter. Ich stellte mich ans Ende der Kompanie. Irgend jemand schrie: »Rechtsum – im Gleichschritt marsch!«, und ich hatte kaum meinen Fuß hochgehoben, da stimmten sie ihr ›Muß i denn‹ schon an.

Anekdote zur Senkung der Arbeitsmoral

In einem Hafen an der westlichen Küste Europas liegt ein ärmlich gekleideter Mann in seinem Fischerboot und döst. Ein schick angezogener Tourist legt eben einen neuen Farbfilm in seinen Fotoapparat, um das idyllische Bild zu fotografieren: blauer Himmel, grüne See mit friedlichen, schneeweißen Wellenkämmen, schwarzes Boot, rote Fischermütze. Klick. Noch einmal: klick, und da aller guten Dinge drei sind, und sicher sicher ist, ein drittes Mal: klick. Das spröde, fast feindselige Geräusch weckt den dösenden Fischer, der sich schläfrig aufrichtet, schläfrig nach seiner Zigarettenschachtel angelt, aber bevor er das Gesuchte gefunden, hat ihm der eifrige Tourist schon eine Schachtel vor die Nase gehalten, ihm die Zigarette nicht gerade in den Mund gesteckt, aber in die Hand gelegt, und ein viertes Klick, das des Feuerzeuges, schließt die eilfertige Höflichkeit ab. Durch jenes kaum meßbare, nie nachweisbare Zuviel an flinker Höflichkeit ist eine gereizte Verlegenheit entstanden, die der Tourist – der Landessprache mächtig – durch ein Gespräch zu überbrücken versucht.

»Sie werden heute einen guten Fang machen.«

Kopfschütteln des Fischers.

»Aber man hat mir gesagt, daß das Wetter günstig ist.«

Kopfnicken des Fischers.

»Sie werden also nicht ausfahren?«

Kopfschütteln des Fischers, steigende Nervosität des Touristen. Gewiß liegt ihm das Wohl des ärmlich gekleideten Menschen am Herzen, nagt an ihm die Trauer über die verpaßte Gelegenheit.

»Oh, Sie fühlen sich nicht wohl?«

Endlich geht der Fischer von der Zeichensprache zum wahrhaft gesprochenen Wort über: »Ich fühle mich großartig«, sagt er. »Ich habe mich nie besser gefühlt.« Er steht auf, reckt sich, als wollte er demonstrieren, wie athletisch er gebaut ist. »Ich fühle mich phantastisch.«

Der Gesichtsausdruck des Touristen wird immer unglücklicher, er kann die Frage nicht mehr unterdrücken, die ihm sozusagen das Herz zu sprengen droht: »Aber warum fahren Sie dann nicht aus?«

Die Antwort kommt prompt und knapp: »Weil ich heute morgen schon ausgefahren bin.«

»War der Fang gut?«

»Er war so gut, daß ich nicht noch einmal auszufahren brauche, ich habe vier Hummer in meinen Körben gehabt, fast zwei Dutzend Makrelen gefangen ...«

Der Fischer, endlich erwacht, taut jetzt auf und klopft dem Touristen beruhigend auf die Schultern. Dessen besorgter Gesichtsausdruck erscheint ihm als ein Ausdruck zwar unangebrachter, doch rührender Kümmernis.

»Ich habe sogar für morgen und übermorgen genug«, sagt er, um des Fremden Seele zu erleichtern. »Rauchen Sie eine von meinen?«

»Ja, danke.«

Zigaretten werden in Münder gesteckt, ein fünftes Klick, der Fremde setzt sich kopfschüttelnd auf den Bootsrand, legt die Kamera aus der Hand, denn er braucht jetzt beide Hände, um seiner Rede Nachdruck zu verleihen.

»Ich will mich ja nicht in Ihre persönlichen Angelegenheiten mischen«, sagt er, »aber stellen Sie sich mal vor, Sie führen heute ein zweites, ein drittes, vielleicht sogar ein viertes Mal aus und Sie würden drei, vier, fünf, vielleicht gar zehn Dutzend Makrelen fangen ... stellen Sie sich das mal vor.«

Der Fischer nickt.

»Sie würden«, fährt der Tourist fort, »nicht nur heute, sondern morgen, übermorgen, ja, an jedem günstigen Tag zwei-, dreimal, vielleicht viermal ausfahren – wissen Sie, was geschehen würde?«

Der Fischer schüttelt den Kopf.

»Sie würden sich in spätestens einem Jahr einen Motor kaufen können, in zwei Jahren ein zweites Boot, in drei oder vier Jahren könnten Sie vielleicht einen kleinen Kutter haben, mit zwei Booten oder dem Kutter würden Sie natürlich viel mehr fangen – eines Tages würden Sie zwei Kutter haben, Sie würden ...«, die Begeisterung verschlägt ihm für ein paar Augenblicke die Stimme, »Sie würden ein kleines Kühlhaus bauen, vielleicht eine Räucherei, später eine Marinadenfabrik, mit einem eigenen Hubschrauber rundfliegen, die Fischschwärme ausmachen und Ihren Kuttern per Funk Anweisung geben. Sie könnten die Lachsrechte erwerben, ein Fischrestaurant eröffnen, den Hummer ohne Zwischenhändler direkt nach Paris exportieren – und dann ...«, wieder verschlägt die Begeisterung dem Fremden die Sprache. Kopfschüttelnd, im tiefsten Herzen betrübt, seiner Urlaubsfreude schon fast verlustig, blickt er auf die friedlich hereinrollende Flut, in der die ungefangenen Fische munter springen.

»Und dann«, sagt er, aber wieder verschlägt ihm die Erregung die Sprache. Der Fischer klopft ihm auf den Rücken, wie einem Kind, das sich verschluckt hat. »Was dann?« fragt er leise.

»Dann«, sagt der Fremde mit stiller Begeisterung, »dann könnten Sie beruhigt hier im Hafen sitzen, in der Sonne dösen – und auf das herrliche Meer blicken.«

»Aber das tu ich ja schon jetzt«, sagt der Fischer, »ich sitze beruhigt am Hafen und döse, nur Ihr Klicken hat mich dabei gestört.«

Tatsächlich zog der solcherlei belehrte Tourist

nachdenklich von dannen, denn früher hatte er auch einmal geglaubt, er arbeite, um eines Tages einmal nicht mehr arbeiten zu müssen, und es blieb keine Spur von Mitleid mit dem ärmlich gekleideten Fischer in ihm zurück, nur ein wenig Neid.

Weggeflogen sind sie nicht

Sie fragen mich nach dem wichtigsten kulturellen und gesellschaftlichen Ereignis des Jahres? Warum sollten diese beiden Ereignisse getrennt sein? Sind nicht Kultur und Gesellschaft untrennbar, ja unzertrennlich, wie Kunst und Gesellschaft auf ewig getrennt sind?

Für mich war das wichtigste kulturelle und zugleich wichtigste gesellschaftliche Ereignis des Jahres der Besuch, den ich alljährlich meiner Freundin, der Schnee-Eule, im hiesigen Zoo, abstatte.

Was mich zu ihr treibt, sozusagen an ihren Hof – denn sie empfängt nicht immer und noch lange nicht jedermann –, was mich zu ihr treibt: sie ist so schön, so rein, so wild und klug. Auch kühn ist sie, wenn sie auch im Augenblick von ihrer Kühnheit nicht viel Gebrauch machen kann: was man als ihr Existenzminimum errechnet hat, bekommt sie ans Gitter gebracht.

Worüber ich mich mit ihr unterhalte?

Nun, worüber unterhalten sich Schriftsteller mit Schnee-Eulen? Natürlich über das nie zu erschöpfende Thema Form und Inhalt. In diesem Jahr war unser Gesprächsthema Form und Inhalt der Freiheit.

Ich fragte die Schnee-Eule, ob man auch ihr, wie

den Pelikanen und Kondoren, ein Freigehege angeboten habe. Sie sagte, ja, das habe man, aber sie habe abgelehnt, sie zöge den Käfig vor.

Ich schwieg betroffen, kam mir, wie so oft schon, wenn ich mit dieser reinen, schönen, klugen, wilden Freundin mich unterhalte – ich kam mir sehr dumm vor.

Hast du denn nicht gesehen, fragte sie mich, was mit den Pelikanen und Kondoren los ist? Doch, sagte ich, ich sah, wie sie ihre herrlichen Flügel spreizten und schwangen, ihre majestätische Pracht ausbreiteten.

Und hast du, fragte meine Freundin, die Schnee-Eule, hast du denn gesehen, daß sie davongeflogen sind? Nein, sagte ich, weggeflogen sind sie nicht.

Und warum nicht, mein törichter Freund? sagte die Schnee-Eule, weil sie ihre Flügel schwingen und drehen, ihre ganze Pracht ausbreiten, aber nicht wegfliegen können: man hat ihnen die Schwungfedern gestutzt.

Deshalb ziehe ich es vor, im Käfig zu bleiben.

Freigehege bedeutet: keine Gitter, aber gestutzte Flügel. Käfig bedeutet: Gitter, aber ungestutzte Flügel.

Wegfliegen können sie so wenig wie ich.

Heimat und keine

Menschen sind wohl nur da halbwegs zu Hause, wo sie Wohnung und Arbeit finden, Freunde und Nachbarn gewinnen. Die Geschichte des Ortes, an dem einer wohnt, ist gegeben, die Geschichte der Person ergibt sich aus unzähligen Einzelheiten und Erlebnissen, die unbeschreiblich und unwiederbringlich sind. Ich werde wohl nie den bitteren Geruch von Rohkakao aus dem Mund bekommen, der den Häuserblock Alteburger Straße – Severinswall – Bottmühle – Ubierring frühmorgens schon umzingelte, wenn ich vom Ubierring aus zur Schule ging, und wenn ich irgendwo in der entferntesten Ecke Deutschlands einen Stollwerck-Automaten entdecke oder entdeckte, so ist und war das für mich »heimatlich« wie die Firmenbezeichnung Theodor Kotthoff, Lackfabrik, Köln-Raderthal, die ich auf nicht nur vielen, auf fast allen Güterwagen während des Krieges entdeckte; als Jungen hatten wir auf den »Hängen« des »Sausack« hinter Kotthoffs Lackfabrik Indianer gespielt. Solche Heimat-Assoziationen sind unauslöschlich wie unzählige andere; ich brauchte nicht am Ort zu wohnen, um sie wiederzufinden; im Gegenteil: mit dem Quadrat der Entfernung wächst ihre Intensität; bei gegenseitiger Annäherung ergibt sich die peinliche

Differenz zwischen Erinnerung und Sentimentalität; nah besehen, wird das alles schal und peinlich; man stelle sich vor, ein Maler würde Apfel und Birne aufheben, konservieren, die ihm einmal Modell zu einem Stilleben gewesen sind. Natürlich verliert einer Kindheit und Jugend, wenn er auszieht, das Fürchten zu lernen, und damit hört alles auf, so zu sein, wie »es einmal war«.

Es gibt zwei Köln, die in diesem Sinn »heimatlich« waren: das Vorkriegsköln zwischen Raderthal und Chlodwigplatz, zwischen Vorgebirgsstraße und Rhein, dazu noch die Südbrücke und die Poller Wiesen; das zweite Köln, das in diesem Sinn »heimatlich« war, war schon ein anderes, das zerstörte Köln, in das wir 1945 zurückzogen. Diese beiden Köln sind Gegenstand der Erinnerung – und der Sentimentalität natürlich.

Es gibt sie beide nicht mehr, und es bleibt die Pein, die jedem Autor auferlegt ist, in diesem Gefälle zwischen Proust und dem (jeweiligen) Ostermann aufrecht zu stehen und gelegentlich auszurutschen. Die Tatsache, daß es sich in diesem Band hier um Fotografien handelt, wird das Buch davor bewahren, als Märchenbuch empfunden und empfangen zu werden; es ist wohltuend, daß der Fotograf sich aller »graphischen« Mätzchen enthalten hat. Die Kamera hat festgehalten, bringt wieder in Erinnerung, was das Auge der Zeitgenossen vergessen hat: dieses zweite Köln. Was nicht sichtbar gemacht werden kann, vielleicht aber spürbar wird: der Staub und die Stille. Staub, Puder der Zerstörung, drang durch alle Ritzen, setzte sich in Bücher, Manuskripte, auf Windeln, aufs Brot und in die Suppe; er war vermählt mit der Luft, sie waren ein Leib und eine Seele; jahrelang die tödliche Qual, gegen alle Vernunft, gegen alle Hoffnung als Sisyphus und Herakles diese Unermeßlichkeit des Staubs zu bekämpfen, wie ihn eine zerstörte Stadt von den Ausmaßen Kölns hervorbringt; er klebte auf Wimpern und Brauen, zwischen den Zähnen, auf Gaumen und Schleimhäuten, in Wunden – jahrelang dieser Kampf gegen die Atomisierung unermeßlicher Mengen von Mörtel und Stein. Das andere war die Stille, sie war so unermeßlich wie der Staub; nur die Tatsache, daß sie nicht total war, machte sie glaubwürdig und erträglich; irgendwo in diesen unermeßlich stillen Nächten bröckelten lose Steine ab oder stürzte ein Giebel ein; die Zerstörung vollzog sich nach dem Gesetz umgekehrter Statik, mit der Dynamik im Kern getroffener Strukturen; offenbar kann man auch den statischen Kern eines Gebäudes spalten. Oft konnte einer es am hellen Tag beobachten, wie ein Giebel sich langsam, fast feierlich senkte, Mörtelfugen sich lösten, weiteten wie ein Netz – und es prasselte Steine. Die Zerstörung einer großen Stadt ist kein abgeschlossener Vorgang wie eine Operation, sie schreitet fort wie eine Paralyse, es bröckelt allenthalben, bricht dann zusammen. Der freiwillige, weder durch Sprengung noch sonstige akute Gewalt bewirkte Einsturz einer hohen Giebelmauer ist ein unvergeßlicher Anblick; in irgendeiner nicht voraussehbaren, schon gar nicht berechenbaren Sekunde gibt dieses schön geordnete, in Zuversicht und Lust zusammengefügte Gebilde nach; es zählt, fast hörbar tickend, knisternd, vom Datum seiner Entstehung auf Null zurück – auch beim Abschuß von Raketen wird auf Null und Nichts zurückgezählt – und gibt sich auf.

Es fällt auf, daß man immer nur an den Osten Deutschlands denkt, wenn das Wort »heimatvertrieben« fällt. Natürlich denkt man schon gar nicht an die allerersten, die aus der Heimat vertrieben wurden, die Emigranten. Daß die Zerstörung der großen Städte im Westen eine Vertreibung bewirkte, paßt wohl nicht ins politisch-propagandistische Vokabularium. Das Wort »alte Heimat« ist voll melancholischer, das Wort »neue Heimat« voll optimistischer Wehmut. Das Wort Völkerwanderung klingt mißverständlich, zweideutig, weil Wanderung und Wandern so friedliche Wörter sind. In Wahrheit war Völkerwanderung immer Völkerverdrängung; nie ging das ohne Gewalt, da wurde verschleppt, mitgeschleppt, zurückgelassen; mancher, der im Sinne des politischen Terminus technicus »heimatvertrieben« ist, hat sich hier besser zurechtgefunden als mancher, der seine Heimat im

Sinne dieses Terminus technicus nie verlor. Das zerstörte Köln war nicht die alte, es war eine zweite Heimat, die schon wieder verloren ist. Köln erschien uns als der angemessene Wohnort. Mir brach der Angstschweiß aus, als ich die erste unzerstörte Stadt, Heidelberg, nach dem Krieg wiedersah. Es erschien mir im doppelten Sinn, ästhetisch und moralisch, unangemessen, als eine besonders schlimme Art des Unheils, auf diese Weise heil geblieben zu sein; der Verdacht wollte nicht weichen, daß es verschont worden war, nicht weil es eine Lazarettstadt war – Dresden war auch eine Lazarettstadt – und nicht aus einem Grund, der jede menschliche Siedlung schonungswürdig macht: weil Menschen dort wohnen; der fürchterliche Verdacht, daß dieser deutsche Traum ein Touristentraum war, der seine Weltberühmtheit hauptsächlich einer Operette verdankt. Das Denkwürdige – was Theologen, Philosophen und Psychologen mehr beschäftigen müßte: In den Luftschutzkellern und -bunkern der großen Städte gab es kaum antiamerikanische oder antibritische Gefühlsausbrüche, und in den zerstörten Städten (mit der Ausnahme Dresdens vielleicht, dessen Schicksal durch die Plötzlichkeit, das Unerwartete der Zerstörung auf eine potenzierte Weise sinnlos erscheint) lebt kein Groll gegen die Bomber-Generalstäbe nach. Das ist eine ungeheure, bisher weder erfaßte noch erklärte Tatsache, die weder natürliche noch rationale Ursachen haben kann. Die Deutschen haben dieses Geheimnis, warum sie sich vom Westen so ergeben bestrafen ließen und vom Osten keinen Streich hinnehmen wollen, noch nicht preisgegeben.

Es gab in den ersten Nachkriegsjahren außer Staub und Stille noch etwas, das, nicht durch Anführungszeichen gesichert, in dieser dritten Heimat, die Bundesrepublik heißt, als Provokation empfunden werden muß: Besitzlosigkeit. Jeder besaß das nackte Leben und außerdem, was ihm unter die Hände geriet: Kohlen, Holz, Bücher, Baumaterial. Jeder hätte jeden mit Recht des Diebstahls bezichtigen können. Wer in einer zerstörten Großstadt nicht erfror, mußte sein Holz oder seine Kohlen gestohlen haben, und wer nicht verhungerte, mußte auf irgendeine gesetzeswidrige Weise sich Nahrung verschafft haben oder haben beschaffen lassen. Wahrscheinlich ist diese ganze Kriminalität des Ausnahmezustandes, die in der zweiten Heimat dynamisch war, in der dritten wieder statisch geworden, übertritt nicht mehr geschriebene, nur noch ungeschriebene Gesetze, schreit wahrscheinlich heute bei der geringsten Gelegenheit: »Haltet den Dieb!«

Das jetzige Köln ist vom ersten und zweiten so weit entfernt wie Frankfurt oder Stuttgart; natürlich: es gibt noch ein paar Erkennungszeichen, Markierungspunkte, und Kölns Geschichte ist gegeben. Für viele, deren Geschichte als Person erst beginnt, ist es erste Heimat. Möglicherweise wird für sie eines Tages auch die Fotografie in den Bereich des Märchens rücken. Was auf diesen Fotos zu sehen, ist wahr, aber unglaublich. Vielleicht werden sie nicht gern wahrhaben wollen, was da weiß auf schwarz auf einer Schultafel geschrieben steht und schwarz auf weiß fotografiert ist: Kölner Kinderspeisung der Irischen Spende. Und ob der Vater, der diese Speisung empfing, ihnen gestehen wird, daß der Großvater zu Hause darauf lauerte, ob im Kochgeschirr noch ein Rest übriggeblieben war? In Irland weiß jedes Kind, was »The Great Famine« (Die große Hungersnot) war. Sie fand aufs Jahr genau hundert Jahre vor der unseren statt. Forschungen haben bewiesen, daß alles, was darüber mündlich und schriftlich erzählt worden ist, nicht über-, sondern eher untertrieben war. Offenbar kommt die menschliche Phantasie und Fabulierlust gegen Dokumente nicht an. Unwiderlegbar beweisen diese Fotos, daß am Anfang der dritten Heimat Zerstörung und eine große Hungersnot waren.

Raderberg, Raderthal

Als ich vier Jahre alt war, zogen wir aus der Vorstadt in einen noch halb ländlichen Vorort. Ich legte den Weg dorthin – er schien unendlich weit und ins Unendliche zu führen – auf der ersten Umzugsfuhre zurück, saß eingekeilt zwischen Stühlen, Kochtöpfen, Kissen auf dem Handwagen, den ein Gehilfe meines Vaters zog; der Gehilfe hieß Köhler, war dunkelhaarig, Schlesier, katholisch, und – ich erfuhr das alles viel später – sehr, sehr links; als Jackett trug er einen umgearbeiteten feldgrauen Rock, und wenn ich an ihn denke, weiß ich, aus wessen Mund ich zum ersten Mal das Wort Verdun hörte.

Im spitzen Winkel von der Bonner Straße ab führte die Raderberger Straße; ich weiß nicht mehr zu unterscheiden, ob mich spätere Spaziergänge in den Vorstädten von Odessa an die Raderberger Straße erinnerten oder die Erinnerung an die Raderberger Straße mir jetzt wie die an Odessa vorkommt. Links am Anfang der Straße ein vernachlässigtes, zweistöckiges Bauernhaus; in dessen Hof Zigeunerwagen, ein bellender Hund, ein Tanzbär, den eine junge Zigeunerin vergeblich mit einem Tamburin in Schwung zu setzen versuchte: müde, schmutzig, braun, wohl hungrig, verweigerte der Bär Aktivität und Optimismus. Rechts der große, schon geräumte Judenfriedhof, noch Grabsteine darauf, doch schon der Planierung anheimgegeben (mein älterer Bruder brachte später manchmal Gebeine mit, die er auf dem Heimweg dort fand; ich erinnere mich eines wohlerhaltenen, mir sehr groß erscheinenden Kieferknochens, der dunkle Märchenmorde und Mordmärchen wirklich machte). Wieder links, zwischen alten Obstbäumen, schon aufgegeben und halb verfallen, das große Tanzlokal, ein seinerzeit beliebtes und bekanntes Arbeiter- und Soldatenbums. Das alte, dunkelblaue Kopfsteinpflaster der Raderberger Straße brachte Stühle, Kisten, Geschirr zwar ein bißchen in Bewegung, doch nichts ins Rutschen. (Nie wieder habe ich einen Menschen getroffen, der wie mein Vater eine abenteuerlich beladene Handwagenfuhre mit Rolladengurten festzurren und sichern konnte; wir erfuhren, erlebten, erlitten es später oft am eigenen Leib, wenn wir, nicht nur bei so manchem noch bevorstehenden Umzug, die Handwagen beladen und ziehen mußten; es erforderte viel Mut, auch Vertrauen in die von Vaterhand festgezurrte Ladung – Flüche unsererseits, Zurechtweisungen seinerseits gehörten zu den Spielregeln – quer durch die enge Kölner Altstadt zwischen Straßenbahnen, Autos, Pferdefuhrwerken hindurch, über die Kreuzungen am Platz der Republik, am Opernhaus, über Neumarkt und Heumarkt über die Deutzer Brücke zu steuern.)

Im Frühjahr 1922 war ich noch nicht Kapitän oder erster Steuermann eines abenteuerlich beladenen, fluchend gezogenen Handwagens; ich war nur beigeladen, ließ mich neugierig nach Raderberg schaukeln. Köhler warf mir hin und wieder, keuchend, wahrscheinlich der Ladung wegen den »Alten« verfluchend, ein ermunterndes Wort zu, dessen ich nicht bedurfte. Er war sonst von der Art, die man wortkarg nennt, ernst, zuverlässig, auf eine Weise treu, die nichts Devotes hatte.

Es war mein erster Umzug; das Versprechen meiner Mutter, »dort draußen« könnte ich viel besser spielen, war noch nicht eingelöst. In der Teutoburger Straße hatten wir schön gespielt: im Römerpark, im Hindenburgpark, meistens auf der Straße, auf dem Bordstein sitzend, mit den Füßen in der Gosse, noch zu klein, um Hüpfen zu spielen, doch groß genug, um Ball zu spielen, zum Ärger jenes Herrn, der Kinder so wenig mochte wie Bälle und schlicht »Ballabnehmer« genannt wurde. Manchmal »stivvelten« uns die größeren Kinder an, Sand in die Fahrerhäuser vorüberfahrender Besatzungsautos zu werfen; wenn dann die Bremsen quietschten, zornige Fahrer auf die Straße sprangen, liefen sie, die größeren weg; wir blieben ahnungslos stehen, hörten englische Schimpfwörter, demonstrierten, unser selbst nicht ganz so sicher, das Sand-ins-Fahrzeug-Werfen als eine Art Warnschuß vor dem Bug, etablierten uns als Zöllner und Wegelagerer zugleich und riefen in das wütende Schimpfwortgesprudel hinein, was uns eingetrichtert worden war: »Tschokelät pliehs – tschokelät pliehs –«, bekamen manchmal sogar welche, bekamen sie von den größeren wieder abgenommen. Es herrschte Inflation. Knappe Zeiten.

Schöner an der Teutoburger Straße: sie lag nicht weit vom Rhein; im Herbst lag auf der Uferpromenade das Laub kniehoch, im Frühjahr stand dort Hochwasser, das auch die tiefer gelegenen Gräben der alten Kasematte füllte, aus der der Hindenburgpark entstanden war, eine durch Rosenrabatten und Laubengänge geschmückte und getarnte ehemalige Festung. Schöner noch, wenn meine älteren Brüder es wagten, mich weit (realistisch betrachtet: knapp einen Kilometer weit) mitzunehmen, unter der dunklen und düsteren, bis auf den heutigen Tag dunklen und düsteren Südbrücke hindurch, bis zu Boisserées Holzplatz und Sägewerk. Dort schwenkten die großen Flöße, vom Oberrhein kommend, vor der Südbrücke ein, wurden ans Ufer manövriert, die Stämme an Ketten durch einen Tunnel unter der Uferstraße hindurch ins Sägewerk hineingezogen. Sie kamen weit her, aus dem Schwarzwald, dem Spessart, dem Steigerwald. Der Rhein roch gut, nicht salzig, doch bitter genug, nach Algen auch; nun, so wie der Rhein riecht (roch). Das Tempo des Rheins, seine

Gewalt waren atemberaubend: er riß an den Flößen, wenn sie schwenkten, in den Rufen und Kommandos der Flößer klang Angst mit; und wie rasch war eine Büchse, ein Karton, ein Stück Holz auf die Brücke zu, in die Strudel an den Pfeilern, um die Pfeiler herum geschwommen, dann stolz mitten im Strom, an der Stadt vorbei, auf den Dom zu verschwunden.

Mir schien, als führe ich mit Köhler weit, immer weiter vom Rhein weg, und ich würde nie mehr auf der abschüssigen Basaltmauer sitzen und zusehen dürfen, wie die Flöße aus der Biegung bei Rodenkirchen kamen, mit telegrafenstangenlangen Masten gebremst, geschwenkt, ans Ufer manövriert wurden. Mein Vater kaufte auch bei Boisserée Holz. Alles, was er aus Holz machte oder was in seiner Werkstatt gemacht wurde, hatte mit dem Rhein zu tun; der Rhein brachte das Holz, und auch frischgesägtes Holz roch gut: säuerlich und harzig, streng und milde zugleich. (Meine Brüder nahmen mich weiterhin mit: über die Mansfelder, die Schönhauser Straße, am Bayenthaler Schützenfestplatz vorbei erreichten wir zu meinem Erstaunen auch von der neuen Wohnung aus Boisserées Holzplatz.)

Ich war nicht untröstlich; die Neugierde siegte. Noch nie hatte ich Bauplätze gesehen, jetzt sah ich welche: Berge von Schwemm- und Ziegelsteinen, große Kalkwannen (verlockende schneeweiße Puddingberge, Versuchungen, Steine hineinzuwerfen), Bauarbeiterbuden, Kästen mit Bierflaschen davor; Steine wurden auf die hölzernen Tragen gestapelt, Leiter um Leiter, Stockwerk um Stockwerk hochgetragen, Mörtelwannen gefüllt, Leiter um Leiter hochgetragen; in der Mansfelder Straße links und rechts Bauplätze, in der Kreuznacher Straße nur links. Rechts, wovon meine Mutter geschwärmt, womit sie mich getröstet hatte: der Park. Noch dünn das Gebüsch am Rand; Flieder, Statuen zwischen Laubengängen, große Fischbekken, hölzerne Pergolen; der Name der Siedlung, in die wir zogen, hieß »Am Rosengarten«; der Name war zutreffend, die Zuversicht, mit der da »im Grünen« gebaut wurde, nicht ganz so angemessen.

Das neue Haus, unser Haus, gefiel mir, wenn ich auch acht Jahre später, als wir in die Stadt zurück und noch tiefer in sie hineinzogen, die dunklen Flure und die vielen Namensschilder als heimatlich wieder begrüßte. Köhler wartete vor dem neuen Haus, ob jemand herauskäme, ihm den Stützbalken unter die lange Karre zu postieren; es kam niemand, und er schwenkte die Karre so, daß er sie unter der Vorgartenmauer aufsetzen, die Holmen loslassen konnte. (Später, wenn wir manchmal allein mit der beladenen Karre losziehen mußten, lernten wir das riskante Manöver, die Karre so lange zu schütteln, bis der Stützbalken aus der Eisenschlaufe fiel, und, hin und her balanciert, in jene Position gebracht werden konnte, die es erlaubte, die Holmen los, die Karre hinten aufsitzen zu lassen; das konnte schiefgehen, ging manchmal schief, wenn der Stützbalken nicht richtig Halt fand; dann hing einer baumelnd an den Holmen hoch in der Luft, versuchte – vergebens – sie herunterzudrücken, Passanten mußten zu Hilfe gerufen werden, denn sogar auf so schiefer Ebene hielt die festgezurrte Ladung; die lange Karre auf eine Mauer oder Fensterbank zu schwenken, das konnte nur bei entsprechender architektonischer Gegebenheit praktiziert werden.)

Ich kletterte zwischen Töpfen, Stühlen, Kissen hindurch hinaus und über die Radnaben in den Vorgarten. Drinnen im Haus roch es schon, wonach es bei späteren Umzügen immer riechen sollte: nach Kakao.

Acht Jahre lang wohnten wir in dieser Straße, die von zwei »Lagern« bestimmt war, dem bürgerlichen und dem sozialistischen (das waren damals noch wirkliche Gegensätze!), oder von den »Roten« und den »besseren Leuten«. Ich habe nie, bis heute nicht begriffen, was an den besseren Leuten besser gewesen wäre oder hätte sein können. Mich zog's immer in die Siedlung, die wie unsere neu erbaut war, in der Arbeiter, Partei- und Gewerkschaftssekretäre wohnten; dort gab es die meisten Kinder und die besten Spielgenossen, immer genug

Kinder, um Fußball, Räuber und Gendarm, später Schlagball zu spielen. Meine Eltern störte es nicht, daß ich die meiste Zeit bei den »Roten« verbrachte, sie wären nie auf den Gedanken gekommen, zu tun, was die Professoren, Prokuristen, Architekten, Bankdirektoren taten: die verboten ihren Kindern, mit den »Roten« zu spielen. Der bürgerliche Teil war so offensichtlich der langweiligere, die Spiele dort in Gärten und Stuben ganz à la Trotzköpfchen: Teeparties, Pfänderspiele, die merkwürdig schwüle Früherotik, aus der man sich sentimentale Erinnerungen strickt. Auf der Straße, von den »roten« Kindern lernte ich, was ich bei den »besseren« nie gelernt hätte: Reifenschlagen als Wettlauf, rund um den Park, rund um den Block, barfuß, mit einem Stock die kahle, rostige, aus dem Abfallhaufen herausgesuchte Fahrradfelge vor mir herzutreiben, sie, ohne viel Tempo zu verlieren, in die Kurve zu lenken, ihr vorne links, vorne rechts eins zu versetzen, dann mit dem Stock schleifend zu bremsen, rund um den Park, rund um den Block. Oder Reifenweitwurf oder -weitrollen: den Reifen im Vorgebirgspark den Wiesenhang hinunterzuschleudern, auf Kommando, zuzusehen dann, wie die Reifen, erst nebeneinander, dann Tempo gewinnend, verlierend, auf die Nußbaumgruppe am Querweg zurollten, O-beinig eiernd schließlich ermatteten, ausschlugen, umfielen, während des Siegers Reifen sich stolz dem Querweg näherte.

Die Straße wurde erst gepflastert, während wir dort wohnten; monatelang die Dampfwalze, viel Sand, viel Steine, monatelang der Rhythmus der Pflasterhämmer: der kleinen, der mittleren, der schweren Stampfer und Stößer; abends und nachts schafften wir Pflastersteine beiseite (kleine, mit quadratischer Oberfläche, 10 mal 10 Zentimeter). Wir brauchten sie zum »Pöhlen« (bedeutet »pfählen«, auch »aufspießen« – das Ö wird offen wie in Mönch, aber lang gesprochen). Beim »Pöhlen« legt jeder Mitspieler einen »Ömmer« (bedeutet Murmel – Ö wird wie oben, aber kurz gesprochen) in eine senkrechte Reihe vor eine Mauer, mit einem Pflasterstein muß dann aus der ausgelegten Reihe im Steilwurf ein Klicker »herausgepöhlt« werden, möglichst der unterste; er darf nicht voll getroffen, nicht zerstampft werden, sondern gerade so, daß er heil herunterspringt, alle, die oberhalb des getroffenen liegen, gehören dem Werfer als Tribut. Und natürlich Kuhle und »in der Sot« (kommt von Sode, bedeutet Gosse); in die Kuhle mußte man werfend hineinzielen, dann mit dem Finger »schibbeln«: wer den letzten Ömmer hineinschibbelte, bekam den Inhalt der Kuhle; »in der Sot« wird auf lange Distanz geöchelt (öchele ist das Verb zu Ömmer), im Rinnstein; einer wirft seinen Ömmer aus, der nächste versucht ihn zu treffen; hat er dazu wenig Chancen, darf er den Ömmer nicht zu nah an den des ersten heranrollen lassen, denn der erste Werfer – das Spiel kann nur zu zweien gespielt werden – hat beim nächsten Wurf als Ausgangsposition die Distanz der beiden Ömmer, also in jedem Fall eine bessere; man kann natürlich – das ist, wie wenn einer beim Fußball in brenzligen Situationen den Ball absichtlich ins »Aus« schießt, also unfair – in entgegengesetzte Richtung werfen, um die Distanz zu vergrößern; das Spiel wurde auch »rund um den Block« gespielt; in Zwischenstücken, wo an Bauplätzen, Gärten keine Gossen und Bordsteine waren, wurde eine Art Boule- oder Bocciataktik improvisiert, bis der Anschluß an die nächste Gosse gefunden war. »In der Sot zu öchele« zwingt zur Alternative zwischen Kühnheit und Vorsicht, Taktik und Strategie. Natürlich gab's auch »Gewerbsmäßige« auf Besitz erpichte Ömmerspieler, die sich aus Schuhkartons einen »Tunnel« machten, Fensterchen einschnitten, von 1 bis 6 immer kleiner werdend, und zum Glücksspiel aufforderten: traf man in Fensterchen 1, bekam man einen, traf man in Fensterchen 6, bekam man sechs Ömmer; was daneben, gegen die »Latte« ging, bekam der Herr Unternehmer, meist »Haifisch« genannt, da er immer auf Unerfahrene aus war, mit seinem Riesenömmerbeutel, den »Tunnel« unter dem Arm nach Ahnungslosen Ausschau hielt; das waren keine Mitspieler, sondern bloße Kassierer, eine frühe Variation des Glücksspielautomaten: »Pöhler« ließen sie nie ran.

Ein Ritus, an dem ich zwei-, dreimal teilnahm, blieb immer geheimnisvoll und anziehend, eine Art selbstvollzogener Mannbarkeitsritus. Manche, wenn sie aus der Schule entlassen waren und in die Lehre gingen, kamen an einem Tag in den Osterferien, wenn die Ömmersaison anfing, auf die Straße, riefen die kleineren Kinder zusammen und verteilten ihren ganzen, in vielen Jahren angesammelten Reichtum an Ömmern und »Bomsen«, indem sie sie mit vollen Händen in die Menge der kreischenden, grapschenden Kleinen hineinrollten. Ein fremdes, poetisches Pathos lag in diesem Ritus, Ernst im Gesicht des Jungen, auch Schmerz und eine unfreiwillige Ironie, die merkwürdige Gleichgültigkeit und Feierlichkeit, mit der er etwas, das ihm kostbar, Zeichen seines Ranges und Könnens gewesen war, ohne Sentimentalität, doch pathetisch weggab. Er schied aus, trat aus, erschien nie mehr am frühen Nachmittag, stand abends in der Gruppe der Älteren, manchmal noch im blauen Arbeitsanzug, *offen* Zigaretten rauchend, blieb noch draußen, wenn es dämmerte und die Mütter riefen.

Ich war noch lange nicht vierzehn, kaum mehr als zwölf, als wir wieder in die Stadt zurückzogen, diesmal an den Rand der Altstadt, zum Ubierring. Mein Vater hatte wohl dem kleinen »Wirtschaftswunder« von 1928/29 zu sehr vertraut: ich weiß nicht, ob der »schwarze Freitag« ein paar Monate später mit seinen letzten Ausläufern die Straße am Park erreichte; es hing mit dem Zusammenbruch einer Bank zusammen, das Haus mußte verkauft werden, die Bank oder deren Gläubiger schluckten die ganze Kaufsumme. Es kam ganz plötzlich, über Nacht, diesmal brauchte ich noch nicht den Handwagen zu beladen und zu ziehen, wurde auch nicht auf ihm transportiert: mein Bruder und ich bekamen nur gesagt, wir sollten nach der Schule nicht in die »Straße am Park« zurück, sondern zu Fuß über Severin- und Silvanstraße in die neue Wohnung am Ubierring kommen. Das war 1930, im Frühjahr, glaube ich, und die zwanziger Jahre waren damit zu Ende; die dreißiger fingen an.

Es hatte vorher schon, wenn auch nicht endgültige, so doch schmerzliche Trennungen zwischen mir und den »roten« Kindern gegeben; ich kam, als ich sechs war, in die katholische, die meisten von ihnen in die »freie« Schule; wir hatten nicht einmal den Schulweg gemeinsam, und gemeinsam zu spielen war nicht mehr die Regel, sondern die Ausnahme; ich zog zum Spielen mit wenn auch nicht »besseren«, so doch mehr oder weniger »katholischen« Kindern öfter zum Raderberg hinüber (dort wurden im Mittelalter die zum Tode Verurteilten den Berg hinuntergerädert), mehr zur Brühler Straße, zum »Sausack« (hat nichts mit Säuen zu tun, vielmehr mit sausen, Saus-Acker), wo wir in den Hängen hinter Kotthoffs Lackfabrik Höhlen gruben, in denen wir mit Tomahawk, Federschmuck und Friedenspfeife hausten, ein erfundenes Indianeridiom murmelnd und schreiend (ich erinnere mich des Wortes »Wöhne«, das Rache, Blut, Kampf bedeutete); mit Schleudern köpften wir in den Schrebergärten unterhalb des Hanges die Blumen oder schossen auf die Schrotthaufen, die Blechbüchsen im umzäunten Hof des Altwarenhändlers dort unten.

Zweite, fast endgültige Trennung von den »roten« wie von den »nicht besseren katholischen« Kindern: eine achtwöchige Quarantäne, die über mich verhängt wurde, weil mein älterer Bruder an Scharlach erkrankte und ich, da ich ihn schon gehabt hatte, als ansteckungspotentiell weder in die Schule gehen noch mit Kindern spielen durfte. Das Langweilige daran: ich war gar nicht krank, durfte auch nicht mit meinem erkrankten Bruder zusammen sein (der – was mir so romantisch wie lasterhaft vorkam – auf dem Balkon heimlich Zigaretten mit violettem Mundstück rauchte). Mit Stubenspielzeug konnte ich nicht spielen: Märklin- und Holzbaukästen, Eisenbahnzüge und das von geschickter Schwesterhand aus Papier ausgeschnittene, auf ein Brett aufgeklebte Rothenburg ob der Tauber interessierten mich nicht. Ich war an den Park, an die Straße gewöhnt: Schlagball, Treibball, Völkerball, Bückball, Hockey mit Milchbüchsen,

Fußball und »Wöhne«-Gemurmel in den Hängen am »Sausack«, hinter Kotthoffs Lackfabrik.

Dritte, schlimmste Trennung: Ich kam nach der Quarantäne gar nicht mehr in die Volksschule zurück, sondern sofort ins Gymnasium. Ich ging gern hin, sah aber nicht ein, warum die anderen, die »Roten« und die »nicht besseren katholischen« nicht mit dorthin gingen. Ich sehe es bis heute nicht ein.

Vierte, allerletzte und endgültigste Trennung: der plötzliche Umzug in die Stadt zurück. Der Beginn der dreißiger Jahre: es war nicht ganz, aber fast ganz aus mit dem Spielen. Es wurde ernster. Schwierigkeiten. Wechsel- und Pfandhaus- und Gerichtsvollzieherjahre, auch mancher notwendige abenteuerliche Wechselritt. Schießereien auf der Straße. Nur selten noch spielten wir Fußball auf der Straße oder in der Allee, zum Schlagballspielen mußten wir rübergehen auf die Poller Wiesen: so wurde die dunkle und düstere Südbrücke vertraut. Seltener kamen die Flöße, zu denen ich nun selbständig, nicht mehr an der Hand der Brüder, gehen konnte. Später lasen wir in der Zeitung, daß einer, mit dem wir draußen oft »gepöhlt« hatten, von seinem Vater erschlagen worden war: er war Kommunist, radikal, bitter, intelligent – sein Vater Sozialist.

Morgens mehr bitter als süß der Geruch von Kakaobutter, Rohschokolade, der aus der Stollwerckenklave drang, den Häuserblock zwischen Alteburger Straße und Bottmühle umklammerte, sich unter den Ulmen am Ubierring vereinte.

Es kommt zuviel auf mit den dreißigern – ich springe in die vierziger vor. Sehe es tausendmal vor mir, was ich als Acht-, als Neunjähriger beim »Wöhne«-Gemurmel an den Sausack-Hängen so oft gesehen und gelesen hatte; ich sah und sehe es auf allen Waggons, den ochsenblutfarbenen, in denen im Krieg 8 Pferde, 40 Menschen oder 120 Gefangene oder Verschleppte transportiert wurden, in Amiens und in Winiza, in Kertsch und in Berlin, Bitsch und Odessa, Namur, Antwerpen, Sinzig, Calais – das unvergeßliche, mit der sauberen, exakten Schablone schneeweiß auf Ochsenblutrot gemalt; Todgeweihte, Soldaten und Verwundete, Mensch, Vieh, Untermensch und Übermensch zu Sieg und Niederlage, in Tod, Gefangenschaft, aus dieser heraus, es stand und steht zu lesen, was mir überall Kindheit in Erinnerung rief: *Theodor Kotthoff, Lackfabrik, Köln-Raderthal, Hitzeler Straße.*

Höflichkeit bei verschiedenen unvermeidlichen Gesetzesübertretungen

Es scheint müßig, die selbstverständlichen Formen der Höflichkeit zu loben:

daß man natürlich einem Kind die Haustür aufhält

ein Kind beim Einkaufen nicht nur nicht zurückdrängt, sondern vorläßt

ein ermüdetes Schulkind, das streßgeplagt heimwärts fährt, friedlich seinen Sitzplatz in der Straßenbahn, in Bus oder Eisenbahn genießen läßt, ohne es verbal oder sei es auch nur durch erzieherisch-moralisches Anstarren in seinem wohlverdienten Frieden zu stören

für selbstverständlich halte ich auch, daß man sein Kind, seine Katze, Hund oder Vogel nicht hungern läßt und notfalls zum Mundraub bereit ist, und natürlich sollte man auch seine Frau oder Freundin nicht hungern oder dursten lassen

und sie alle soll man auch nicht prügeln, auch dann nicht, wenn sie danach verlangen, wie ja überhaupt die Höflichkeit der Hände eine der wichtigsten Höflichkeiten ist

auch soll man dem geehrten Gast nicht die erste, auch nicht die zweite, wenn es eben geht auch nicht die dritte, sondern die vierte Tasse aus der

Teekanne einschenken, eingedenk des chinesischen Spruches: die Höflichkeit liegt nahe am Boden der Teekanne ...

zu den selbstverständlichen Höflichkeiten gehört auch, daß man im Umgang mit Menschen beiderlei Geschlechts, die sich als Untergebene empfinden – denn AN SICH ist der Begriff der Untergebenheit natürlich unzulässig –, ein paar Töne leiser, zurückhaltender sein soll als im Umgang mit denen, die sich für Vorgesetzte halten; natürlich ist auch der Begriff des Vorgesetzten AN SICH unzulässig, denn man kann ja nicht einfach einen Menschen vorgesetzt bekommen, wie man etwa eine Suppe vorgesetzt bekommt, und man sollte ja zu diesen Vorgesetzten nicht etwa laut und grob, sondern nur ein paar Töne leiser und weniger höflich sein; dieses Vorgehen könnte die Strukturen ein wenig ändern.

Man sollte auch nicht jemandem, der einem unsympathisch ist, das einfach ins Gesicht sagen, etwa mit den Worten: »Ihre Fresse gefällt mir nicht!« Man kann sein Mißfallen auch höflich ausdrücken, etwa in folgender, möglichst schriftlicher Form, da die Mündlichkeit immer die Gefahr der Grobheit enthält: »Auf Grund unerfindlicher, nicht analysierbarer, ich will nicht sagen auf Grund kosmischer Konstellationen, denn ich will nicht die Gestirne und ihre Ascendenten allein verantwortlich machen – auf Grund also von Gegebenheiten, die weder allein schuld – noch allein schicksalhaft sind, sind die – sagen wir – Sympathiestränge zwischen uns leider – ich bitte Sie dieses ›leider‹ als einen Ausdruck sowohl meiner Trauer als meines abstrakten Respekts vor Ihrer Persönlichkeit zu interpretieren –, die Sympathiestränge zwischen uns haben sich als nicht belebbar erwiesen. Obwohl Sie eine ›an sich‹ durchaus angenehme Person und Erscheinung sind, halte ich es deshalb für angebracht, ja geboten, die Anzahl unserer Begegnungen auf ein Minimum zu beschränken, jenes Minimum, das uns aus beruflichen Gründen zwingt, hin und wieder Hände zu schütteln, Details zu besprechen, die nun einmal bei der immer wichtiger werdenden Produktion von (hier kann das jeweilige Produkt eingesetzt werden, etwa: Romane, Muttern, Heringe in Aspik) unerläßlich sind. Über dies notwendige Maß hinaus wollen wir uns den Klang unserer Stimmen, den Anblick von Haut und Haaren, die Wahrnehmung der Gerüche, die wir ausstrahlen, ersparen. Ich teile Ihnen dies mit, nicht ohne Trauer, in der Hoffnung, daß jene unerfindlichen Konstellationen und Kombinationen sich ändern, die Sympathiestränge zwischen uns sich beleben, daß eine veränderte Gesamt-Sympathielage uns möglicherweise in den Stand versetzen könnte, die notwendigen beruflichen Kontakte ins Private hinaus auszudehnen. Mit dem Ausdruck meiner vorzüglichsten Hochachtung.«

Solche Formen der Höflichkeit erscheinen mir als zu selbstverständlich, als daß ich mehr als andeutungsweise auf sie eingehen möchte.

So schwierig wie notwendig dagegen erscheint es mir, auf Höflichkeit in unkonventionellen, ja sogar illegalen Situationen hinzuweisen. Es muß betont werden, daß die Handlungen, auf die ich eingehen möchte, AN SICH nicht nur unkonventionell oder unsittlich, sondern ausgesprochen kriminell sind. Nehmen wir etwa ein AN SICH so kriminelles wie unhöfliches Delikt wie den Bankraub oder den Banküberfall, und denken wir an jene bis dato so gesetzestreue, anständige, ehrenwerte Dame, die am hellichten Tag – genauer gesagt gegen 15.29 Uhr – im Vorort einer deutschen Großstadt eine Sparkasse um 7000 Mark erleichterte. Man muß sich das einmal vorstellen: eine einundsechzigjährige Dame von der Sorte, die man zerbrechlich nennt, bei deren Anblick man an Patiencen oder Bridge denkt, Witwe eines Oberstleutnants, betritt die Filiale einer Sparkasse, um sich illegal in den Besitz von Geld zu bringen! Wenn diese Dame als die »höfliche Bankräuberin« bekannt geworden, sogar in den Polizeiakten als solche bezeichnet worden ist, so ist mit dem Adjektiv höflich ihre besondere Gefährlichkeit gemeint. Diese Dame hat instinktiv getan, was der höfliche Bankräuber tun muß: an Waffen, an Gewalt, an Geschrei gar nicht erst zu denken, solche plumpen Methoden gar nicht erst zu erwägen. Es ist ja nicht nur unhöflich, auch gefährlich, mit Pistolen oder Maschinengewehren herumzufuchteln und zu schreien: »Her mit dem Zaster, oder es knallt!«, und natürlich geht eine Dame wie die unsrige nicht einfach aus abstrakter Geldgier in die nächstbeste Bank, auch nicht, weil sie plötzlich aus dem Gleichgewicht geraten ist, sondern weil sie in einer vertrackten Situation ihr Gleichgewicht wiedergefunden hat. Sie hat sich diese Aktion genau überlegt und hat ihre Motive!

Die Zwangslage, die diese Dame zu jener gelinde gesagt unkonventionellen Handlung zwingt, muß kurz skizziert werden: sie hat einen Sohn, der auf die schiefe Bahn geraten, verschiedene kleine Haftstrafen abgesessen, nun aber, wieder einmal aus dem Gefängnis entlassen, eine Freundin gefunden hat, die stabilisierend auf ihn wirkt und einwirkt, er soll eine Chance als Arzneimittelvertreter bekommen – seine Mutter hat ein kleines Vermögen an Telefon und Portokosten ausgegeben, hat sämtliche Beziehungen – darunter solche zu zwei noch aktiven Generalen – spielen lassen, um ihm diese Chance zu verschaffen. Und nun kommt unerwartet und im letzten Augenblick die Forderung der Firma: 5000 Mark Kaution! Die Mutter – jene Dame, die als die höfliche Bankräuberin bekannt geworden ist – hat ihm eine kleine Wohnung besorgt, sie hat Zuneigung zu seiner Freundin gefaßt, alles läuft bestens, und nun das Unvorhergesehene: 5000 Mark Kaution! Man muß sich das einmal vorstellen: die Dame hat ihr Bankkonto schon erheblich überstrapaziert, ihre Pension ist auf ein Existenzminimum geschrumpft, der größere Teil geht in die Kasse der Bank zurück, sie hat angepumpt, wen immer sie anpumpen konnte, Bridgefreundinnen, alte Kameraden ihres Mannes, darunter zwei Obristen und ein General, lauter nette Menschen; sie hat schon das Frühstücksei von ihrem Menü gestrichen, und nun steht sie da in ihrer Wohnung und es fällt ihr nur der Spruch ein: »Woher nehmen ohne zu stehlen?« und dieser so beliebte Spruch wird der Sparkasse zum relativen Verhängnis. »Woher nehmen ohne zu stehlen« – da bietet sich ja das Stehlen sozusagen von selbst an. Es muß hinzugefügt werden, daß die Dame nicht nur zerbrechlich, auch stolz ist. Immer wieder hat sie sich demütigen, hat sich belehren lassen müssen, sie hat einige tausend wohlmeinende Ratschläge über sich ergehen lassen, hämische Bemerkungen über ihren geliebten Sohn geschluckt, sie hat den größeren Teil ihrer Möbel verkauft, hat ihren Collie abgeschafft, an dem sie sehr hing, und sich darüber mit ihrer besten Freundin zerstritten, die tatsächlich sagte: »Ein Hund für einen Hund – das ist kein Geschäft«, sie hat ihren Sohn in einigen Gefängnissen besucht, Anwälte bezahlt, Reisekosten gehabt. Der einzige Luxus, den sie noch hat, ist das Telefon: damit ihr Sohn sie jederzeit anrufen kann, sie ihn, wenn er gerade Telefon hat. Es gibt sogar Augenblicke, wo sie ihn nicht nur zu verstehen *glaubt*, sondern sogar versteht. Die gesellschaftlichen Erfahrungen der vergangenen vier Jahre haben sie *innerlich* an den Rand der Asozialität gedrängt, äußerlich noch nicht: sie ist eine gepflegte Dame, sieht jünger aus als sie ist, und nun, nachdem ihr Sohn telefonisch Alarm gegeben hat, fällt ihr der verhängnisvolle Spruch ein: »Woher nehmen ohne zu stehlen«, und die Moral dieses Spruchs hakt bei ihr an einer Stelle ein, die die Verbreiter solcher Sprüche nicht vorausgeahnt haben. Stehlen, denkt sie, das ist die Lösung, als ihr gegen 14.30 Uhr jene gepflegte kleine Sparkassenzweigstelle einfällt, die in einem benachbarten Vorort am Rande eines Parks liegt. Bevor sie das Haus verläßt, füttert sie noch ihre hübschen Zwergfinken, das sind winzige Vögel von der Größe eines halben Daumens, die sie sich noch leisten kann. Das Wort Stehlen, ihr so unvertraut, wird ihr immer geläufiger, während sie sich dem Park im Nachbarvorort nähert, den sie ungefähr gegen 15.05 Uhr erreicht. Stehlen, denkt sie, wo stiehlt man Brot? In der Bäckerei. Wo stiehlt man Wurst? In der Metzgerei. Wo stiehlt man Geld? Aus einer Ladenkasse oder in einer Bank. Die Ladenkasse wird sofort ausgeschlossen, das ist ihr zu *persönlich*, sie will niemanden direkt berauben; außerdem: in welcher Ladenkasse sind schon 5000 Mark? Eine Ladenkasse zu berauben kommt ihr auch zu zudringlich, fast aufdringlich vor. Gewissensbisse hat sie schon längst keine mehr, schon ist sie in taktischen und strategischen Überlegungen begriffen; sie blickt aus einem Gebüsch auf die kleine, sehr vornehme Sparkasse da drüben, von der sie weiß, daß sie um 15.30 Uhr schließt. Der Schalterraum ist leer, und es schießen ihr merkwürdige Dinge durch den Kopf: sie hat natürlich hin und wieder ferngesehen, geht auch schon mal ins Kino, und sie denkt – nicht an Waffen, nicht einmal an Spielzeugwaffen, sondern sie denkt an den Strumpf, den man sich übers Gesicht zieht: das hat ihr immer ein Schaudern verursacht, weil es ihr ästhetisches Gefühl verletzte, wie da ein menschliches Antlitz verunstaltet wurde; außerdem findet sie es unter ihrer Würde, hier in diesem Gebüsch eines ihrer Beine des Strumpfes zu berauben; das würde sie ja auch für eventuelle Verfolger kenntlich machen. In dieser Überlegung *treffen* sich – wie der geneigte Leser sofort feststellt – Ästhetik, Moral und Taktik in einmaliger Weise! In ihrer Handtasche hat sie eine riesige Sonnenbrille – ein Geschenk ihres Sohnes, der meinte, die würde ihr gut stehen – sie setzt die Brille auf, zerwühlt sich das ansonsten so gepflegte Haar, tritt aus dem Gebüsch, überquert die Straße, betritt die Sparkasse: am rechten Schalter eine junge Dame, die mit

Buchungsbelegen beschäftigt ist und ihr freundlich zulächelt, ein bißchen gequält, weil der Schalterschluß nur noch wenige Minuten bevorsteht; der mittlere Schalter ist geschlossen; am linken steht ein junger Mann von etwa vierunddreißig und zählt die Tageskasse; er blickt auf, lächelt sie höflich an und sagt das übliche: »Womit kann ich Ihnen dienen, gnädige Frau?« In diesem Augenblick greift sie in ihre Handtasche, zieht die Hand als geballte Faust heraus, tritt näher an den Schalter heran, und flüstert: »Eine außergewöhnliche Zwangslage zwingt mich zu diesem leider unvermeidlichen Überfall. In meiner rechten Hand habe ich eine Nitritkapsel, die großes Unheil anrichten kann. Ich bedauere außerordentlich, daß ich Ihnen drohen muß, aber ich brauche sofort 5000 DM. Geben Sie sie mir. Sonst ...«

Die Tragik der Situation wird hier erhöht durch die Tatsache, daß auch der Bankbeamte – wie die meisten seiner Kollegen – ein höflicher Mensch ist, dem das »sonst« nicht den geringsten Schrecken einjagt, der die Not der Dame aber sofort begreift. Außerdem fordern professionelle Bankräuber nie bestimmte Summen, sondern alles. Er hält im Zählen – er ist ausgerechnet bei den Fünfhundertmarkscheinen! – inne und flüstert: »Sie bringen mich in eine peinliche Lage, wenn Sie nicht mehr Gewalt anwenden. Kein Mensch wird mir die explosive Kapsel glauben, wenn Sie nicht schreien, drohen, eine glaubwürdige Szene aufführen. Schließlich gibt es auch bei Banküberfällen Spielregeln. Sie machen das ganz falsch.« In diesem Augenblick verläßt die junge Dame ihren Schalter, schließt die Bank von innen ab, läßt aber den Schlüssel stecken. Die alte Dame, nicht weniger entschlossen, sondern entschlossener denn je, erkennt ihre Chance. »Diese Kapsel«, flüstert sie drohend. »Nitrit«, sagt der Bankbeamte, »ist nicht explosiv, sondern nur giftig. Wahrscheinlich meinen Sie Nitroglyzerin.« – »Das meine ich nicht nur, das habe ich.« Man sieht schon, daß der Bankbeamte – bzw. sein Geld – verloren ist. Anstatt einfach den Alarmknopf zu drücken, läßt er sich auf Diskussion ein, außerdem hat er doch inzwischen Schweißtröpfchen auf Stirn und Oberlippe und grübelt darüber nach, wozu die Dame das Geld wohl brauchen könnte: trinkt sie? ist sie süchtig? hat sie Spielschulden? einen rebellischen Liebhaber? Er grübelt zu viel, macht nicht von seinem Recht Gebrauch, und in diesem – man kann wohl sagen *stark* meditativen Intermezzo, greift die alte Dame einfach durch den Schalter, schlau genug, dies mit der linken Hand zu tun, ergreift soviel Fünfhundertmarkscheine, wie sie greifen kann, rennt zur Tür, schließt sie auf, überquert die Straße, verschwindet im Gebüsch – und erst als sie schon lange außer Sichtweite ist, gibt der Beamte Alarm. Es ist ziemlich sicher, daß *dieser* Bankbeamte einem unhöflichen Bankräuber viel energischer entgegengetreten wäre, er hätte ihm auf die geballte Faust geschlagen, Alarm gegeben.

Diese Sache hatte natürlich verschiedene Nachspiele. Die wichtigsten seien hier angedeutet: die Dame wurde nie geschnappt, der Kassierer wurde nicht entlassen, nur an eine Stelle versetzt, wo er weder mit Geld noch mit Publikum direkten Kontakt hatte. Als die Dame feststellt, daß sie statt 5000 Mark 7000 Mark erwischt hatte, überwies sie 1900 zurück, denn sie war raffiniert genug, das Geld nicht telegrafisch zu überweisen, was ja zu ihrer Identifizierung hätte führen können, sie erlaubte sich ein Taxi, fuhr zum Bahnhof, mit dem nächsten Zug zu ihrem Sohn – und das kostete sie etwa 90 Mark, die restlichen 10 gebrauchte sie für Kaffee und Kognak, die sie im Speisewagen zu sich nahm – und verdient zu haben glaubte. Sie legte ihrem Sohn, als sie ihm das Geld übergab, die Hand auf den Mund und sagte: »Frag *nie*, woher ich's habe.« Sie telefonierte dann mit ihrer Nachbarin und bat sie, den hübschen Zwergfinken Futter zu geben. Fast überflüssig zu sagen, daß es mit ihrem Sohn ein gutes Ende nahm: er las natürlich in der Zeitung von dem merkwürdigen Überfall der »höflichen Bankräuberin«, und dieser Akt der Solidarisierung durch eine kriminelle Handlung von seiten seiner Mutter wirkte moralisch stabilisierend auf ihn, mehr als einige tausend gute Ratschläge, mehr auch als seine stabilisierende Freundin; er wurde ein zuverlässiger Arzneimittelvertreter mit Aufstiegschancen, konnte es sich allerdings nicht verkneifen, seiner Mutter bei mehreren Gelegenheiten zu sagen: »Daß du *das* für mich getan hast.« *Was* wurde nie ausgesprochen. Nach längeren Beratungen mit sich selbst setzte die Dame die Rückzahlungsraten an die Bank auf eine Mark monatlich an, ihre Begründung für diese geringe Rate: »Banken können warten.« Dem Bankbeamten schickte sie hin und wieder Blumen, ein Buch oder ein Theaterbillet und vermachte ihm das einzige wertvolle Möbelstück, das sie noch besaß: eine geschnitzte Hausapotheke in neogotischem Stil.

Man sieht: Höflichkeit lohnt sich, für Bankbeamte und Bankräuber, und wenn Bankräuber Waffen oder Sprengkapseln, grobe Worte, grobes Auftreten völlig aus ihren Überlegungen ausschließen, wird man eines Tages vielleicht gar nicht mehr von Banküberfällen, sondern nur noch von erzwungenen Darlehen sprechen, bei denen nur von einem gewaltlosen Zweikampf zwischen zwei verschiedenen Erscheinungsformen der Höflichkeit gesprochen werden kann.

Nun muß hinzugefügt werden, daß Bankraub – wenn er gewaltlos und ohne körperliche Schäden verläuft – ein ziemlich populäres Vergehen ist: jeder geglückte Bankraub, bei dem niemand verletzt wurde, löst Glücksgefühle und auch Neid bei denen aus, die jeder Zeit einen geglückten und gewaltlosen Bankraub ausführen würden, hätten sie den Mut dazu.

Viel schwieriger ist es bei einem ebenfalls strafwürdigen Vergehen wie der *Desertion* Höflichkeit auch nur zu erwähnen. Seltsamerweise hält man Deserteure für feige, ein Urteil, das bei näherer Betrachtung nicht aufrechterhalten werden kann. Der Deserteur im Krieg riskiert, erschossen zu werden – von Freund oder Feind, denn er weiß ja nie, wem er sich da in die Hände begibt, wenn er auch zu wissen glaubt, aus wessen Händen er sich da entfernt. Wie immer man da welche nationalen Maßstäbe anlegen möchte – und seltsamerweise sind sich da alle Nationen einig – der Deserteur im Krieg riskiert etwas – und man sollte sein Risiko respektieren. Doch hier soll vom *höflichen* Deserteur *im Frieden* gesprochen werden, von jenem unbekannten jungen Mann, der den Militärdienst verläßt, ohne von seinen Rechten – etwa das Recht auf Verweigerung – Gebrauch zu machen; der abhaut, untertaucht, wenn möglich ins Ausland, weil er einfach keine Lust mehr hat und die Hauptbürde des Soldatenlebens – der Langeweile – überdrüssig ist, den weder die mehr oder weniger erzwungene Kameraderie noch der sogenannte Dienst locken, den Geld, Essen, Führerschein, Bildungschancen, Aufstiegsangebote gleichgültig lassen; ein netter deutscher Junge, der – sagen wir –

seinen Eichendorff in der Schule gelesen hat – und ihn »umwerfend« fand; ein sympathischer Junge, der die Schule nicht absolvierte, weil sie ihm zu langweilig wurde; der Tischler wurde, eine Sache, die ihm Spaß machte; der kurz nach der Gehilfenprüfung zum Wehrdienst eingezogen wurde, an Panzerfahrzeugen, Waffen aller Art völlig desinteressiert, auch an Politik nicht interessiert, sondern nicht ausschließlich, aber sehr stark an der Herstellung von Möbeln, wie er sie bei verschiedenen Aufenthalten in Italien in den Erdgeschoßwerkstätten von Rom und Florenz, vielleicht auch Siena beobachtet hat; moralische Probleme – daß da hin und wieder Möbel regelrecht gefälscht werden – interessieren ihn nicht – er will, er wollte dorthin, und findet sich statt dessen unversehens in einer Infanteriekaserne in – sagen wir – Neu-Offenbach. Natürlich kann man diesem jungen Mann eine Menge ernsthafter Vorwürfe machen: daß er kein Staatsbürgerbewußtsein hat, daß er nicht nach, sondern besser vor der Einberufung hätte abhauen sollen, nach – sagen wir – Bologna; man kann ihm vorwerfen, daß er kein Pflichtbewußtsein hat – obwohl das nicht zutrifft, denn der Meister, bei dem er gelernt hat, der inzwischen ein Opfer wirtschaftlicher Strukturwandlungen geworden ist, hat ihm ein vorzügliches Zeugnis ausgestellt; seine Eltern, seine Lehrer, sogar sein Freund haben ihm immer wieder beizubringen versucht, daß man *realistisch* denken muß, doch dieser sympathische junge Mann denkt *realistisch*, er denkt an abgelagertes Holz, an Leim und Schrauben, an Hobelbänke und geschweifte Stuhlbeine, er denkt natürlich auch an Mädchen und Wein und solche Sachen. *Nur:* die Bundeswehr sagt ihm nicht nur nicht zu: sie sagt ihm nichts, sie gibt ihm nichts. Solche Fälle gibt es ja. Es nutzt nichts, das zu beklagen, wenn es auch AN SICH beklagenswert ist. Der Junge ist nun einmal so, und man muß ihm zugestehen, daß er sich relativ fair verhalten hat, denn er hat den sogenannten Grunddienst getreulich absolviert: das hat er nicht etwa eingesehen, es hat seine Neugierde erregt, wenn auch nicht seine Einsicht geweckt. Nun aber hat er einfach die Nase voll – und er wendet sich nicht an irgendwelche Beratungsstellen – kirchliche, staatliche, überparteiliche – nein, er haut einfach ab, da er aber ein höflicher Mensch ist, haut er nicht sang- und klanglos ab, er schreibt – aus sicherer Entfernung, und mit irreführendem, nämlich Schweizer Porto – einen Brief an seinen Kompaniechef.

»Sehr geehrter Herr Hauptmann, daß ich Ihrem Beruf, den ich jetzt noch ein Jahr lang ausüben müßte, keinen Reiz abgewinnen kann, sollte Sie nicht kränken, wie ich Sie überhaupt bitte, meine Desertion nicht persönlich und schon gar nicht als beleidigend zu empfinden. Ich bin nun einmal kein

Soldat und werde nie einer werden, und nichts läge mir ferner, als Ihnen einen Vorwurf draus zu machen, daß Sie kein Tischler sind und wahrscheinlich nicht wissen, was eine Zarge ist und schon gar nicht, wie man eine solche herstellt. Natürlich weiß ich, ich bitte Sie, das immer vorauszusetzen, daß es zwar Gesetze gibt, die einen Menschen zwingen können, für eineinviertel Jahre Soldat zu sein, aber keine Gesetze, die einen zwingen, etwas von Zargen zu verstehen, und so weiß ich auch, daß mein Vergleich Soldat/Tischler hinkt. Lassen wir ihn also hinken, und wenn es dieses Gesetz gibt, das mich zwingt, mich ein weiteres Jahr auf eine fürchterliche Weise zu langweilen, so teile ich Ihnen hierdurch mit, daß ich dieses Gesetz eben breche. Was mich daran schmerzt, ist die Tatsache, daß Sie ein so netter, sympathischer, verständnisvoller Vorgesetzter waren, daß ich es natürlich vorziehen würde, einem miesen, biestigen Offizier den Schmerz zuzufügen, den ich Ihnen möglicherweise zufüge. Sie haben mich, der ich so wenig die absurden Dienstvorschriften begreife, einige Male vor Bestrafung geschützt, Sie haben zu so mancher Torheit, die meinen Unteroffizier und sogar meine Kameraden erregte, verständnisvoll gelächelt, so verständnisvoll, daß ich in Ihnen einen heimlichen Deserteur vermute, und das sollten Sie nun wiederum nicht als Beleidigung, sondern als Schmeichelei verstehen. Ich will mich kurz fassen: *als*

Vorgesetzter waren Sie noch besser als mein Meister, aber *was* Sie – oder besser gesagt: die Armee – mir vorsetzte, war einfach unerträglich, es gilt weder dem Essen noch dem Taschengeld, sondern einfach dieser entsetzlichen Tätigkeit, die man ›die Zeit totschlagen‹ nennt. Ich will einfach meine Zeit nicht mehr totschlagen, ich will sie zum Leben erwecken – mehr nicht – und auch nicht weniger.

Das einzige Vernünftige, das einzige, was mir Spaß gemacht, war der viertägige Katastropheneinsatz bei den Überschwemmungen in Oberduffendorf: das war wohltuend, mit dem Schlauchboot von Haus zu Haus zu paddeln und den Eingeschlossenen von Oberduffendorf heiße Suppe, Kaffee, Brot und die Bildzeitung zu bringen – da leuchtete so manches Gesicht in Dankbarkeit. Aber ich bitte Sie, Herr Hauptmann, wäre es nicht geradezu makaber oder gar frevelhaft, auf weitere Katastrophen zu warten, um im Wehrdienst einen Sinn zu sehen? In der Hoffnung, daß Sie einige meiner Gedanken verstehen, meine Motive nicht verachten, bin ich mit höflichem Gruß der Ihre.«

Der Husten meines Vaters

Als mein Vater so alt wurde, wie ich jetzt werde, kam er mir (natürlich?) älter vor, als ich mich fühle. Geburtstage wurden bei uns nicht gefeiert, das galt als »protestantische Unsitte«, so erinnere ich mich keiner Feier, nur einiger Details der Stimmung, die in jenem Oktober 1930 herrschte. (Mein Vater hatte den Geburtsjahrgang 1870 mit Lenin gemeinsam, mehr, glaube ich, nicht.)

Es war ein düsteres Jahr. Totaler finanzieller Zusammenbruch, nicht gerade eine klassische »Pleite«, nur ein »Vergleichsverfahren«, ein Vorgang, den ich nicht durchschaute, es klang jedenfalls vornehmer als »Bankerott«, hing mit dem Zusammenbruch einer Handwerkerbank zusammen, deren Direktor dann auch, wenn ich mich recht entsinne, hinter Gitter kam. Mißbrauchtes Vertrauen, verfallene Bürgschaften, unseriöse Spekulationen. Unser Haus im Grünen mußte verkauft werden, und es blieb kein Pfennig von der Kaufsumme übrig. Wir waren verstört, zogen in eine große, zu große Wohnung am Ubierring in Köln, der damaligen Werkschule gegenüber.

Gerichtsvollzieher, Gerichtsvollzieher, Kukkuck über Kuckuck. Wir rissen sie, solange sie noch frisch waren, ab, mißachteten diese vorläufige Besitzergreifung; später ließen wir sie, gleichgültig geworden, kleben, und es kam vor, daß es an manchen Möbelstücken (etwa am Klavier) regelrechte »Kuckucksnester« gab. Mit den Gerichtsvollziehern kamen wir gut aus. Ironie gab's beiderseits, Grobheiten beiderseits nie.

Ich erinnere mich der prägungspolitischen Kuriosität des Vierpfennigstücks; es hing mit Notverordnung und Tabaksteuer zusammen. Dieses Vierpfennigstück war eine große, hübsch gezeichnete Kupfermünze, aber es mag sein, daß sie erst in den Jahren 31/32 aufkam. Die Nazis marschierten triumphal in den Reichstag. Brüning regierte. Wir lasen die ›Kölnische Volkszeitung‹. Meine älteren Geschwister schworen auf die RMV (›Rhein-Mainische-Volkszeitung‹).

Ich nahm Abschied vom Spielen im Freien. Schmerzlich. Draußen im Vorort Raderberg hatten wir Hockey (mit alten Regenschirmkrücken und leeren Milchbüchsen) noch auf der Straße gespielt; Schlagball häufig, Fußball seltener, im Vorgebirgspark. Es wurden auch Rosen im Park geköpft, mit der »Flitsch«, die in anderen deutschen Gefilden, glaube ich, Zwille heißt. Beim Reifenweitwurf schleuderten wir alte Fahrradfelgen einen sanften Wiesenabhang hinunter; wessen Reifen am weitesten rollte, war Sieger; Rekorde wurden aufgestellt; Reifenschlagen um den weitläufigen »Block« herum; es galt als unzünftig, gekaufte Holzreifen zu benutzen. Ping-Pong auf der Terrasse, die Schaukel im Garten; mit dem Luftgewehr Schießübungen auf unbrauchbar gewordene Glühbirnen, die noch Bajonettverschraubungen hatten. Wir fanden an den Schießübungen nichts militärisch, schon gar nicht martialisch. Zehn Jahre lang Freiheit und viele freie Spiele, die ich nicht alle aufzählen kann. (Martinsfackeln, Papierdrachen bauen und aufsteigen lassen, Klicker.)

Im langen Flur der Wohnung am Ubierring setzen wir die Schießübungen fort, jetzt mit vorschriftsmäßigen Zielscheiben und Bolzen, die »Flümmchen« hießen (wie ich im entsprechenden Wörterbuch des alten Wrede feststelle, kommt das von Flaum, der wiederum vom lateinischen pluma abstammt; die Bolzen hatten ein buntes Quästchen). Während der Schießübungen mußte natürlich, wer ins Badezimmer, die Küche oder in das Schlafzimmer ging, oder drin war, gewarnt werden. Gesamtstimmung: Leichtsinn und Angst. Sie schlossen einander nicht aus.

Es wurden (natürlich) nicht alle Einnahmen dem Gerichtsvollzieher offenbart. Es gab Schwarzarbeiten, Einnahmen aus der Vermietung der Maschinen (Lohnschreinerei). Neulich las ich bei Isaac Bashevis Singer (›Feinde, die Geschichte einer Liebe‹): »Wenn man leben wollte, mußte man das Gesetz brechen, weil alle Gesetze einen zum Tode verurteilten.« Wir wollten leben.

Es ging bescheiden zu, und doch wurde Bescheidenheit nicht zur Parole. Sorgen und Schulden hatten wir genug. Die Miete, das Essen, die Kleider, Bücher, Heizung, Strom. Dagegen half nur temporäre Sorglosigkeit, die eben nur temporär gelang. Irgendwie mußte ja auch Geld fürs Kino, für Zigaretten, für den unumgänglichen Kaffee aufgetrieben werden, was nicht immer, aber gelegentlich gelang. Die Pfandhäuser wurden entdeckt.

Es war nicht alles so lustig, wie es klingen könnte. Je bescheidener es zuging, desto weniger wurde Bescheidenheit die Parole. Ich erinnere mich dankbar der Loyalität meiner älteren Geschwister, die mir, dem Jüngsten, wohl manches ersparten, hin und wieder etwas zusteckten.

Am meisten geängstigt hat mich in dieser Zeit der Husten meines Vaters. Er war ein schlanker Mensch (zwischen seinem 20. und 85. Lebensjahr schwankte sein Körpergewicht nur um ein, zwei Kilogramm, nach dem 85. Lebensjahr erst magerte er ab). Mäßig war er, rauchte aber gern, inhalierte nie, und seine »Lundi«, das waren dünne, scharfe Zigarillos in Blechbüchsen, ließ er sich nicht nehmen (jedenfalls nicht ganz!). Er war traurig in diesen Verhältnissen, auch machtlos gegen die Umstände, und ich denke mir manchmal, daß wir Kinder an seiner Trauer nicht so recht teilgenommen haben.

Sein Husten übertönte sogar die mächtig daherbrausende Straßenbahn Nummer 16, und wir hörten seinen Husten schon von weitem. Aber am meisten beunruhigte mich sein Husten sonntags in der überfüllten Severinskirche. Wir gingen nie »geschlossen« zur Messe, immer einzeln, selten, daß einmal zwei, drei Geschwister in einer Bank saßen, und so warteten wir, jeder an seinem Platz, voll banger Spannung auf den Husten unseres Vaters, der prompt ausbrechen, sich bis zum Fast-Erstikkungsfall steigern, dann, während mein Vater sich aus der Kirche entfernte, abflauen würde. Er stand dann wohl draußen und rauchte gegen den Husten eine »Lundi«.

Jetzt, so alt, wie mein Vater damals war, stelle ich fest, daß ich seinen Husten offenbar geerbt habe (nicht nur ich). Es gibt da welche in unserem Haushalt, die, wenn ich auf der mit Autos vollgestopften Straße parke, mich durch den Verkehrslärm hindurch am Husten erkennen; ich brauche nur selten zu klingeln oder den Schlüssel in die Haustür zu stecken; es wird schon aufgedrückt, bevor ich eins von beiden tue.

Mein Husten muß auf Wellenlängen liegen, die nicht nur Verkehrslärm und knirschende Bremsen, auch manches Ta-tü-ta-ta durchdringen, und doch glaube ich nicht, daß mein Husten »durchdringend« genannt werden kann; er besteht aus Variationen auf verschiedene Formen der Heiserkeit, ist meistens ein Ausdruck der Verlegenheit, nur selten ein Zeichen von Erkältung, und es gibt einige, die wissen, daß er mehr ist als Husten – und weniger.

Eine Enkelin zum Beispiel, die ein Jahr alt ist, empfindet ihn offenbar als eine Form der Sprache oder Ansprache, sie ahmt ihn nach, es kommt zu Hustendialogen zwischen uns, die ironisch-amüsierten Charakter haben, bei denen wir uns offenbar etwas zu sagen haben. Ich denke dabei an Beuys, der einmal eine Ansprache hielt, die nur aus Hüsteln und Räuspern bestand, eine sehr kluge Ansprache übrigens.

Vielleicht sollte man Hüstel-Schulen einrichten, mindestens Hüsteln als Schulfach erwägen; man sollte das Hüsteln von seiner dummen Zeigefingerfunktion – etwa als Warnung vor zu erwartenden Taktlosigkeiten im Gespräch – befreien. Das l'art pour l'art des Hustens und des Hüstelns.

Es wäre auch zu überlegen, ob kluge Köpfe nicht den gehüstelten Leserbrief erfinden sollten.

Rendezvous mit Margret oder: Happy-End

Die Hinfahrt war angenehm; der Rhein noch im Frühdunst; Trauerweiden, Schleppkähne, Sirenen; die Fahrzeit gerade so lange, wie ich für ein Frühstück brauche; Kaffee und Brötchen genießbar, die Eier gebraten; kein Gepäck, nur Zigaretten, Zeitung, Zündhölzer, Rückfahrkarte, Kugelschreiber, Brieftasche und Taschentuch, und die Gewißheit, Margret wiederzusehen; nach so vielen Jahren, nach einigen mißglückten Rendezvous; nachdem ich sie schon länger als vierzig Jahre kannte, war ich überrascht und erregt von etwas, das ich noch nicht gekannt hatte: ihrer Handschrift, kräftig und zierlich zugleich und auf eine überraschende Weise energisch auf die Todesanzeige geschrieben: »Komm – ich würd' mich so freuen, dich wiederzusehen.« Das kleingeschriebene »dich« ließ mich ahnen, daß sie mit dem großen »D« nie zurechtgekommen war; jeder hat ja so seine Buchstaben, an denen er stolpert.

Bei der Ankunft war ich das umfangreichste Gepäckstück los: die Zeitung, ich ließ sie im Speisewagen liegen, und zum Friedhof kam ich auf meine Weise rechtzeitig; zu spät für Largo, De profundis und Weihrauch in der Halle, zu spät auch, als daß ich mich dem Defilee hätte anschließen können.

Ich sah noch, wie die Ministranten im Gehen ihre Chorröcke auszogen, unterm Arm zusammenrollten; der größere schraubte das Tragkreuz in drei Teile auseinander, verstaute es in einen offenbar eigens dazu konstruierten Koffer, und als sie in das wartende Taxi stiegen, steckten sie alle Zigaretten an: Pfarrer, Fahrer und Ministranten; der Fahrer gab dem Pfarrer, der jüngere Ministrant dem älteren Feuer, und dann mußte einer einen Witz gemacht haben: ich sah sie alle lachen, sah den älteren Ministranten husten vor Lachen und Zigarettenrauch; auch ich mußte lachen, wenn ich an die Sakristeischränke dachte, in denen sie fünf Minuten später ihre Klamotten verstauen würden: Eiche, barock, dreihundert Jahre alt, der Stolz der Pfarre St. Franz Xaver, die 1925 in St. Petrus Canisius umgetauft worden war; und nicht ich, der Verstorbene soeben Beerdigte, auf dessen Sarg noch immer Erdklumpen plumpsten, er hatte 45 die rettende Idee von der Tiefe der Schränke gehabt, wo wir hinter der säuberlich gestapelten Altarwäsche und allerlei heiligem Gerät Zigaretten und Kaffee versteckten, die wir den Amerikanern klauten, wenn sie ihre Jeeps unbewacht ließen oder uns gruppenweise zu einer Art Wehrwolf-reeducation einluden; er, nicht ich, hatte in europäisch-korrupter Schläue die naive Scheu der Amerikaner vor kirchlichen Institutionen wohl richtig eingeschätzt, und ich hatte mich jahrelang darüber gewundert, warum er diesen Einfall nie als seinen reklamiert, sondern immer mir zugesprochen hatte; erst später, als ich längst von zu Hause weg war, war mir eingefallen, daß eine solche Anekdote seiner Respektabilität nicht dienlich gewesen wäre, während sie zu mir »paßte«, obwohl ich diese Idee nie wirklich gehabt hatte und nie gehabt hätte.

Ich näherte mich umsichtig dem Zerhoffschen Erbbegräbnis, nicht über die Wege, auf denen ich Herren mit und ohne Zylinder, Damen mit und ohne Persianermantel, Schulkameraden und Ordensrittern, Schulkameraden als Ordensrittern begegnet wäre; ich ging über den mir vertrauten Pfad zwischen den Grabreihen, über unser Familiengrab hinweg, wo die letzte Beerdigung – mein Vater – vor fünf Jahren stattgefunden hatte; man hatte mich wissen lassen, er sei gramgebeugt gestorben, weil keiner seiner beiden Söhne ihm in irgendeines Weibes Schoß männliche Nachkommen erweckt hatte; nun, auch weibliche Nachkommen hatte er keine. Die Grabstätte war in Ordnung, das Abonnement lief weiter; die Kiesel waren wirklich schneeweiß, herzförmig die Rabatten mit Stiefmütterchen, die – es waren neun oder elf – in sich wiederum ein Herz formten. Mutters, Vaters, Josefs Namen auf den pultförmigen Marmorsockeln; bei Josef das unvermeidliche Eiserne Kreuz; die Sockel der lange schon verstorbenen Ahnen efeuüberwachsen, und, alle Sockel überragend, das schlichte, klassizistische, schon leicht nazarenisch angehauchte Kreuz, mit dem später angebrachten, im Schriftbild wilhelminisch wirkenden Spruchband: DIE LIEBE HÖRET NIMMER AUF. Für mich, den letzten Namensträger, stand auch ein Sockel bereit, der Strich hinter meinem Namen und Geburtsdatum, dieses graphische »bis« hatte etwas Drohendes. Wer würde das (ziemlich teure) Abonnement weiterbezahlen, wenn ich nicht mehr auf dieser Erde weilte? Wohl Margret. Sie war eine gesunde und auch wohlhabende Frau, kinderlos, Teetrinkerin, mäßige Raucherin, und aus der Melodie ihrer Handschrift, besonders aus dem kleinen »d« las ich ihr ein langes Leben heraus.

Ich stand hinter der dichtgewordenen Thujahecke, die das Zerhoffsche Begräbnis von unserem trennt, und jetzt seh' ich sie: sie gefiel mir besser als je zuvor, besser als die Fünfzehnjährige, mit der ich im Gras gelegen hatte, besser als die Zwanzig-, die Dreißig- und die Fünfunddreißigjährige, mit der ich auf peinliche Weise mißglückte Rendezvous gehabt hatte, das letzte vor fünfzehn Jahren in Sinzig, als sie vor dem Hotelzimmer kehrtmachte und weggefahren war; sie hatte mir nicht einmal erlaubt, sie zum Bahnhof zu bringen; sie mußte jetzt an die Fünfzig sein, ihr kräftiges, fast grobes blondes Haar war auf eine hübsche Weise grau geworden, und Schwarz stand ihr.

Als Kinder hatten wir oft an Sommerabenden

herfahren müssen, um die Blumen zu gießen: mein Bruder Josef, Margret, ich und ihr Bruder Fränzchen, in dessen Grab die letzten Defilanten soeben ihre Blumen oder ihre Schaufel Erde warfen; das vertraute Poltern von Erde auf Holz, der Aufschlag der Mimosensträußchen, wie wenn ein Vogel sich niedersetzt. Oft hatten wir uns für das Straßenbahngeld Eis gekauft, den langen Heimweg zu Fuß angetreten, in der Sommerhitze unseren Leichtsinn bereut, aber immer hatte Josef zu irgendwelchen »Reserven« gegriffen, die Rückfahrt spendiert, und in der Straßenbahn stritten wir erleichtert und ermüdet darüber, ob er uns nun das Eis oder das Fahrgeld spendiert hatte.

Immer noch hatte ich Mühe, die Tränen zurückzuhalten, wenn ich an Josef dachte, und ich wußte immer noch nicht, nach vierunddreißig Jahren noch nicht, ob es sein Tod oder sein letzter Wunsch war, über den mir die Tränen kamen. Am äußersten Bahnsteigende, außerhalb der Halle, bevor der Urlauberzug einlief, hatten wir noch einmal alle Möglichkeiten, nicht zurückzufahren, durchgesprochen, Fieber, Unfall, Atteste – und es war schließlich Margret, die das Tabu brach und von »Wie nennt man das doch? – Fahnenflucht oder Desertion« sprach, und Vater hatte wütend mit dem Fuß aufgestampft und gesagt: »Fahnenflucht, das gibt es in unserer Familie nicht«, und Josef hatte gelacht und gesagt: »Wohin denn? Soll ich vielleicht über den Kanal schwimmen oder nach Schweden oder über den Bodensee in die Schweiz – und Wladiwostok, wißt ihr, ist ziemlich weit entfernt«, und er stand schon auf dem Trittbrett, der Stationsvorsteher pfiff schon, da beugte er sich noch einmal zu uns hin und sagte deutlich, mehr zu mir als zu meinem Vater: »Bitte keine Pfaffen an meinem Grab oder bei irgendeiner Trauerfeier.« Er war neunzehn, hatte das Theologiestudium drangegeben, und Margret galt damals fast als seine Braut. Wir sahen ihn nie wieder. Wir zuckten zusammen, ich mehr als Vater, Margret weniger, als hätte er uns zum Abschied gepeitscht, und ich habe natürlich, als die Nachricht von seinem Tod kam, Vater an Josefs letzten Wunsch erinnert, nicht, indem ich seine Worte wiederholte, dazu war ich zu bange, ich sagte nur: »Du weißt, worum er gebeten hat; was sein letzter Wunsch war.« Aber Vater hatte abgewinkt und natürlich seine Bitte nicht erfüllt. Sie hatten eben doch ihre Trauerfeier abgehalten, mit Weihrauch, Latein, Katafalk, sehr feierlich hatten sie exakt ihre Choreographie durchgeführt, mit ihren schwarzen, goldbestickten Brokatgewändern, und sie hatten sogar einen Theologiestudentenchor aufgetrieben, der irgendwas Griechisches sang. Ostkirche galt damals schon als schick. Seitdem hatte ich keine Kirche mehr betreten, nur noch als Ministrant und in meiner späteren Eigenschaft als Devotionalienhändler, und wenn ich mit Fränzchen Zerhoff bei feierlichen Requiems ministrierte, hatten sie mich mit ihren schweren Brokatgewändern, goldbestickt, manchmal an Sowjetmarschälle mit ihren plumpen goldenen Schulterstücken und mit von ungefähr hundertfünfzig Orden geschmückter Brust erinnert. Immer reichlich Latein, Männerchor in rotweißen Schärpen, die Zylinder bebten in ihren Händen, und die Luft bebte von der Vehemenz ihrer Brusttöne.

Margrets Mund war überraschend klein und immer noch nicht hart unter der strengen Nase, sie war schlank geworden; nur an ihren Handgelenken entdeckte ich noch Spuren von Molligkeit; dort stand sie, würdig, unbeweglich, schüttelte Hände, nickte und hatte doch dieses Rasche, Vorübergehende, dieses Federnde behalten. Das Grau um ihren Kopf erinnerte mich an den weißgrauen Staub in ihrem Haar, als wir aus dem brennenden Haus taumelten und uns im Garten ins Gras legten, in dieser Juninacht ineinander gingen, nach dem Abschied von Josef, als so viele Werte und soviel Wertvolles zerstört worden war; ich dachte auch an den Staub in ihren Küssen, in ihren Tränen, an unser frivoles Lachen, als auch Vater aus dem Haus taumelte und uns dort liegen sah, und wie unsere staubgepuderten Gesichter sich verzerrten vor Lachen, als er mit dem Geldschrankschlüssel in der Luft herumbohrte, als enthielte sie, die Luft, seine Wertpapiere und den ganzen notariell beglaubigten Kram; und natürlich hatte er nicht, hatte keiner von uns gewußt, daß sogar in diesem auf liebenswürdige Weise konventionellen Krieg Hitzegrade entwickelt wurden, denen altväterliche Geldschränke nicht standhielten, und schließlich, später, als sie die übriggebliebenen Klamotten durchsuchten, hatte er in seinem zerschmolzenen Geldschrank nur Asche gefunden, und es war Margret, nicht ich, dem diese Sprüche natürlich geläufig waren, sie, die ihm sagte: »Memento, quia pulvis es et ...«, aber den Rest sagte sie nicht. Eine Zeitlang waren wir unzertrennlich, kamen uns aber nie mehr nahe, nicht einmal mit einem Kuß, nicht einmal mit einem Händedruck.

Margret wandte sich mir zu, und ihr Frauengesicht wandelte sich in einer Art bitterer Freude zum Gesicht jenes Mädchens, das mit mir in dieser Juninacht Werte mißachtet hatte – oder hatte ich damals die Margret von heute umarmt, hatte ich sie, sie mich jetzt erst eingeholt? Hatte Josefs Fluch uns jetzt erst wirklich vereint; ich dachte an ihn, an seinen Peitschenhieb, der mich aus der Bahn geworfen hatte, und mir fiel hier, jetzt erst, ein, daß er das sogar gewollt hatte: mich aus der Bahn werfen, weg von Goldbrokat, Männerchören, Erbbegräbnissen, wirklichen und potentiellen Ordensrittern; vielleicht war es das einzige, das er in diesem herrlich konventionellen Krieg gelernt hatte, und heute, hier, wo ich Margret gegenüberstand, hatte ich keinen Grund, ihm deswegen zu grollen; ich grollte niemandem, nicht einmal meinem Vater, der später still wurde, fast demütig, und mich immer so erwartungsvoll ansah, wenn Margret aus dem Nachbarhaus herüberkam; wir gingen ins Kino, ins Theater, spazieren, diskutierten – und nicht einmal ein Händedruck gelang uns, kein Wimpernzucken der Erinnerung; ich blieb Ministrant, betrieb es als Job (Trinkgelder und kostenlose Frühstücke); ich ging in den Schwarzhandel, absolvierte die Schule, ging von zu Hause weg, kam über den Schwarz- in den Devotionalienhandel, als ich zu einer Moselwinzererstkommunion einen Leonardo-da-Vinci-Druck gegen Butter besorgen sollte und besorgte; ich hatte genug Liebschaften, wohl auch Margret.

Ich stand nah genug, um von Margrets Mund das Wort »Amsel« abzulesen. Ich nickte, zog mich zurück, machte mich auf den Weg zur »Amsel«, wo seit Urzeiten die Begräbnisfrühstücke stattfinden. Ich brauchte nur zum Ausgang zurück, die Straße überqueren, fünf Minuten durch Douglaskiefern zu gehen. In der »Amsel« waren sie schon eifrig dabei, schlappe Brötchen aufzuschneiden, mit Butter zu beschmieren, mit Wurst und Käse zu belegen und mit Mayonnaise zu dekorieren; ob Tante Marga noch lebte, die immer hartnäckig auf Blutwurst mit Zwiebelringen bestand und mit einer Gier, als wäre sie am Verhungern, wo doch jedermann wußte, daß nicht einmal sie selbst das Ausmaß ihres Vermögens kannte? Die Kaffeemaschine stand unter Dampf, Kognakschwenker wurden auf Tabletts gestellt, geöffnete Flaschen daneben (Margret hatte gewiß energisch auf einem »Flaschenpreis« bestanden), Mineralwasserflaschen wurden geköpft, Blumen in Väschen gestellt. Immer noch die alte, die altmodische Tour. Ich erkannte den Pfarrer, der ohne die Ministranten gekommen war, in einer Ecke saß, mit Feierabendgesicht eine Zigarre rauchte. Er nickte mir zu. Erkannt haben konnte er mich nicht, wir waren uns nie begegnet. Er sah nett aus, ich setzte mich zu ihm und fragte ihn nach dem Spezialkoffer mit dem zusammenlegbaren Kreuz: Wir hatten als Ministranten immer das ganze Kreuz schleppen müssen, und es war immer ein Problem gewesen, es im Auto unterzubringen, ohne daß Scheiben zersplitterten oder Zylinder von Köpfen gestoßen wurden. Und ich wußte noch ein paar ländliche Gemeinden, in denen das alte Tragkreuz noch in Gebrauch war. Er nannte mir die Firma, ich notierte sie auf meiner Rückfahrkarte, dann machten wir uns gemeinsam Gedanken darüber, warum man immer noch an diesen schlappen Brötchen festhielt. Ich sagte ihm, daß wir sie als Kinder schon »Amselpappe mit Mayonnaise« genannt hatten, ob wir nun als Trauernde oder Ministranten oder – was häufig vorkam – als trauernde Ministranten hergekommen waren. Es entspreche nicht mehr dem Stil der Zeit, es hätte »Toast Hawaii« oder so etwas sein müssen, und Sherry, nicht Kognak, und keine Persianermäntel, sondern Nerz, und anstelle des elenden Kaffees – warum mußte er eigentlich immer und überall so elend sein? – hätte man Mokka servieren lassen sollen, der ja manchmal wie ganz guter Kaffee ausfiel.

Ich blickte auf meine Rückfahrkarte, wo ich mir die Züge notiert hatte: 14.22 Uhr, 15.17 Uhr und dann erst 17.03 Uhr, es war gerade elf, und wenn ich Margret mitnehmen, abends nach vierunddreißig Jahren ihr Haar berühren wollte, mußte ich wohl noch eine Weile bleiben und riskieren, unter den Rotweißbeschärpten, vielleicht sogar unter den Ordensrittern, den einen oder anderen Schulkameraden wiederzufinden: Irgendeiner würde mir – auf Griechisch, versteht sich – die Anfangsverse der Odyssee ins Ohr brüllen, um zu beweisen, daß seine humanistische Bildung nicht so ganz spurlos an ihm vorübergegangen war; ein anderer würde mir, obwohl das Abitur mehr als dreißig Jahre zurücklag und wir uns seitdem nicht mehr gesehen hatten, mein Einverständnis voraussetzend, Klagen über die moderne Zeit vorleiern, über seine verwöhnten Kinder, die Sozis, den Sittenverfall im allgemeinen, und wie er sich in seiner Praxis kaputt schuftete, während sein drittes oder viertes Mietshaus wegen der verfluchten Inflation immer teurer wurde; ich war bereit, das hinzunehmen; ich kannte diese Gespräche von Beerdigungen, an denen ich nicht als Leidtragender, sondern von Berufs wegen teilnahm. Schließlich habe ich auch eine Agentur für Grabsteine, und mein Zylinder gilt als Berufskleidung, ist steuerabzugsfähig. Es konnte ja so lange nicht dauern, wir würden, wenn nicht den 14.22er, dann wohl doch den 15.17er noch erwischen.

Ich hatte Glück, es war Bertholdi, der sich neben mich setzte; mir fiel ein, daß ich in acht Schuljahren keine vierzig Worte mit ihm gewechselt hatte; es hatte sich einfach nicht ergeben, und ich hatte Grund, das jetzt zu bedauern; er war sehr nett, hatte nicht diesen säuerlich-bitteren Gesichtsausdruck, der bei erfolgreichen wie erfolglosen Männern bei Beginn ihres letzten Lebensdrittels unvermeidlich zu sein scheint. Bertholdi fragte mich nach meinen Geschäften, und als ich ihm sagte, ich sei schon lange im Devotionalienhandel, meinte er, das müsse doch in der nachkonziliaren Ära schwierig sein; ich bestätigte den Rutsch in die Talsohle, berichtete aber auch von einem gewissen Aufschwung, und als er meinte »Lefebvre?«, nickte ich, schüttelte aber auch den Kopf; seine kluge Gegenfrage war nur teilweise zu bejahen; es gebe ja auch, sagte ich, unabhängig von dem genannten Herren, eine Rückkehr zum Traditionellen, die sich in Zylinder, Schleppen, hochbürgerlichen

Kommunions- und Konfirmationsfeiern und Hochzeiten ausdrücke und in ihrem Schleppnetz den Verkauf moderner Devotionalien fördere, etwa handwerklich gut gemachte Ikonenkopien, überhaupt Östliches aller Art.

Ich erzählte ihm, weil er so nett von seiner Frau und seinen Kindern sprach, unaufgefordert, daß ich mit einigen Kollegen dabei sei, einen neuen Absatzmarkt für gute Ikonenreproduktionen zu erschließen: die Sowjetunion, die wir – natürlich illegal – mit ausgezeichneten Reproduktionen versorgten, die dort auf altem, möglichst wurmstichigen Holz aufgezogen, von handwerklich gut ausgebildeten Malern übermalt würden und guten Absatz fanden; manche kamen, da Künstler, Handwerker und Händler natürlich Devisen bevorzugten, auf dem Touristenschwarzmarkt wieder zurück; nicht gerade am Gewinn beteiligt, aber behilflich dabei war eine Organisation, die sich »Bilder für die Ostkirche« nannte; zu viele Sowjetbürger in allen Republiken hatten ihre Familienikonen verscheuert und saßen nun, von der religiösen Welle ergriffen, bilderlos da. Und nervös, weil Margret immer noch nicht Ruhe gefunden und sich gesetzt hatte, erzählte ich Bertholdi auch die branchenklassische Story von dem längst verstorbenen Kollegen, der seinerzeit, auf die religiösen Strömungen während des Ersten Weltkrieges vertrauend, auf ungefähr zehntausend Porträts von

Benedikt XV. sitzengeblieben war und weder finanziell noch psychisch die Kraft gefunden hatte, sich in die langen Amtszeiten der beiden Piusse hinüberzuretten. Von Bertholdi gefragt, ob ich jetzt noch viel in Paul VI. investieren würde, sagte ich: »Als Zeitgenosse vielleicht, als Devotionalienhändler nicht«, und ich fügte hinzu, der einzige Papst, der je auch nach seinem Tode noch gegangen wäre, sei Johannes XXIII.

Bertholdi dankte mir für die Einsicht in die »Subtilitäten« meines Geschäfts und revanchierte sich durch Autobiographisches: Er war Oberregierungsrat im Schulwesen, klagte weder über seine Kinder noch über die heutige Jugend, sprach liebevoll von seiner Frau, rechnete mir lachend seine Pension mit allen wahrscheinlichen Progressionen und Abzügen vor; er hoffe, sagte er, hoffe zuversichtlich, vorzeitig pensioniert zu werden, um endlich in Ruhe Proust lesen zu können, auch Henry James. Endlich setzte sich Margret neben mich, winkte die Kellnerin mit einem Kännchen Mokka für mich herbei, legte mir die Hand auf den Arm und sagte: »Ich weiß ja noch, wie du schlechten Kaffee haßt, und« – sie nahm die Hand nicht weg – »eben, als ich dich da stehen sah, fiel mir ein, nach so viel Jahren fiel mir ein, daß er ja gar nicht Gott verflucht hat.«

»Nein«, sagte ich, »nur die Gottverfluchten hat er verflucht. Und dieser Fluch war der Segen, den er uns gab.«

Willi Offermann, der neben dem Pfarrer uns gegenübersaß, versuchte mich zu provozieren, indem er über Jerusalem sprach, das Heilige Grab, und über Leute, die keine Religion hätten und doch gut davon lebten. Sollte er mich meinen oder die Devotionalienhändler in Jerusalem? Habe ich keine Religion und lebe gut davon? Beide Fragen erfüllten mich mit Zweifeln. Leben tat ich ja davon, aber nicht so gut, wie er zu glauben schien, nicht einmal meine Agentur für Grabsteine brachte viel, obwohl ich modernstes Design und gute afrikanische Steine zu bieten habe; und manchmal, wenn ich ein neues Sortiment Rosenkränze prüfte (die kein Geschäft mehr waren, jedenfalls im Augenblick nicht, trotz Lefebvre), hielt ich einen davon fest und betete ihn ganz herunter. Um nicht ständig auf Margret zu blicken, die wieder aufgestanden war, um einen Kellner mit Zwiebelringen und Blutwurstscheiben dorthin zu dirigieren, wo Tante Marga tatsächlich saß, sah ich auf Offermanns Frau, die neben dem Pfarrer saß und Offermann am Pfarrer vorbei zu beruhigen versuchte, als er plötzlich laut wurde und auf das »rote Gesindel« schimpfte, sinnlos, denn er hatte mich seit einunddreißig Jahren nicht gesehen und konnte gar nicht wissen, ob ich rot oder grün war, und außerdem hätte ihm ein Minimum an Logik sagen müssen, daß kein vernünftiger Devotionalienhändler – und ich war einer – je eine andere Partei wählen würde als eine mit C. Das lag doch so nahe, daß er sich seine unqualifizierten Provokationen hätte sparen können; ich tat so, als könne er mich gar nicht meinen, und lächelte seiner Frau zu, die so nett aussah, daß er sie gar nicht verdient haben konnte.

Dann wieder Margret neben mir, die mir Mokka einschenkte und noch wußte, daß ich Schlagsahne dazu nahm; sie hatte ein Tellerchen voll mitgebracht; sie roch nach Seife, Gesichtswasser und Schweiß, ein Geruch, den ich als vertraut wahrnahm – dabei konnte er mir gar nicht vertraut sein. Es war, als hätten wir diese vierunddreißig Jahre zusammengelebt, ihre Jahre wurden zu meinen, gemeinsames Kerbholz der Zeit: einiges versäumt und nichts verpaßt. Ich fand sie viel schöner als in der Juninacht; sie war eigentlich nie eine Schönheit gewesen, wirkte immer wie ein Mädchen, das zu rasch geradelt und in Schweiß geraten ist, und doch hatte sie nie ein Rad bestiegen. Sie wurde, während ich sie ansah, immer jünger, bis ich sie Ball spielen sah auf dem Gehweg zwischen unseren Häusern, erhitzt, eifrig und doch still, und immerhin war sie die erste und einzige Frau, aus deren Mund ich das Wort »Fahnenflucht« gehört hatte. Sie ließ ihre Hand auf meinem Arm liegen, und Offermann wurde noch gereizter, prophezeite Unheil, schien mich, mich persönlich, für die Gleichzeitigkeit von Sitten- und Glaubensverfall verantwortlich zu machen, und nicht einmal, als er von meinem Bruder Josef sprach (»Ja, wenn dein Bruder Josef noch lebte, aber die besten fallen ja immer!«), ließ ich mich provozieren, indem ich etwa sagte: Du bist ja auch nicht gefallen; auch Margret nicht, die blaß wurde und deren Hand auf meinem Arm zitterte. Schließlich griff Offermann den Pfarrer an, den er als zu passiv bezeichnete, und ich war's, ich, der, um ihn zu beruhigen, ihm die Anfangsverse der Odyssee über den Tisch zuflüsterte. Das hatte tatsächlich Wirkung; sein Gesicht entspannte sich, und seine Frau lächelte mir dankbar zu; der Pfarrer war erleichtert; ich hatte vorher auf die Uhr gesehen und festgestellt, daß es gerade erst zwölf war und wir den 14.22er noch erwischen würden, und ich dachte während meiner Homer-Rezitation an den Nachmittagskaffee im Zug, dachte an den überfüllten Speisewagen, der jetzt loreleiwärts fuhr, und daß es wahrscheinlich immer noch nur diesen Baumkuchen gab, an dem man fast erstickte; aber ich war lange nicht mehr nachmittags im Speisewagen gefahren, nur wußte ich noch, daß Margret diesen verfluchten Kuchen mochte. Im Zug nach Sinzig damals hatte sie mir erzählt, er erinnere sie an eine verstorbene Tante, die sie sehr gern gehabt hatte. Ich winkte die Kellnerin herbei und bat sie, mir ein Taxi auf 13.45 Uhr zu bestellen.

Oblomow auf der Bettkante

Der erste Gast am Morgen, wenn ich noch im Bett liege, ist ein Ausländer, ein Russe gar, von dem ich nicht weiß, wie verdächtig er dem Verfassungsschutz sein könnte, sollte oder müßte; sein Name: Oblomow; ein gefährlicher Bursche, mir gefährlicher als Lenin, Trotzkij und wie sie alle heißen mögen, nicht einmal Anar-, kaum Monarchist, nicht Anti- noch Kommunist, weder Christ-, Frei- oder Sozialdemokrat, auch kein Grüner, sitzt er auf der Bettkante, schüttelt den Kopf, wenn ich Aktivitäten entwickele. Nicht einmal gewisse digestive Notwendigkeiten nimmt er widerstandslos hin, und wenn ich dann zum zweitenmal aufstehe, durchs Eßzimmer in die Küche gehe, aus dem Eisschrank das Insulin hole, blinzelnd im Licht der Leselampe die erforderlichen Einheiten aus der Ampulle in die Spritze ziehe, den Tupfer entfalte und mir ungerührt meinen ersten Tagesschuß mit erschreckender Energie in den Oberschenkel haue, schüttelt er, entsetzt über soviel Aktionismus, den Kopf; seufzt, wenn aus der Küche die freundliche Stimme von Madame fragt: »Tee oder Kaffee?«; er versteht mein Zögern, meine Angst vor der ersten *Entscheidung* des Tages; ich muß diesen schweren, gutmütigen Kerl beiseite schieben, zum drittenmal aufstehen, den Kopf aus dem Fenster halten, bevor ich meine Entscheidung treffe: Luftdruck, Temperatur, Himmelsblau, Himmelsrot – ist es ein Tee- oder Kaffeemorgen? Entscheidungsunfreudig zögere ich so lange, bis die freundliche Stimme mahnt: »Also, bitte, Tee oder Kaffee?« An mindestens vier von sieben Tagen fällt die Entscheidung für Kaffee. Weitere Entscheidung: Bademantel oder richtig anziehen? Konflikte: Richtig anziehen bedeutet: dem Tag mit einiger Zuversicht, zu Taten aufgelegt, entgegensehen. Bademantel bedeutet: wieder ins Bett zurück. Er, der Dicke, weiß natürlich, daß er mein Heimkehrer-Idol war; stunden-, tagelang sprach ich mit meinem verstorbenen Freund Ada Kunz über Oblomow hinter Stacheldraht, im Zelt, beim Suppe-»fassen«, bei endlosen Rundgängen im Camp da bei Attichy. Oblomow weiß natürlich, daß ich ihn zwar verraten, aber nicht endgültig Abschied von ihm genommen habe; immer wieder – und nicht nur am Morgen! Darin ist er zäh! – nimmt er seine Chance wahr, nunmehr seit neununddreißig Jahren – und nicht immer erfolglos. Früher erlag ich ihm öfter, las und schrieb im Bett (Madame nannte das »prousten«). Er knurrt, flucht, schimpft, wenn ich dann doch tatsächlich das Nachthemd aus-, das Taghemd anziehe. Socken, Hose, Schuhe, letztere sogar energisch zuschnüre. Gekränkt folgt er mir an den Frühstückstisch.

Das Frühstück eines Diabetikers braucht nicht trist zu sein; eine Mokkatasse voll Leinsamen mit Milch, *eine* Scheibe Toast, Butter, Eier, ein Klacks Diätmarmelade, Tee oder Kaffee unbeschränkt. Gesprächsstoff genug: Söhne, Enkelkinder, Schwiegertöchter. Über sie alle nur Erfreuliches. Und dann jener unerschöpfliche Gegenstand, der »Flick-Affäre« heißt. Diese Verachtung des Scheckbuchs! Wie, in welcher Sorte Umschlag würdest du 250000 Mark *bar* unterzubringen versuchen? Madame teilt die auftretenden unbescholtenen Persönlichkeiten in *Herren* und Nicht-Herren ein; Herren: Kiep, Brauchitsch; zum überwiegenden Teil, mit gewissen Einschränkungen: Biedenkopf; *keine* Herren: Kohl, Strauß, Genscher, Flick jr.; *ein* Herr unter den Parlamentariern des Ausschusses: Schily. Bisher unbeantwortet die Frage: Wer beherrscht uns, wer regiert uns, wer beherrscht die, die uns regieren?

Offenbar hat O. nichts gegen aktive, arbeitssame Frauen: kein Muckser von ihm, wenn Madame aufsteht und an ihren Schreibtisch geht, während ich mich noch an der Zeitung festhalte, an ihr festklebe; innerlich unruhig im ururalten Prioritäten-Gerangel: Korrespondenz? Telefon? oder die »eigentliche«, die richtige Arbeit. Brände, Schützenfeste, Streit innerhalb, Streit zwischen Parteien. Neues aus dem »Rhein-Sieg-Kreis«, »Quer durch Bonn«, »Quer durch Köln«, wo wieder einmal große Koalition herrscht, nicht offiziell natürlich, aber in gemeinsamer Grünen-Verachtung. Grielächer schmunzeln Probleme herunter, und natürlich »bliev d'r Dom in Kölle«. Die Zeitung hält nicht ewig, und wieder entsteht Prioritäten-Gerangel: der ärztlich verordnete Pflicht-Spaziergang vor oder nach der Arbeit? Wenn vor, wohin? Die große Runde bis an den Rand von Rösberg? Den »Nonnenberg«? Trippelsdorf? Friedhof? Oder nach Brühl in den Schloßpark? Falkenlust? Oder rauf auf die Mertener Heide? Oblomow schüttelt den Kopf: Wärst du im Bett geblieben oder ins Bett zurückgegangen, wären das alles keine Probleme.

Spaziergang natürlich vor der Arbeit, um weitere Entscheidungen aufzuschieben. Beim Spaziergang kann ich auch »richtig arbeiten«, wenn auch nicht schreiben. Wohin ich auch gehe: Gemüsefelder, blaugrüne Lauchfelder, hellgrün der Kopfsalat, violett-blauer Kohlrabischimmer, weiß-grün der Blumenkohl, im Frühjahr die blühenden Obstbäume, die einmal Kölner Ausflugsziel waren; man fuhr »in die Baumblüte«. Fleißig, fleißig, die Menschen! Der Mercedes am Feldrain, während da zwei oder drei Sellerie ernten, ist kein Witz. Die regellose Ver- und Bebauung, die die Anzahl der blühenden Bäume verringert, Köln ist nahe, Bonn ist nahe, Brühl noch näher, ganz nah Walberberg, wo so viel deutsche Nachkriegsgeschichte entschieden wurde. Wallraff sollte sich die Haare blond färben, ein bißchen Wolgadeutsch lernen und dort als frisch konvertierter Flüchtling in den Archiven stöbern; die *Neue Ordnung* wurde nicht immer zu einer neuen Ordnung.

O. bleibt anwesend, den ganzen Tag über, irgendwo hockt er sich hin und lauert: Ob ich nicht doch endgültig zu ihm übergehe? Schreiben mag ja noch angehen, Tee trinken, mit Freunden plaudern, mit klugen Chinesinnen die Zeit nach 45 vergleichen mit deren »Zeit nach der Kulturrevolution«. Muß ich ihnen wirklich erklären, was Beichte ist, wo sie doch an »Selbstkritik« aller Formen gewöhnt sind? Nein, nicht wahr? Muß ich ihnen erklären, wie schmerzlich Konfessionsfragen und -differenzen sein können? Nein, nicht wahr? Hunger? Krieg? Gewalt? Erbfeindschaften? So weit wir voneinander entfernt wohnen, unsere Probleme sind einander so fremd nicht. Gern würde ich chinesischen Bauern die Obst- und Gemüsekulturen zeigen. Fleißig, fleißig, die Menschen. O. ist konsterniert. Ob ich ihm auf der Brust liege wie er mir? Hat dieser Bursche keine Gewissensbisse, wenn er halbes Einverständnis zeigt, wenn wir Besuch empfangen, den Kopf schüttelt, wenn wir zu Besuch *gehen*? Anwesend ist er ständig: hockt im Badezimmer in der Wanne, faulenzt auf der Terrasse, kichert im Wäscheschrank, wenn ich ein frisches Hemd suche oder gar eine Krawatte! Er ist bei mir, ich bin bei ihm. Verdächtig ist: Fernsehen mag er, da hockt er, in eine Decke gehüllt, das Fläschchen neben sich auf dem Teppich, genießt die »action« *anderer,* die er *mir* ankreidet, wenn ich ins Auto steige, um Freunde zu besuchen oder zu irgendeiner »action« im Fernsehen.

P.S. Dies wäre ein Tag in M. In L. wäre nur der Spaziergang anders. Rübenfelder, Getreidefelder, Kühe. Aber auch dort: fleißig, fleißig, die Menschen.

Brief an meine Söhne oder vier Fahrräder

Euren beiden verstorbenen Brüdern, Christoph und Raimund, zum Gedenken

Lieber René, lieber Vincent,
wenn Ihr in dem, was ich hier schreibe, auch nur den geringsten Ansatz von Überlebens- oder Wiederaufbauheroismus entdeckt oder herauszuhören glaubt, streicht es, lacht darüber, kommentiert es ironisch oder auch böse und bitter, glaubt mir, ich habe nicht die Absicht, in den Grundtenor der älteren Generation zu verfallen, die darauf aus ist, der Jugend klarzumachen, wie schwer »wir« es gehabt haben – und wie leicht sie es doch hat und gehabt hat. Ach, diese fröhlichen »Ärmelaufkrempler«, sie krempeln noch immer und immer wieder, auch im Augenblick – ich schreibe das zwischen dem 8. und 13. Mai 1984, während das berüchtigte Amnestiegesetz von den ganz besonders Ausgekochten (einer schrie vor ein paar Tagen in Stuttgart »Geld, Geld, Geld«, und man konnte das »Geld her!« gut heraushören) durchgepaukt werden soll –, während also die ganz Ausgekochten gerade dabei sind, die Bundesrepublik erheblich umzukrempeln.

Nein, nein, Ihr habt's nicht leichter als wir; laßt Euch das nicht einreden. Den letzten Krieg konnte man ja noch überleben, und das will ich Euch zu schildern versuchen: wie wir das *Kriegsende* erlebt haben. »Erzählen« ist eine gefährliche Tätigkeit, im »Erzähler« verbirgt sich immer der Bramarbaseur, der Angeber, der ja doch, genau betrachtet, immer ein Held ist oder doch wenigstens ein Dulder. Auch die Odyssee ist voller Bramarbas, Angabe, und was ich euch schildern will, ist eine kleine Odyssee. »Erzählt« vom Krieg habe ich genug, Ihr könnt es nachlesen, auch das, was ich als Autobiographisches gekennzeichnet habe; einiges davon kommt mir heute ziemlich gestelzt, sehr »literarisch« vor; lest es mit Nachsicht, und wenn Ihr darin – wie auch in diesem hier – feststellt, daß sich da Klage hineingemischt hat, dann sollte es nur Klage sein über das Deutsche Reich, seine Führer und seine Bewohner, nie über eine der Siegermächte, also auch nicht über die Sowjetunion. Übrigens hätte ich nicht den geringsten Grund, gegen die Sowjetunion Klage zu erheben. Daß ich dort einige Male krank, auch verletzt wurde, liegt in der »Natur der Sache«, die da Krieg heißt, und es war mir immer klar: *eingeladen* waren wir dorthin nicht. Im Krieg wird eben auf einen geschossen, es gab auch Stalinorgeln und ähnliches; man ißt und trinkt auch gelegentlich unkontrollierte Materie, notfalls, wenn der Durst einen verrückt zu machen droht (*eine Erfahrung* will ich Euch nicht vorenthalten: Durst ist schlimmer als Hunger!), trinkt man auch aus Pfützen, vergißt alle Warnungen vor Bakterien, Mikroben etc. Daß ich nicht scharf darauf war, in sowjetische Gefangenschaft zu geraten, könnt Ihr daraus ersehen, daß ich mich ab Herbst 1944 »westwärts« hielt, obwohl man mich gerne wieder »ostwärts« geschickt hätte. Ich half dabei ein wenig nach. Soldaten – und ich war einer – sollten ohnehin nie über die klagen, gegen die sie sich in den Krieg haben schicken lassen, nur über die, von denen sie sich haben in den Krieg schicken lassen. Seit Jahren habe ich eine kleine Arbeit im Sinn, zu der ich noch nicht die Zeit gefunden habe: ›Der Soldat im Märchen‹, auch in den Grimmschen Märchen. Da kommen Könige und Kaiser, irgendwelche »Oberbefehlshaber« nie gut weg. In allen Märchen wird ihre Schnödigkeit betont. In diesem Punkt sind die Märchen weitaus realistischer als die meisten Kriegsromane, wo die Schnödigkeit irgendwelcher »Oberbefehlshaber« meistens unberücksichtigt bleibt, fast immer der »Feind« – wessen Feind? – im Vordergrund steht. Wenn ich also später hier notwendigerweise auf Kriegsgefangenschaft kommen muß, achtet darauf, daß ich nicht über die US- und die britische Armee klage. Ich hatte nach dem Krieg, nach diesem Krieg, das Schlimmste erwartet: jahrzehntelange Zwangsarbeit in Sibirien oder anderswo; und es kam dann nicht einmal schlimm, nur halb so schlimm, wenn Ihr bedenkt, welche Verwüstungen durch den Krieg entstanden waren, und außerdem die Tatsache bedenkt, daß ohne die Deutsche Wehrmacht, deren Angehöriger ich war, kein einziges Konzentrationslager auch nur ein Jahr hätte bestehen können. Wissen solltet Ihr auch, daß die Sterblichkeitsquote in deutschen Lagern für sowjetische Kriegsgefangene 57,8 Prozent betrug – das bedeutet drei Millionen dreihunderttausend tote *Kriegsgefangene;* die Sterblichkeitsquote bei deutschen Kriegsgefangenen in der Sowjetunion betrug zwischen 35,2 und 37,4 Prozent – das bedeutet zwischen einer Million einhunderttausend und einer Million einhundertfünfundachtzigtausend. Im Ersten Weltkrieg betrug die Sterblichkeitsquote bei russischen Kriegsgefangenen in Deutschland 5,4 Prozent und lag auch damals schon höher als bei den übrigen Kriegsgefangenen, für die sie 3,5 Prozent betrug. Die Sterblichkeitsquote für sowjetische Gefangene lag im Zweiten Weltkrieg mehr als *zehnmal* höher. Fällt Euch etwas auf? Auch das war *Vernichtung*, die Hauptbeschäftigung der Nazis. Die *Vernichtung* der Sowjetunion ist ihnen dann doch nicht ganz gelungen, es gab noch Überlebende und ein paar Häuser, in denen sie leben konnten. Ebenfalls nicht gelungen ist den Nazis die *Vernichtung* Deutschlands, wo es auch noch ein paar Überlebende und ein paar Häuser für sie gab.

Wie überlebt man *Vernichtung* und *Chaos* in einer Umgebung, in der jeder ein Denunziant sein konnte, zum Glück aber nicht jeder einer war? Lest Berichte, Statistiken, Dokumentationen über die Sowjetunion und die Kriegsfolgen, alles, was ich hier nicht aufzählen kann. Von den mehr als fünf Millionen getöteten Polen waren neun Zehntel Zivilisten, in Jugoslawien war das Verhältnis Zivilisten Soldaten drei zu eins. Verachtet die Statistiken nicht, mögen sie auch gelegentlich ungenau oder nur »ungefähr« sein – wer könnte schon alle, alle Toten zählen und aufzählen.

Zahlen bekommen, wenn man ihre Proportionen erkennt, eine verblüffende *Bildlichkeit. Eine* Zahl will ich noch nennen: Von den geschätzten 55 Millionen Toten in Europa waren 40 Prozent Bürger der Sowjetunion.

Wo soll ich anfangen, wenn ich Euch möglichst nicht »erzählen«, sondern nur berichten will, wie wir das *Kriegsende erlebten?* Am besten fange ich doch mit dem Tod meiner Mutter an, die am 3. November 1944 in Ahrweiler starb, während ich in Bad Neuenahr im Lazarett lag. Lazarett? Keine Bange, ich war weder krank noch verletzt, war kurz vorher aus einem Ahrweiler Lazarett nach Dresden verlegt, dort entlassen, nach Ahrweiler zurückgeschickt worden, und nach Ablauf meines Urlaubs hatte ich, um wieder lazarettreif zu werden, wieder mal ein wenig nachgeholfen, mit Mitteln, die ich einem noch lebenden Kölner Arzt verdankte. Nach der Beerdigung meiner Mutter verließen wir, wahrscheinlich so um den 7. oder 8. November herum, das Hotel in Ahrweiler; wahrscheinlich hat der Tod meiner Mutter uns das Leben gerettet. Wenige Tage nach unserem »Umzug« wurde das Hotel durch einen Bombenvolltreffer total zerstört. »Umzug«? Nein, ich will nicht versuchen, den zu beschreiben. Es wäre ein Abenteuerroman, und der Abenteuerromane sind genug geschrieben. Wichtig ist nur: Der Fahrer des Lastwagens ist uns als »Heiliger« in Erinnerung: geduldig, sanft, freundlich. Wir quartierten uns etwas gewaltsam, wenn auch eingeladen, bei Maria, Alois, Marie-Theres, Franz und Gilbert in Marienfelde ein, dort, wo Euer kleiner Bruder Christoph begraben liegt. Die Begrüßung in unserer neuen Heimat war zeitgemäß: im Nachbardorf fielen die ersten Bomben seit Kriegsbeginn. Nichts über die Wohnverhältnisse und die Versorgung. Das ist oft genug beschrieben worden. In einem Behelfsheim sechs Erwachsene und drei Kinder. Mein Vater war schon fast 75 Jahre alt und rauchte immer noch gerne Zigarren. Unsere einzig sichere Tabaksquelle war ein polnischer Kriegsgefangener, der im Nachbarhaus in einer Schreinerei arbeitete. Er hieß Toni und war in Kleidung und Auftreten ganz Herr.

Wir hatten nur einen einzigen Wunsch, den, der

schon den Alten Fritz zur Weißglut gebracht hat: Wir wollten leben, wenn auch nicht gerade ewig, aber dann doch bitte noch eine Weile, leben wollten wir ohne die Nazipest.

Wie viele Romane wären fällig, um die Zeit zwischen dem 3. November 1944 und April 1945 zu beschreiben? Bedenkt, daß der Reichsinnenminister Himmler hieß und daß Himmler auch nach dem 20. Juli Oberbefehlshaber des Ersatzheeres war, *mein*, *unser* Oberbefehlshaber. Der innenpolitische Terror zwischen dem 20. Juli und Kriegsende ist noch nicht beschrieben, *dokumentiert* müßte er sein, wahrscheinlich in einer Publikation des Instituts für Zeitgeschichte; Ihr findet das alles in meiner Bibliothek.

Wir hatten nicht nur den frivolen Wunsch, diesen Terror zu überleben, wir hatten auch Hunger; neun, zeitweise zehn, elf Personen waren zu versorgen. Fragt Annemarie, Eure Mutter, fragt sie bei Gelegenheit gründlich aus: Sie strickte Handschuhe, die in jeder »Boutique« Entzücken hervorrufen würden, und bekam einen halben Eimer Kartoffeln dafür, von denen einige schon anfingen zu verfaulen. Der Winter war kalt wie alle Kriegswinter. Warum haben wir *alle* Kriegswinter als *kalt* in Erinnerung? Ich weiß nicht, wie die objektive meteorologische Auskunft lauten würde. Was blieb anderes übrig, als zu betteln und zu stehlen? Das Stehlen bezieht sich lediglich auf Brennholz, das in einem kleinen benachbarten Wäldchen von den Frauen gefällt werden mußte, bei kniehohem Schnee, unter der strengen Anweisung Eures Großvaters, der es später auf dem Küchentisch in einem von neun Personen bewohnten Behelfsheim fachmännisch zersägte, nachdem er – ebenso fachmännisch – die Säge geschärft hatte. Kennt Ihr das Geräusch, das entsteht, wenn mit einer Sägefeile Zahn um Zahn einer Säge geschärft wird? Das Holz aus dem Wäldchen war naß, Papier knapp; wie konnte Euer Großvater, der sich das nicht nehmen ließ, das Feuer entfachen? Nun, unser Behelfsheim war das ehemalige »Pfarrsälchen«, nur von der Straße aus mit einer Leiter erreichbar, auf dessen Speicher die Pfähle und Pfosten lagerten, die bei Fronleichnams- und anderen Prozessionen zum Aufhängen von Transparenten dienen. Das Holz war trocken, der Umfang der Pfosten ideal. Wir nannten sie »Seelenhirten«, in Erinnerung daran, daß eins der Transparente bei Fronleichnamsprozessionen »Heil unserem Seelenhirten« hieß. Gelegentlich mußte bei Dunkelheit ein »Seelenhirte« heimlich vom Speicher geholt, ofengerecht zersägt und gespalten werden, und wir fragten uns oft, ob die »Seelenhirten« bis Kriegsende langen würden (später, im Kriegsgefangenenlager, als Fronleichnam nahte, machte ich mir Gedanken, was wohl passieren würde, wenn die Dorfbewohner feststellten, daß ihre »Seelenhirten« fehlten!).

Aber auch mit trockenem Seelenhirtenholz und ein wenig Papier kann man keinen Ofen anmachen; man braucht Streichhölzer oder ein Feuerzeug, und beides hatten wir nicht. Und so stand Euer Großvater meistens an dunklen Wintermorgen ab 6.00 Uhr vor der Haustür und wartete auf jemanden, an dessen Feuerzeug er seinen Fidibus entzünden konnte; er fluchte ohnehin über die Bauern, die für sein Gefühl zu spät aufstanden; er war es sein Leben lang gewohnt, zwischen 5.30 und 6.00 aufzustehen – und in die Messe zu gehen.

Euer Onkel Alois, ein ganz früher »Sponti«, hatte die verständliche, aber auch gefährliche Neigung, sich immer wieder unerlaubt von der Truppe zu entfernen, was ohne weiteres auch als Fahnenflucht hätte ausgelegt werden können. Offiziell tat er »Dienst« – das heißt: nichts – in der Hacketäuer Kaserne in Köln-Mülheim unseligen Angedenkens (auch für mich unseligen Angedenkens). Er lieh oder besorgte sich ein Fahrrad und kam »einfach«, meist schweißgebadet und erschöpft, über Much bis Marienfeld geradelt. So hatten wir einige Male Besuch von der Feldgendarmerie (»Kettenhunde« genannt). Die Feldgendarmerie – das war lebensgefährlich, nicht nur für Alois, den sie an der nächsten Ecke hätten erschießen oder an den nächsten Baum hängen können, ich hatte auch Grund, den Besuch dieser Herren zu fürchten, weil ich mit dem Fälschen meiner Papiere nicht immer nachkam beziehungsweise nicht immer up to date war. Einmal rettete ich mich in den Spind, die Besenkammer, die die Kettenhunde zum Glück nicht betraten. Außerdem waren die drei kleinen Kinder Tarnung und Ablenkung. Zum Glück glichen wir Brüder uns, so daß die Nachbarn nie ganz genau wußten, ob sich da einer herumtrieb oder zwei sich herumtrieben. Bei Tageslicht konnten wir uns deshalb auch nicht am Holzfällen beteiligen.

Hier muß des Bauern Johann Peters aus Berzbach bei Much gedacht werden, der uns nicht nur täglich (!) um zwei wertlose Nazikriegsmark zwei Liter (!) Milch gab, der auch, beinamputiert aus dem Ersten Weltkrieg, katholisch, anarchistisch, zwei deutsche Deserteure an seinem Ofen beherbergte, ihnen manche Pfeife Tabak stiftete, die weitaus mehr wert war als zwei Nazikriegsmark. Oh, ihr Milchsuppen des Winters 44/45, vielleicht verdanken wir euch, verdanken wir dem Bauern Johann Peters unser Leben! Zwei Liter Milch täglich in einem Kriegswinter. Die abendliche Milchsuppe war die einzige sichere Mahlzeit. Das Milchholen bei Tageslicht wurde lebensgefährlich – einige Male konnte Annemarie sich mit Marie-Theres nur durch einen Sprung in den Straßengraben vor den Tieffliegern retten.

Angst und Hunger, Hunger und Angst vor den Deutschen. Vielleicht, Vincent und René, versteht Ihr jetzt noch besser, was wir Euch oft zu erklären versucht haben: daß jeder meiner Einkäufe auch heute noch ein Angsteinkauf ist, wenn ich immer wieder zu viel Brot, zu viel Milch, Eier und Butter kaufe und die Zigaretten möglichst stangenweise; vielleicht versteht Ihr auch besser, wenn ich mich immer wieder darüber wundere, daß ich nicht den Rest meines Lebens am Ofen sitzend, lesend, ein paar Zigaretten neben mir, verbracht habe; immerhin war ich mit einer wohlbestallten Realschullehrerin verheiratet, deren Gehalt, wenn auch knapp, für uns alle gelangt hätte. Am Ofen sitzen und lesen, nur ein paar Stunden lang keine Angst haben vor Kettenhunden, dem Herrn Reichsinnenminister Himmler und dem Herrn Oberbefehlshaber Himmler und seinen Gesetzen und Abgesandten; besser versteht Ihr wohl auch, daß mich der leiseste Anhauch von Faschismus in Panik versetzt; warum ich mein Auto immer vollgetankt habe, mindestens für eine Woche Geld in der Tasche haben möchte und nicht allzuweit von der holländischen und belgischen Grenze entfernt wohne. Verrückt, verrückt, ich weiß –. Vielleicht versteht Ihr auch, warum nur die Angst einen mutig macht, nur die Situation, in der einer gar keine andere Wahl hat, als unterzugehen oder mutig zu sein, und es war diese Angst, die mir Mut machte, mit gefälschten Papieren zu existieren, die ich mutig an irgendeiner Dienststelle der Deutschen Wehrmacht in echte umtauschte, die sich dann wieder fälschen ließen. Nehmt das alles, René und Vincent, nicht als Ratschlag oder Hinweis, nur als Bericht über mein Verhalten, das ich damals als »historisch« richtig empfand, dem nahen *Kriegsende,* das Historiker ganz anders sehen, angemessen. Es wird, wenn es dann kommen sollte, für Euch ganz anders kommen. Ratschläge nützen da wenig.

Die erste Fälschung hatte ich im Frühherbst 44 vorgenommen, als ich das Mädchen, das mir die Entlassungspapiere in einem Lazarett in Ungarn ausstellte, überredete, das »Reiseziel«, das hinter dem »nach« eingetragen werden sollte, offenzulassen. So rettete mir mein Füllfederhalter, mit dem ich in der Toilette des Zuges hinter das »nach« die westlichste aller noch nicht eroberten Städte: »Metz« einschrieb, mit aller Wahrscheinlichkeit das Leben, denn normalerweise hätte ich zu irgendeiner »Frontleitstelle« nach Debreczen fahren müssen – und was für ein Chaos im Herbst 44 auf dem balkanischen Kriegsschauplatz herrschte, könnt Ihr in jeder Dokumentation nachlesen. Von Ungarn über Ahrweiler nach Metz, von Metz über Ahrweiler nach Dresden, von Dresden über Ahrweiler und Bad Neuenahr nach Marienfeld; *einen* Augenblick aus dieser Vergangenheit will ich euch doch zu schildern versuchen: Als ich – es muß im Oktober oder September 44 gewesen sein – aus dem Zug, der aus München oder Wien kam, in Remagen umstieg, die Treppe zur Unterführung hinunterging, um zum Zug nach Ahrweiler zu kommen, ging auf der gegenüberliegenden Treppe, die in die gleiche Unterführung führte, Annemarie, Eure Mutter, die Treppe hinunter – und wir trafen uns unten im Tunnel! Könnt Ihr verstehen, daß uns nach 40 Jahren noch das Herz bebt, ja, das Herz bebt, wenn wir den Bahnhof Remagen durchfahren?

Nach Marienfeld war ich noch mit einem echten Papier gefahren, dem Entlassungsschein des Neuenahrer Lazaretts. Als das Verfallsdatum näher rückte, geriet ich in Panik, pilgerte, nachdem ich wieder ein bißchen nachgeholfen hatte, nach Siegburg, kam dort prompt mit Fieber an, bekam das Papier verlängert; auch das verlängerte Papier drohte zu verfallen, ich fälschte es; auch das gefälschte Datum verfiel, ein ziviler Arzt in Much, bei dem ich ebenfalls mit Fieber auftauchte, verlängerte das gefälschte Datum, das damit wieder fast »amtlich« wurde (übrigens war, was der zivile Arzt in Much tat, nicht zulässig, aber er tat's!). Ich fälschte das »amtlich« verlängerte Datum, auch das verfiel – und der Fetzen wurde allmählich so verschlissen und immer wieder übertippt, er war unbrauchbar. Muß ich sagen, daß wir die Amerikaner nicht nur herbeiwünschten, daß wir sie herbeibeteten, zuletzt herbeifluchten? Aber die kamen und kamen nicht. Muß ich Euch unsere Angst beschreiben, daß mein Bruder Alois immer verrücktere Entfernungen von der Truppe betrieb? Mir fiel ein, daß ich ja noch eine Karte im Ärmel hatte. Immerhin war ich nach drei, vier Monaten Lazarettaufenthalt und so vielen Krankheiten zu Hause immer noch nach den Termini der Deutschen Wehrmacht ein »Genesender«, hatte, bevor man mich wieder in den Krieg schicken konnte, »Anspruch« – welche »Ansprüche« hatte man schon unter dem Herrn Innenminister und Oberbefehlshaber Himmler! – auf »Abstellungsurlaub« (wie ich in den Jahren davor die Urlaubsregistratur in meinem Soldbuch manipulierte, erzähl' ich Euch mal später mündlich, es würde zu lange dauern und mir auch nicht »trocken« gelingen!). Nun, es erschien mir angesichts meiner völlig zerfetzten »Fleppen« als das beste, mich an die verfluchte Brust jener Einheit zu begeben, die »Ersatztruppenteil« hieß und irgendwo in einem Kaff südlich von Mannheim residierte. Ich fuhr dorthin. Ja. Fuhr. Alle Bahnhöfe glichen Riesenkarawansereien, wimmelten von übermüdeten, gereizten, meist auch schmutzigen Gruppen mit ihrem elenden Gepäck: Zivilisten, »normale« Reisende, Flüchtlinge, Soldaten, Bombengeschädigte, Kriegsgefangene, Polizisten der verschiedensten Kategorien – es geht mir da verschiedenes durcheinander, ich kriege auch die Chronologie nicht mehr genau hin, begnüge mich mit ein paar garantierten absurden Details.

Dieser Ersatztruppenteil lag in einem badischen Tabaksdorf, dessen Namen ich vergessen habe. Meine Kompanie (normalerweise bestand eine Kompanie aus etwas mehr als 100 Soldaten) bestand aus 800 – da standen sie, mürrisch bis fluchend, beim Appell herum: Armamputierte, Beinamputierte, Doppelamputierte, dreifach Amputierte (beide Beine und einen Arm ab), auf ihren Krücken, mit improvisierten Prothesen, warteten auf die Festsetzung ihrer Rentenansprüche, Hochdekorierte standen in der Schlange für einen Schlag Dörrgemüse, es war wohl Januar oder Februar, eiskalt, und einen Mantel bekam man nur, wenn man kv (kriegsverwendungsfähig) geschrieben wurde oder sich freiwillig schreiben ließ. Schlafen in Tabakscheunen, aus denen der Tabak wohlweislich entfernt oder beschlagnahmt worden war; die Prothesen hingen nachts an irgendwelchen Haken und Nägeln; muffig alles, elender Ersatzkaffee, trockenes Brot mit etwas Marmelade. Ich war jedenfalls mein zerfetztes, verdächtiges Papier ohne Beanstandung losgeworden, war mal wieder legal; ich fror, hatte Hunger, mußte ein paar Tage warten, bevor ich an die Reihe kam. Abends in Kneipenhinterzimmern und Bauernküchen Tabakschacher; kein Mädchen weit und breit zu sehen, Gebrüll beim Appell, Fluchen, Gemurre – oh, edles Vaterland, wie gehst du mit deinen Helden, deinen verkrüppelten Helden um (siehe Märchen!). Annemarie hatte mir für die Hinfahrt ihren wunderbar leichten und warmen, roten türkischen Schal gegeben, so daß ich rotummantelt einiges Aufsehen erregt hatte. Ich ließ mich sofort kv schreiben, bekam einen Mantel und, was ebenso wichtig war: ein waschechtes Papier. Dieses waschechte Papier war ein »Abstellungsurlaubsschein« – und das trotz Heldenklau. Ach, fragt Annemarie aus über die Jahre *davor,* die Begegnung in Remagen, die Wochen in Metz, die Kölner Wohnungen, über die ich ja auch einiges geschrieben habe. Ihr versteht wohl jetzt, welche Gefühle und Erinnerungen die Bahnhöfe in Remagen, Bonn, Köln in uns in Bewegung setzen? Wenn wir Kopelews in Köln besuchen, in der Neuenhöfer Allee, wo sie genau dem Haus gegenüber wohnen, in dem wir, jung verheiratet um die Jahreswende 42/43, die schlimmsten Bombenangriffe erlebten, kommt sie unweigerlich und ungerufen: die Erinnerung an *eine* unserer Wohnungen, von der ich bis heute nicht weiß, ob ich siebenmal, sechs- oder fünfmal dort geschlafen habe, zuletzt in der Nacht vom 29. auf den 30. Juni 1943, in der Köln fast in den Untergang gebombt wurde.

Es ist mir nicht gelungen, einen Himmlerbefehl aufzutreiben, der in diesen letzten Kriegswochen erlassen wurde; der Befehl besagte, daß jeder Soldat jeden Soldaten erschießen könne, den er dort anträfe, wo kein »Kampflärm« oder »Gefechtslärm« zu hören sei. So war jeder Deutsche eines jeden Deutschen potentielles Standgericht, auch wenn der, der einen entfernt vom Gefechtslärm antraf, ja selbst sich entfernt vom Gefechtslärm aufhielt. Entsprechend war die Zahl der Hinrichtungen, die in die Zigtausende gingen. Inzwischen weiß man, daß Himmler diesen Befehl erließ, kurz bevor er selbst versuchte, sich über den Grafen Bernadotte durch einen Sonderfrieden zu retten, von dem Hitler natürlich nichts wußte. Seine Ehre war eben die Treue! Wahlspruch der SS! Der Oberbefehlshaber versuchte sich zu retten, während hinter ihm, vor ihm, um ihn herum auf *seinen* Befehl Zigtausende erhängt und erschossen wurden. Deutschland zwischen dem 20. Juli 1944 und *Kriegsende* – das war *totaler* Terror des Herrn Innenministers Himmler. Und im Radio das Goebbels-Geschrei. Ihr müßt wissen, daß die amerikanische Armee auf dem europäischen Kriegsschauplatz *einen* Deserteur hingerichtet hat, einen, dessen Witwe jahre-, ich glaube, jahrzehntelang mit dem Pentagon prozessierte. Die Anzahl der hingerichteten deutschen Wehrmachtsangehörigen ist nicht genau bekannt; sicher ist, daß es mehr als dreißigtausend waren. Ob auch nur eine deutsche Witwe, Braut, Schwester, Mutter versucht hat, das »Deutsche Reich« oder seine Erben zu verklagen oder einen der überlebenden Feldmarschälle, in dessen Befehlsbereich die Erschießung oder Erhängung stattfand? Ich weiß natürlich auch nicht, wie viele der Hingerichteten als »gefallen« durch die Statistiken geschleppt und möglicherweise auf Kriegsdenkmälern verewigt worden sind.

Ich wollte keiner von ihnen sein. Euer Onkel Alois war einige Male nahe daran, zu ihnen zu gehören. Daß er überlebt hat, verdankt er nicht nur seinem märchenhaften Glück, auch seiner Frau, Tante Maria, Eurer Mutter Annemarie und besonders Eurer Tante, meiner Schwester Mechtilde. Zum Glück ahnten die Frauen nicht, wie gefährdet Alois war, sie gingen mit fast genialer Naivität und erstaunlichem Mut in die Höhlen der verschiedensten Löwen, nach Köln etwa und nach Engelskirchen, verschafften ihm Frist. Ich bin versucht zu sagen: Galgenfrist. Seine Entfernung von der Truppe, sein Glück zu beschreiben, wäre ein weiterer Roman. Schließlich stellte sich heraus, daß er nierenkrank war und seit langem schon legalerweise in ein Lazarett gehörte, aus dem er dann, um der Gefangenschaft zu entgehen, im Gewand eines katholischen Priesters sich durch die amerikanischen Linien nach Hause bewegte. Einmal – im Dezember 1944 – fuhren wir, beide illegal, zur Hochzeit unseres Bruders Alfred mit Eurer Tante Cläre nach Siegburg.

Einen Deserteur, der erschossen wurde, habe ich gekannt. In einem kleinen Ort bei Siegburg, der Kaldauen heißt, sprach er mich, als ich in die

Deutsche Wehrmacht zurückgegangen war, flüchtig an; ein Unteroffizier mit dem Namen Keller, ein leiser Mensch, sprach mich an, weil er meinen Namen durch Maria und Alois kannte. Nach dem Krieg erfuhr ich, daß er wegen Fahnenflucht erschossen wurde. Er war von der Front – Kaldauen liegt vom Stadtrand Siegburg drei bis vier Kilometer entfernt – zu einem Besuch zu seinen Eltern gegangen, wahrscheinlich zum Kaffeetrinken; irgendein legaler deutscher Mörder hat ihn wohl erwischt, vom »Gefechtslärm« entfernt. Es ging damals rasch, und kein Hahn hat je danach gekräht. Anfang der fünfziger Jahre haben dann die deutschen Frauen auch widerstandslos die Wiederbewaffnung bejaht. Ich hab das nie gefaßt, vielleicht versucht Ihr, es zu fassen.

Da geht mir einiges durcheinander. Manches habe ich ja auch anderswo beschrieben, und Ihr könnt es nachlesen. Verstreut in verschiedenen Aufsätzen, auch in »fiction«, sind Fakten zu erkennen, auch übers *Kriegsende!*

Ich weiß zum Beispiel, weiß es wirklich, daß ich irgendwann in dieser Zeit in Ludwigshafen war. Wieso, warum – vielleicht auf dem Weg in das badische Tabakdorf? Wahrscheinlich.

Auch in Mainz war ich, im Februar 45. Möglicherweise wieder einmal auf der Suche nach echten Papieren, *nur* – und das bekomme ich nicht zusammen – fuhr ich von Mainz direkt wieder zurück. Jedenfalls: Ich war in Mainz, und da ich den Aufenthalt in den muffigen Riesenbahnhofkarawansereien haßte, ging ich in die Stadt – ja, wirklich, für diese »story« kann ich garantieren! –, sah plötzlich das Schild »Standortkommandantur«, ging hinein, fragt mich nicht, warum, fragt nicht, ich weiß es nicht, vielleicht war ich doch schon verrückt – ging also hinein, fragte ausgerechnet nach dem »Gerichtsoffizier« und ließ mich, mit einem gefälschten Urlaubsschein in der Tasche, bei ihm melden. War ich selbstmörderisch gestimmt? Nein, ich war immer noch erfüllt von dem Wunsch, den der Alte Fritz so frivol fand: ich wollte leben. Der Offizier, ein Major, ließ mich vor, und ich erzählte ihm einen kleinen Roman: daß ich – unterwegs zu meiner Truppe – vom Tod meiner Mutter erfahren habe (die damals schon vier oder fünf Monate tot war), daß ich also zur Beerdigung müsse, außerdem erfahren habe, daß unsere Wohnung in Köln zerbombt sei (sie war schon seit eineinhalb Jahren zerbombt); daß ich also sowohl zur Beerdigung müsse wie nach Köln, um meine Bibliothek zu retten und meine Papiere, die wegen meiner bevorstehenden Promotion für mich lebenswichtig seien (meine offizielle Berufsbezeichnung war die vieldeutige Bezeichnung: Student, und er konnte natürlich nicht wissen, ahnen oder gar kontrollieren, daß ich nach dem ersten halben Semester eingezogen worden war).

Nun, dieser erstaunliche Mensch, Major oder gar Oberstleutnant, der fürchterlich streng und sehr preußisch aussah, er *glaubte* mir oder – der Gedanke kam mir später erst – gab vor, mir zu glauben, weil er wußte, daß der Krieg verloren war, und er jedes mögliche Leben retten wollte. Er gab mir vierzehn Tage Urlaub, und ich hatte wieder echte Papiere und Urlaub. Eins wißt Ihr vielleicht, habt's gelegentlich erfahren, und so ist es keine Angabe, nur eine Feststellung: daß ich, wenn's drauf ankommt, ziemlich kaltblütig sein kann.

Eins weiß ich auch: dieser Urlaubsschein war der, der am 2. März 1945 auslief, ich mußte also – wieso, wüßte ich nicht zu sagen – um Mitte Februar herum in Mainz gewesen sein, *mit* Mantel.

Vierzehn Tage: Das war großzügig, es war eine Ewigkeit, und irgendwann mußten die Amerikaner ja doch kommen. Diese vierzehn Tage mit einem waschechten Papier in der Tasche waren fast *sorglos*, wäre da nicht die Angst um meinen Bruder gewesen, der gefährdeter war, als die Frauen ahnten. In diesen vierzehn Tagen fuhr ich auch mit Tillas Fahrrad nach Köln (siehe ›Brief an einen Bischof, General und Minister‹, um nach unserer Wohnung zu sehen und auf dem Schwarzmarkt Zigaretten zu besorgen. Aber dann – dann geht es wieder etwas durcheinander: ich weiß wirklich genau, daß ich am 2. März auf dem Siegburger Michaelsberg stand und die Riesenstaubwolke, die einmal Köln gewesen war, über die Ebene hin auf Siegburg zukommen sah. Nun weiß ich *auch* genau, daß der 2. März der Verfallstag meines allerletzten legalen Urlaubsscheins war, und ich weiß einfach nicht: habe ich ihn gefälscht, bevor ich nach Siegburg fuhr oder nachher? Wahrscheinlich vorher, denn am 2. März hätte ich in Siegburg zu leicht dem »Heldenklau« in die Finger geraten können (Heldenklau, das waren Kommandos, die *wahllos* Soldaten kidnappten und der nächsten kämpfenden Truppe, also dem berüchtigten »Gefechtslärm« zuführten). Die Fälschung bestand diesmal darin, daß ich auf meines Vaters alter Büroschreibmaschine hinter die 2 eine 5 tippte: die 5 geriet schief, auch die Schrifttype war eine andere; mit dieser Fälschung wäre ich, wäre sie einem echten Kriminologen in die Finger geraten, nicht weit gekommen, und dann – ich weiß nicht, wage nicht, dran zu denken –, dann hätte mich möglicherweise irgendein deutscher Vollidiot erschossen. Bis heute weiß ich nicht, warum ich nicht hinter die 2 eine 9 tippte, so hatte ich zwar 23 Tage gewonnen, dreiundzwanzig Ewigkeiten, aber warum machte ich nicht 27 Tage daraus? Der Schein war ohnehin, unabhängig von der Fälschung, nicht sehr zuverlässig, denn in dieser Phase des Krieges bekam einer nicht insgesamt fünf Wochen Urlaub. Möglich, daß wir sicher, absolut sicher waren, bis *dahin* würden die Amerikaner, unsere Befreier, *spätestens* dasein.

Nun, sie waren auch am 25. März noch nicht da und hatten doch Köln eingenommen und waren am 7. März schon in Remagen über den Rhein vorgedrungen. Remagen! Könnt Ihr Euch vorstellen, was der Name für uns bedeutete? Nicht nur wegen der *märchenhaft-unverhofften* Begegnung, die wir dort hatten, nicht nur wegen des Rheinübergangs der amerikanischen Armee, auch, weil Annemarie von Juli 43 bis November 44 fast täglich von Ahrweiler aus in Remagen umstieg, nach Köln fuhr, meistens gemeinsam mit meinem Vater, der dort nach seinem »Betrieb« sah (es gab zu tun: Fenster reparieren!). Annemarie fuhr nach Köln, um mit ihren Schülerinnen in den Luftschutzkeller zu gehen. Ich weiß nicht, wieviel hundert Bombenangriffe sie erlebt hat. (Fragt sie, fragt sie gründlich aus. Sie hat ein wunderbares Gedächtnis für Details, fragt sie, wovon sie gelebt hat.) Es war schon Irrsinn, täglich sich steigernder Irrsinn.

Irgendwann – Genaues weiß ich nicht zu sagen – habe ich auch das zerbombte Bonn in Erinnerung, wo ich mit Annemarie umherirrte, wahrscheinlich mal wieder, um nach einer kleinen Nachhilfe im Lazarett Aufnahme zu finden. Diesmal vergeblich. Ich war auch einmal – ja, es klingt wie »Es war einmal« –, war auch einmal mit meiner Schwester Mechtilde in Engelskirchen, wo Tilla mal wieder etwas für Alois ausrichtete. Tiefflieger, das Hauptquartier des Herrn Generalfeldmarschall Model, eines gefürchteten Mörders, der sich freundlicherweise im April in einem Wäldchen zwischen Duisburg und Düsseldorf erschoß, 54 Jahre alt, zwei Jahre jünger als sein oberster Kriegsherr, neun Jahre älter als Himmler (ja, Himmler war 1945 45 Jahre alt – rechnet gelegentlich mal aus, wieviel Morde auf jede seiner Lebensminuten kommen!). Die Straßen voller Horden: Soldaten, Flüchtlinge, Evakuierte, Wegziehende und Zurückkehrende – wer das filmen wollte, müßte Hunderttausende Komparsen anheuern; zurückweichende Truppen, vormarschierende Truppen, wer wußte überhaupt noch, wo vorne und wo hinten war?

Wir wußten natürlich durch Abhören ausländischer Sender (lebensgefährlich!), daß die Amerikaner längst von Remagen aus über die Autobahn bis Hennef vorgedrungen waren, sie waren an der Sieg, von der wir nur zwölf Kilometer entfernt wohnten. Nun, sie hatten andere strategische Pläne, rückten ostwärts bis Kassel vor, bildeten, gemeinsam mit der britischen Armee, die von Arnheim aus vordrang, den »Ruhrkessel«, in dem sie dann einen großen Teil der Deutschen Wehrmacht schnappten – aber nach Marienfeld kamen sie eben nicht. Und so nahte der 25. März, und da gab's nun nichts mehr zu fälschen, und ohne Papiere, entfernt vom »Gefechtslärm«, da hätte ich wohl bald gebaumelt, so wie Ihr es auf den Illustrationen zum ›Simplicissimus‹ sehen könnt. Manchmal denke ich, das Chaos während des Dreißigjährigen Krieges und danach kann gar nicht so groß gewesen sein wie während des Zweiten Weltkriegs und danach. Die fast gleichgroße Fläche, auf der die beiden Kriege stattfanden, war ja inzwischen vielfach, wenn nicht zigfach besiedelt, die potentielle Chaosmasse war erheblich größer, und unsere Feinde waren ja nicht die vorrückenden Amerikaner und Engländer, unsere Feinde waren die großen Tötungs- und Chaosspezialisten, von denen einer sich Führer nannte und in seinem elfenbeinernen Betonturm in Berlin hockte, der andere der Herr Reichsinnenminister und Oberbefehlshaber des Ersatzheeres, Himmler, war, dazu noch die Ausstrahlung des Vernichtungsbetriebes auf deren untergebene Organe, zu denen Teile der Bevölkerung zu zählen waren. Ihr werdet die Deutschen immer wieder daran erkennen können, ob sie den 8. Mai als Tag der Niederlage oder der Befreiung bezeichnen. *Wir* warteten auf unsere »Feinde« als unsere Befreier. Einer der überlebenden Generalfeldmarschälle nannte es dann nicht »Niederlage«, sondern »Verlorene Siege«. Lest das Ganze hier nicht als Abenteuerbericht, obwohl einige abenteuerliche Elemente unvermeidlich sind, lest es wie einen Krimi, der *sehr* spannend nicht sein kann, da ja die Hauptkrimifrage: Wird er geschnappt? durch mein unwiderlegbares Überleben schon beantwortet ist. Spannend könnte höchstens die Frage sein: Wie hat er es geschafft, nicht geschnappt zu werden?

Auch der 25. März kam, ohne daß die Amerikaner die Sieg überschritten und uns befreit hätten; es mag ein gewisser Trost darin liegen, daß auch die hinter die 2 getippte 9 wenig Aufschub gebracht hätte, denn auch am 29. März hatten sie die Sieg noch nicht überschritten.

Es gab keine andere Wahl mehr als: zurück in die Deutsche Wehrmacht. Die Frage war inzwischen: Wo konnte einer sicherer überleben, in oder außerhalb der Armee? Die Antwort, die wir uns erteilten, war nach eingehender Analyse: *in* der Armee. Außerhalb der Armee ohne Papiere, das wäre ein Spiel gewesen, gefährlicher als russisches Roulette. Nur: in die Armee zurückgehen, das bedeutete Trennung, wieder einmal Abschied; ein Abschied im Krieg und verstärkt ein Abschied in einem *Nazi*krieg konnte immer ein endgültiger sein, da nutzte es wenig, wenn wir uns klar darüber waren, daß es ja »jetzt nun wirklich nicht mehr lange dauern« könne. Es hatte ja nach Stalingrad immerhin noch mehr als zwei Jahre gedauert, und den Deutschen war zuzutrauen, daß sie das berühmte »Fünf-nach-Zwölf« bis ins Morgengrauen ausgedehnt hätten, wenn sie nur die Möglichkeit dazu gehabt hätten.

Nun, wir dehnten den Abschied aus. Annemarie ging mit mir zur nächsten Wehrmachtsdienststelle, die ein paar Kilometer von uns entfernt in der Nähe des Dorfes lag, das Bruchhausen heißt. Die Dienststelle dort erwies sich als ein Stab: lauter rotgestreifte Hosen, ein nervöser Stab, der mit irgendeinem hergelaufenen Obergefreiten nichts anfangen konnte, auch nicht gewappnet war, mein ominöses Papier in ein legales umzuwandeln. Ich wurde weiterverwiesen in ein Dorf namens Birk auf der Strecke Siegburg-Much, bekam Marschverpflegung, korrekt: Brot, Wurst, Margarine, Zigaretten – und wir verlängerten den Abschied, indem wir gemeinsam irgendwo abseits des Straßengrabens zwischen Bruchhausen und Marienfeld meine Marschverpflegung verzehrten: Hunger hatten wir beide, und Eure Mutter war schwanger. Annemarie ging mit mir noch weiter bis Much, den langen Weg bergab, den sie später bergauf wieder zurückgehen mußte, und dort nahmen wir Abschied an der Straßenkreuzung unten im Tal, wo Horden von Zivilisten und Soldaten aneinander vorbei, manchmal ineinander strömten. Deutschland war in Bewegung, und ich hatte ein mieses, faules Papier in der Tasche. Ja, Abschied. Ich schildere ihn nicht. Wie soll ich die vier Dutzend oder gar hundert Abschiede schildern? In Köln, in Ahrweiler, in Marienfeld und anderswo, in Metz, in Bitsch, St. Avold und anderswo.

Ich tippelte los. Richtung Birk, mit einem völlig unvorschriftsmäßigen Stock in der Hand, der einen vorüberfahrenden Offizier der Feldgendarmerie veranlaßte, anzuhalten und mich streng zu ermahnen, daß das eines deutschen Soldaten unwürdig sei. Ich war zu verzweifelt, um Reue wenigstens zu heucheln, erklärte ihm mein Ziel – und er befahl mich in sein Auto; er war von der strengen korrekten Sorte, und ich fürchtete – immerhin war er Feldgendarmerieoffizier –, er würde nach meinen Papieren fragen oder mich gleich einkassieren. Er tat beides nicht, lud mich wortlos in Birk vor der Schreibstube der dortigen Einheit aus, wartete noch, bis ich hineingegangen war, und fuhr weiter. Ich meldete mich in der Schreibstube, legte mein Papier vor; noch bevor er es eingehend studieren konnte, wurde der Obergefreite ins Nebenzimmer gerufen, ich nahm den Fetzen Papier, ein übles Corpus delicti, wieder an mich, und als er zurückkam und danach fragte, sagte ich: »Das hast du doch gerade mitgenommen.« Er war verwirrt, staunte, ließ es dann dabei bewenden; ich wurde der Kompanie einverleibt und war mal wieder legal. Dieser ominöse Urlaubsschein muß irgendwo noch in meinen ungeordneten Kriegsbriefen zu finden sein, dieses Dokument meiner wahrscheinlichen Lebensrettung.

Der Krimi geht weiter. Ich war erleichtert und doch bedrückt: Nach einem halben Jahr war ich zum ersten Mal wieder von Annemarie und den anderen getrennt, war wieder in der Deutschen

Wehrmacht. Die Ausflüge in das Tabakdorf, nach Mainz und anderswohin waren zwar riskant gewesen, aber doch in ihrem Ausgang berechenbarer. Ich war ziemlich niedergeschlagen, zumal ich nicht – was in den Kriegsjahren davor immer ein Trost gewesen war – anrufen konnte. (Lest alles gelegentlich nach, was ich hier nicht wiederholen möchte.) Ich ging abends durch Birk spazieren, verzweifelt, und doch spielte ich mit dem Gedanken, einfach unterzutauchen – wo, wo? Da traf ich in Birk auf der Hauptstraße die Tochter eines Kölner Lebensmittelhändlers, bei dem wir oft – und jahrelang auf Pump – gekauft hatten. Ein herzliches junges Mädchen, das ich leider nie wieder getroffen habe. Sie nahm mich mit »nach Hause«: in eine Behelfswohnung, wo ich auch ihren Vater traf; sie waren gerade erst, vor ein, zwei Tagen, vor der Einziehung in den Volkssturm geflohen. Wir erzählten, ich berichtete, und Herr Fog, so hieß er, erklärte mir, daß er weiter, den Amerikanern entgegen, vor der Einziehung in den Volkssturm zu fliehen gedenke, und fragte mich, ob er sich wohl in Marienfeld ein, zwei Tage verstecken könne. Ich bejahte das, und er bat mich, doch dort für ihn sozusagen Quartier zu machen, und übergab mir als Vorschuß 25 Pfund Zucker in einem stabilen Sack. 25 Pfund Zucker Ende März 1945! Wie die nach Marienfeld bringen, spät abends? Nun, ich war verrückt, das junge Mädchen lieh mir ihr

Fahrrad, ich klemmte den Zuckersack auf den Gepäckträger und fuhr los. Es war verrückt, und möglicherweise war dieser Zuckertransport per »Entfernung von der Truppe« – wie eine spätere Radtour unter ähnlichen Umständen, auf die ich noch kommen muß – meine einzige »Heldentat«: Zucker für Marienfeld! Ich fuhr auf Nebenwegen, umging gefährliche Straßenkreuzungen, wo Feldgendarmen und Heldenklau lauerten, indem ich Rad und Zucker Böschungen hinaufschob, kam tatsächlich naßgeschwitzt mit dem Zucker in Marienfeld an – das war ein Wiedersehen! Überraschend und doch schmerzlich, und wieder wurde das Problem erörtert: bleiben oder zurückfahren. Schließlich siegte mein »Ehrgefühl«: Ich hatte dem Mädchen versprochen, das Rad zurückzubringen, und in diesen Zeiten war ein Fahrrad wertvoller als eine ganze Autokolonne. Fahrräder bestimmten überhaupt mein Schicksal, letzten Endes zum Guten. Ich fuhr also mitten in der Nacht los, brachte das Rad zurück und schlich mich ins Quartier. Wieder einmal legalisiert.

Nun begann die letzte Phase, die ich nicht detailliert schildern will, da dieser Kram in jedem Kriegsbuch nachzulesen ist. Ich traf in Kaldauen den Unteroffizier Keller, den sie später als Deserteur ein paar hundert Meter von seinem Elternhaus entfernt erschossen. Wurde weiterverlegt nach Niederauel, der Stadt Blankenburg gegenüber.

Dort lagen wir, nur durch die Sieg getrennt, den Amerikanern gegenüber, konnten es mit eigenen Augen sehen: das *weiße, weiße* Brot – es leuchtete wie der Mond. Geschossen wurde nicht, schießen war sozusagen verboten, weil, wenn auch nur *ein* deutscher Schuß fiel, ganze Ladungen amerikanischer Artillerie retourkutschiert wurden. Auflösung, Chaos, kaum noch normale Verpflegung, klauen, Kühe melken, irgendwie in Ställen beim wärmenden Vieh die Nächte verbringen – und noch einmal bestimmte ein Fahrrad mein Schicksal. Ihr werdet Euch fragen, warum ich nicht sofort übergelaufen bin, dem *weißen,* so weißen Brot entgegen? Die Antwort ist einfach: Ich wollte nicht nur überleben, ich wollte möglichst ohne Gefangenschaft überleben, ein frivoler Wunsch. Alois und ich hatten uns überlegt, daß wir uns auf dem kleinen Speicher des Behelfsheims, zwischen den überlebenden »Seelenhirten«, eine Weile verstecken und die »Entwicklung der Dinge« abwarten wollten. Ich wollte zu Annemarie, wollte nach Hause, und außerdem hätte ich durch die kalte Sieg schwimmen oder waten müssen. Ich wartete ab. In der Horde wurde offen vom Überlaufen gesprochen; einige hatten's versucht – ihre Familien lebten in dem schon von Amerikanern besetzten Gebiet –, krochen und kletterten über eine zerstörte Brücke und wurden beschossen, weil man sie für einen Spähtrupp hielt. Nein, ich wartete, und noch oder wieder einmal brachte mich ein Fahrrad in Versuchung. Mit einigen anderen wurde ich beauftragt, unsere Ablösung, eine Kompanie einer Radfahr-Einheit Kölner Polizisten, nach Niederauel zu begleiten – nachts über Bödingen nach Allner, wo wir die radbewehrten Kölner Polizisten trafen. Von Allner nach Marienfeld war nicht weit: 12, vielleicht 15 Kilometer. Es gelang mir, einen Polizeibeamten zum Herleihen eines Fahrrads zu überreden. Er muß ein Heiliger gewesen sein, denn, wie gesagt, ein Fahrrad war wertvoller als eine ganze Autokolonne, und wer konnte schon Anfang April 1945 auf dem Höhepunkt des deutschen Chaos irgend jemandem trauen? Nun, er gab's mir (ich weiß seinen Namen nicht, sonst würde ich auch ihm wie dem Bauern Peters ein Denkmal setzen), und ich fuhr in der Nacht, spontan und konfus, wie ich es Alois immer vorgeworfen hatte, nach Marienfeld, sah Annemarie, brachte meinem Vater ein paar Zigarren – und wieder Problemdiskussionen: bleiben oder nicht bleiben, hinauf in den Speicher zu den »Seelenhirten« oder zurück nach Allner, was soviel bedeutete wie zurück an die Front. Inzwischen hatten die Armen in ihrem Behelfsheim auch noch »Einquartierung« – der Einquartierte war vernünftig und riet mir zum Speicher, ich aber hatte das biedere, ehrliche Gesicht des Polizeibeamten vor mir, dem ich »in die Hand« versprochen hatte, das Rad zurückzubringen, und so fuhr ich in dunkler Nacht auf Nebenwegen nach Allner zurück. Später hörte ich – wo, weiß ich nicht –, daß die gesamte Polizistenkompanie samt Fahrrädern vernichtet worden sei.

Wir, die Einheit, zu der ich gehörte, zogen weiter, durchs Bröltal, total verhordet, auf Waldbröl zu, schleppten uns dahin, vorwärts, wieder zurück. Einmal, erinnere ich mich, kamen wir an einen Dorfrand, sahen dort die weißen Fahnen flattern. Irgendwie – *wie* genau, weiß ich nicht – löste sich der ganze Laden auf, und ich machte mich auf den Heimweg (das könnt Ihr nachlesen in einem kleinen Bericht, den ich vor Jahren einmal schrieb), bis ein Leutnant mitten auf der Landstraße mir buchstäblich die Pistole auf die Brust setzte, mich zwang, mich seiner »Einheit« anzuschließen, die den wahnwitzigen Namen »Kampfkommandantur Brüchermühle« hatte (irgendwo zwischen Denklingen und Waldbröl muß dieser Weiler liegen, der der letzten Einheit der Deutschen Wehrmacht, der ich angehörte, den Namen gab). Mir schien es besser, diesem Irren keinen Widerstand zu leisten, und auf diese Weise kam ich endlich – nach ein paar unangenehmen Tagen – bei Brüchermühle in amerikanische Gefangenschaft. Endlich? Es war für mich eine Überraschung: Wir hatten doch die Amerikaner herbeigewünscht, -gebetet, -geflucht, und es war doch eine Befreiung, *die Deutschen endlich los zu sein* – und doch, das war die Überraschung: Es fiel mir schwer, die Hände hochzuheben, es fiel mir schwer, aber ich tat's natürlich.

Der Rest ist nicht mehr so wichtig. Eine kühle Nacht in einem improvisierten Lager bei Rosbach an der Sieg – immer noch Endsieggeflüster; abenteuerliche Fahrt durch den Westerwald nach Linz, über den Rhein nach Sinzig (lest nach, lest die Gedichte, die Günter Eich darüber geschrieben hat), Namur, Attichy – ein Massenlager. Natürlich war das alles kein Sanatoriumsaufenthalt. Ich wiederhole: Ich hatte das Schlimmste erwartet, es kam aber nicht einmal schlimm, nur »halb so schlimm«, und immer noch waren die Gefährlicheren die Deutschen, die Femegerichte abhielten und manchen in der Massenlatrine verschwinden ließen, so manchen »Defaitisten« – im April 45, als die sowjetische Armee an der Elbe sich schon mit den Amerikanern verbrüderte. Nein, nein, keine Klage. Wichtig ist nur, daß es mir gelang – fragt mich nicht, wie, das wäre ein kleiner Krimi im Krimi –, der körperlichen Arbeit zu entgehen, zu der wir durch besseres Essen verlockt wurden. Ich dachte mir: Wenn du jetzt arbeitest – es war eine absurde »Arbeit«, die ich anderswo beschrieben habe –, dann arbeitest du jahre-, vielleicht jahrzehntelang; ich dachte mir: besser noch ein paar Monate hungern als jahrelang irgendwo arbeiten. Vielleicht verhielt ich mich damals zum ersten Mal »historisch bewußt«. Noch später, als das Lager – angeblich 200000 Mann – aufgelöst und an die Franzosen übergeben (verkauft) wurde, gelang es mir, bei einer akribischen Prüfung der Arbeitsfähigkeit in die Kategorie »Im eigenen Beruf arbeitsunfähig« zu gelangen; da mein eigener Beruf »Student« war, eine erstaunliche Bezeichnung. Und nun, da von den angeblich 200000 Mann etwa 60 als »im eigenen Beruf untauglich« erklärt wurden, zeigten die Amerikaner ihre manchmal überraschende Vernunft: Wir wurden abgesondert, wurden gesondert verpflegt, besser, fast gut, bekamen sogar eigene Krankenpfleger, die uns Waschwasser brachten, bis wir noch einmal verlegt, an die Engländer in ein Lager in der Nähe von Waterloo übergeben wurden. Die Engländer waren ganz anders, nicht so hygieneverrückt wie die Amerikaner, es gab korrektes Essen und viel Tee mit Zucker und Milch, der von den Deutschen verachtet wurde. Auch ich war kein Teetrinker, wurde zu einem, spürte die Köstlichkeit dieses unvergleichlichen englischen Tees und sammelte die Reste in einer Einliter-Bierflasche belgischer Herkunft, die mein kostbarster Besitz wurde. Eure Mutter, Annemarie, hatte während des Krieges gar keine Gelegenheit, mir zu zeigen, wie gut sie Tee zu bereiten verstand. Ach, Ihr wißt, Irland und auch England, wo wir zu Teetrinkern wurden. Aus dem englischen Lager wurden wir nach Regierungsbezirken entlassen. So erfuhr ich, daß es einen Regierungsbezirk Arnsberg gibt, zu dem Gelsenkirchen gehörte, woher Ada stammte, der einzige bleibende Freund aus Krieg und Gefangenschaft, den Ihr ja kennt. Köln kam später dran, und den Rest kennt Ihr (lest nach, was ich, halb autobiographisch, darüber geschrieben habe).

Erwähnt werden muß nur noch ein weiteres Fahrrad. Es gehörte Hilde Merl aus Siegburg, die es mir lieh, als ich, in Bonn im Hofgarten von belgischer Hand aus britischer Gefangenschaft entlassen, an einem Oktobertag 1945 zu spät in Siegburg ankam, um noch vor der Sperrstunde Nesshoven zu erreichen, wo Annemarie inzwischen ein Zimmer hatte. Ich fuhr, so schnell ich konnte, die Straße hinauf, die ich ein knappes halbes Jahr vorher mit dem Zuckersack gefahren war, und kam noch vor der Sperrstunde, schwitzend, abgehetzt, in Nesshoven an. So früh hatte keiner mit mir gerechnet, Freude und Überraschung waren groß, und wenige Tage später die Trauer: Wir mußten Euren kleinen Bruder Christoph, unseren Sohn, beerdigen.

Ihr werdet Euch fragen, was ich denn gemacht habe, dieses halbe Jahr lang. Ich weiß es nicht mehr, weiß nur: viel nicht. In der Küche waren ohnehin zu viele Personen, manchmal, wenn meine Papiere wirklich in Ordnung waren, ging ich hamstern, wartete auf die Amerikaner, las, las auch

Kierkegaards Tagebücher, fuhr nur einmal, mit Tillas Rad und tadellosen Papieren, nach Köln, um noch ein paar »Wertgegenstände« zu retten und Zigaretten zu besorgen (das könnt Ihr anderswo nachlesen). An manchen Stellen dieses Berichts werdet Ihr den familiengewohnten Zynismus und die Frivolität entdecken, vielleicht lachen. Lacht getrost: Wir haben überlebt und natürlich nicht die ganze Zeit in Trübsinn verbracht. (Fragt Eure Mutter gründlich aus, fragt Eure Tante Maria und Eure Kusine Marie-Theres, Eure Vettern Franz und Gilbert, wie *sie* das alles in Erinnerung haben; ganz anders als ich, anders auch, als Alois es erzählt hätte.)

Es kommt zu viel hoch, zu viel kommt auf, und ich muß Schluß machen, sonst wird doch ein halber Roman daraus und ich gerate ins »Erzählen«, also auf schlüpfriges Gelände, wo doch der »feste Boden« des »wirklich Erlebten« nicht verlassen werden sollte. Vielleicht versteht Ihr jetzt manches besser, das Euch fremd, vielleicht gar unerklärlich geblieben ist: Daß es uns nicht nur schwerfällt, unmöglich ist, Brot wegzuwerfen; daß es mir schwerfällt, Kaffee oder Tee wegzuschütten; daß ich, was von diesen kostbaren und edlen Getränken beim Frühstück übrigbleibt, mitnehme in mein Arbeitszimmer; und daß ich von den Zigaretten nicht lassen kann und meine Lebensmitteleinkäufe immer panikartigen Charakter haben. Wissen solltet Ihr auch, daß auf den Irrfahrten zwischen 1939 und 1945 keine Circe mich auf ihren Felsen locken konnte. Die muffig schmuddelige Sexualität in Bahnhöfen, um diese herum, und in den Eisenbahnzügen jener Zeit, darin verbarg sich keine Verlockung, und Penelope war beides: Circe und sie selbst. Wissen solltet Ihr auch, daß in dem amerikanischen Lager Doppel-Oberschenkelamputierte einsaßen, die mit Panzerfäusten kämpfend erwischt worden waren: Endsiegstrategen, und daß auf einem Bahnhof am Niederrhein heimkehrende britische Soldaten, deren Zug parallel zu unserem hielt, uns Zigarettenkippen zusteckten.

Vielleicht versteht Ihr jetzt auch besser, warum Typen wie Filbinger und Kiesinger, die lächelnd, glatt, makellos in bourgeoiser Selbstgefälligkeit über alle Zeiten hinweggekommen sind, uns am meisten gereizt haben, und wissen solltet Ihr auch, daß Adenauers berühmte Kriegsgefangenenbefreiung hauptsächlich hohen Offizieren galt, für die das Stichwort, nicht »Niederlage«, nicht »Befreiung«, sondern »verlorene Siege« generell eine gewisse Gültigkeit behalten hat und die, da sie länger leben als irgendein kranker oder kaputtgeschossener Soldat, die Pensionskassen erheblich belasten und beim Wiederaufbau eines deutschen Heeres, genannt Bundeswehr, gut zu gebrauchen waren. Besser versteht Ihr vielleicht auch, daß unsere vielen Reisen immer auch den Charakter von Flucht hatten, Flucht vor Leuten wie Filbinger, der sich nicht mehr erinnerte, an der Exekution eines von ihm zum Tode Verurteilten teilgenommen zu haben! (Stellt Euch das vor: Er erinnerte sich nicht!) Wie viele Deutsche erinnern sich nicht, lauter solche, denen ich hätte in die Hände fallen können, nicht alle *Richter*, aber potentielle Hin-*richter*. Und erst die »deutschen Mütter«, diese hochgelobte Kategorie deutscher Weiblichkeit – wie viele von ihnen haben nicht nur widerstandslos, auch ohne sonderliche Not, und nicht wenige mit Begeisterung, ihre vierzehn-, siebzehnjährigen Söhne noch in den Tod rennen lassen, dem »Führer geopfert«! Es gab da einen gewissen Ferdinand Schörner, einer von Hitlers Lieblingen – er beförderte ihn noch im März 1945 zum Generalfeldmarschall –, seine Standgerichte waren so berüchtigt wie die des Herrn Model; er trug den Ehrennamen »Bluthund«, seine »disziplinarischen Maßnahmen« waren der Schrecken seiner Soldaten. Er starb nicht 1945 wie sein geliebter Führer, er starb im Jahre des deutschen Heils 1973 in München; ich glaube, auch er gehörte zu den von Adenauer befreiten deutschen Kriegsgefangenen.

Vor ungefähr sechzehn Jahren, lieber Vincent, lieber René, schrieb mir einer der Söhne von Rudolf Heß, ob ich mich nicht in die umfangreiche Liste derer eintragen könne, die für die Freilassung des Herrn Heß plädierten. Ich konnte nicht, *ich brachte es nicht über mich,* und auch heute, wo Heß 90 ist, *bringe ich es nicht über mich.* Noch 1946 in Nürnberg betonte dieser merkwürdige Friedensvogel, Hitler sei der größte Sohn gewesen, den die tausendjährige deutsche Geschichte hervorgebracht habe. Und ich bekomme seine beschwörende, fanatische Rassistenstimme nicht aus dem Ohr, die ich als Sechzehnjähriger im Radio hörte, und kann sein Gesicht nicht vergessen, das ich in der Wochenschau sah: bohrende Augen, die Opfer verlangten und ihre Opfer bekamen. Nein, *gegen* seine Freilassung protestieren würde ich nicht, *für* sie plädieren kann ich nicht.

Wissen solltet Ihr auch, daß ich mich geweigert habe, an der Enttrümmerung Kölns teilzunehmen, wie es zu jedes Heimkehrers Pflicht erklärt wurde. Ich habe keinen Stein angefaßt, enttrümmert habe ich, still vor mich hin, allein, säuberlich von jedem Stein den Putz abklopfend, die Werkstatt meines Vaters in der Vondelstraße, die damals Alois betrieb; *öffentliche* Steine: keinen. Was ich nicht berichtet habe, gehört den Frauen, die den *Alltag* des Krieges und der Naziherrschaft zu bestehen hatten, dessen alltägliche Mühsal und Absurdität. In Erinnerung rufen möchte ich Euch noch einmal die vier Fahrräder, die in diesem Bericht vorkommen:

1. Tillas Fahrrad, mit dem ich ungefähr im Februar 1945 nach und durch Köln radelte, um nach

unserer Wohnung in der Neuenhöfer Allee zu sehen, Schmuck und Annemaries schweres Familiensilber zu retten (das heute, 1984, immer noch unausgepackt und unbenutzt in den roten Etuis steckt) und auf dem Schwarzmarkt Zigaretten zu besorgen.

2. Das Fahrrad der Tochter von Anton Fog, mit dem ich nächtens und illegal 25 Pfund Zucker von Birk nach Marienfeld brachte am 25. März 1945.

3. Das Fahrrad des unbekannten Polizeibeamten aus Köln, mit dem ich im April des Jahres 1945 von Allner nach Marienfeld fuhr, ebenfalls nächtens.

4. Das Fahrrad von Hilde Merl, mit dem ich im Oktober 1945 von Siegburg nach Nesshoven fuhr, um vor der Sperrstunde noch Annemarie wiederzusehen.

Vor wenigen Tagen, um Mitte Juli herum, während ich diesen Bericht zu Ende schrieb, starb 84jährig der SS-General Karl Wolff, ein wahrhaft abenteuerlicher Nazi, der schon 1937 Generalsrang in der SS bekam, Himmlers persönlicher Stabschef, der immerhin Ende Februar 1945 überzeugt war, daß der Krieg verloren sei (Ihr dürft lachen: Ende Februar 1945 war er davon überzeugt!). Nachdem er durch Mittelsmänner mit Alan Dulles verhandelt hatte, kapitulierte die Deutsche Wehrmacht in Italien; immerhin, immerhin; später wurde Wolff zu vier Jahren Arbeitslager verurteilt, von denen er *eine* Woche verbüßte. Später, der Mitschuld am Tod von 300000 Juden beschuldigt, leugnete er, von den Vernichtungslagern gewußt zu haben (und war doch Chef des persönlichen Stabs von Himmler gewesen!). Er bekam 15 Jahre Zuchthaus, wurde nach 7 Jahren entlassen. Haftverschonung. Und lebte nach dieser Haftverschonung noch 13 Jahre! Das ist kein Witz, lieber René, lieber Vincent, so ist es *geschehen*. Es ist deutsche Geschichte.

Euer VATER

Verzeichnis der Erstveröffentlichungen und Rechteinhaber

Wir Besenbinder. Der Ruf (München) v. 25. 7. 1948. Der Abdruck erfolgt mit freundlicher Genehmigung der Inti GmbH/René Böll, D-5303 Bornheim 3. (dtv-Bd. 437)

An der Brücke. Der Ruf v. 1. 2. 1949. Der Abdruck erfolgt mit freundlicher Genehmigung der Inti GmbH/René Böll, D-5303 Bornheim 3. (dtv-Bd. 437)

Wanderer, kommst du nach Spa... In Sammelband ›Wanderer, kommst du nach Spa‹, Opladen 1950. Der Abdruck erfolgt mit freundlicher Genehmigung der Inti GmbH/René Böll, D-5303 Bornheim 3. (dtv-Bd. 437)

Die schwarzen Schafe. Opladen 1951. Der Abdruck erfolgt mit freundlicher Genehmigung der Inti GmbH/René Böll, D-5303 Bornheim 3

Nicht nur zur Weihnachtszeit. Norddeutscher Rundfunk, Weihnachten 1951 (H. B.). Der Abdruck (aus ›Heinrich Böll Werke. Romane und Erzählungen 2. 1951–1954‹, Köln 1977) erfolgt mit freundlicher Genehmigung des Verlages Kiepenheuer & Witsch, Köln. (dtv-Bd. 350 und 2575)

Die Waage der Baleks. Süddeutscher Rundfunk,

1952. Der Abdruck (aus ›Heinrich Böll Werke. Romane und Erzählungen 2. 1951–1954‹, Köln 1977) erfolgt mit freundlicher Genehmigung des Verlages Kiepenheuer & Witsch, Köln. (dtv-Bd. 339)

Doktor Murkes gesammeltes Schweigen. Frankfurter Hefte, Dezember 1955. Der Abdruck (aus ›Heinrich Böll Werke. Romane und Erzählungen 3. 1954–1959‹, Köln 1977) erfolgt mit freundlicher Genehmigung des Verlages Kiepenheuer & Witsch, Köln. (dtv-Bd. 350 und 2575)

Brief an einen jungen Katholiken. In ›Christ und Bürger, heute und morgen‹, Düsseldorf 1958. Der Abdruck (aus ›Heinrich Böll Werke. Essayistische Schriften und Reden 1. 1952–1963‹, Köln 1978) erfolgt mit freundlicher Genehmigung des Verlages Kiepenheuer & Witsch, Köln. (dtv-Bd. 10601)

Zur Verteidigung der Waschküchen. In ›Der Schriftsteller Heinrich Böll‹, Köln 1959. Der Abdruck (aus ›Heinrich Böll Werke. Essayistische Schriften und Reden 1. 1952–1963‹, Köln 1978) erfolgt mit freundlicher Genehmigung des Verlages Kiepenheuer & Witsch, Köln. (dtv-Bd. 10601)

Großeltern gesucht. Die Zeit v. 13. 3. 1959. Der Abdruck (aus ›Heinrich Böll Werke. Essayistische Schriften und Reden 1. 1952–1963‹, Köln

1978) erfolgt mit freundlicher Genehmigung des Verlages Kiepenheuer & Witsch, Köln. (dtv-Bd. 10601)

Hierzulande. Labyrinth (Frankfurt), September 1960. Der Abdruck (aus ›Heinrich Böll Werke. Essayistische Schriften und Reden 1. 1952 bis 1963‹, Köln 1978) erfolgt mit freundlicher Genehmigung des Verlages Kiepenheuer & Witsch, Köln. (dtv-Bd. 10602)

Als der Krieg ausbrach. Frankfurter Allgemeine Zeitung v. 23. 12. 1961. Der Abdruck (aus ›Heinrich Böll Werke. Romane und Erzählungen 4. 1961–1970‹, Köln 1977) erfolgt mit freundlicher Genehmigung des Verlages Kiepenheuer & Witsch, Köln. (dtv-Bd. 339)

Anekdote zur Senkung der Arbeitsmoral. Norddeutscher Rundfunk, 1. 5. 1963 (H. B.). Der Abdruck (aus ›Heinrich Böll Werke. Romane und Erzählungen 4. 1961–1970‹, Köln 1977) erfolgt mit freundlicher Genehmigung des Verlages Kiepenheuer & Witsch, Köln

Weggeflogen sind sie nicht. Kölner Stadt-Anzeiger v. 24. 12. 1964. Der Abdruck (aus ›Heinrich Böll Werke. Essayistische Schriften und Reden 2. 1964–1972‹, Köln 1978) erfolgt mit freundlicher Genehmigung des Verlages Kiepenheuer & Witsch, Köln. (dtv-Bd. 10603)

Heimat und keine. Vorwort zu H. Schmitt-Rost (Hrsg.), ›Zeit der Ruinen‹, Köln 1965. Der Abdruck (aus ›Heinrich Böll Werke. Essayistische Schriften und Reden 2. 1964–1972‹, Köln 1978) erfolgt mit freundlicher Genehmigung des Verlages Kiepenheuer & Witsch, Köln. (dtv-Bd. 10603)

Raderberg, Raderthal. ›Atlas‹, Berlin 1965. Der Abdruck (aus ›Heinrich Böll Werke. Essayistische Schriften und Reden 2. 1964–1972‹, Köln 1978) erfolgt mit freundlicher Genehmigung des Verlages Kiepenheuer & Witsch, Köln. (dtv-Bd. 10603)

Höflichkeit bei verschiedenen unvermeidlichen Gesetzesübertretungen. Südfunk Stuttgart, 6. 1. 1977 (u.d.T. ›Die höfliche Bankräuberin‹). Der Abdruck (aus ›Du fährst zu oft nach Heidelberg und andere Erzählungen‹, Bornheim-Merten 1979) erfolgt mit freundlicher Genehmigung der Inti GmbH/René Böll, D-5303 Bornheim 3. (dtv-Bd. 1725)

Der Husten meines Vaters. Frankfurter Allgemeine Zeitung v. 17. 12. 1977. Der Abdruck (aus ›Heinrich Böll Werke. Essayistische Schriften und Reden 3. 1973–1978‹, Köln 1978) erfolgt mit freundlicher Genehmigung der Inti GmbH/René Böll, D-5303 Bornheim 3. (dtv-Bd. 10606)

Rendezvous mit Margret oder: Happy-End. Süddeutsche Zeitung v. 22./23. 7. 1978. Der Abdruck (aus ›Du fährst zu oft nach Heidelberg und andere Erzählungen‹, Bornheim-Merten

1979) erfolgt mit freundlicher Genehmigung der Inti GmbH/René Böll, D-5303 Bornheim 3. (dtv-Bd. 1725)

Oblomow auf der Bettkante. Zeitmagazin v. 1. 3. 1985 (gekürzt) in der Serie ›Wenn ich ein Tagebuch schriebe (1)‹. Der Abdruck (aus ›Die Fähigkeit zu trauern‹, Bornheim-Merten 1986) erfolgt mit freundlicher Genehmigung der Inti GmbH/René Böll, D-5303 Bornheim 3. (dtv-Bd. 10609)

Brief an meine Söhne oder vier Fahrräder. Die Zeit v. 15. 3. 1985 (gekürzt). Vollständig in ›Das Ende – Autoren aus 9 Ländern erinnern sich an die letzten Tage des Zweiten Weltkrieges‹, Köln 1985. Der Abdruck erfolgt mit freundlicher Genehmigung des Verlages Kiepenheuer & Witsch, Köln. (dtv-Bd. 10609)

Von Heinrich Böll sind im
Deutschen Taschenbuch Verlag erschienen:

Irisches Tagebuch (1)
Zum Tee bei Dr. Borsig (200)
Als der Krieg ausbrach (339)
Nicht nur zur Weihnachtszeit (350; auch als dtv großdruck 2575)
Ansichten eines Clowns (400)
Wanderer, kommst du nach Spa ... (437)
Ende einer Dienstfahrt (566)
Der Zug war pünktlich (818)
Wo warst du, Adam? (856)
Gruppenbild mit Dame (959)
Billard um halbzehn (991)
Die verlorene Ehre der Katharina Blum (1150; auch als dtv großdruck 25001)
Das Brot der frühen Jahre (1374)
Hausfriedensbruch/Aussatz (1439)
Und sagte kein einziges Wort (1518)
Ein Tag wie sonst (1536)
Haus ohne Hüter (1631)
Eine deutsche Erinnerung (1691)
Du fährst zu oft nach Heidelberg (1725)
Fürsorgliche Belagerung (10001)
Das Heinrich Böll Lesebuch (10031)
Was soll aus dem Jungen bloß werden? (10169)

Das Vermächtnis (10326)
Die Verwundung (10472)
NiemandsLand (10787; Hrsg. unter Mitarbeit von Jürgen Starbatty)

In eigener und anderer Sache. Schriften und Reden 1952–1985 (5962; 9 Bände in Kassette)
In Einzelbänden lieferbar:
Zur Verteidigung der Waschküchen (10601)
Briefe aus dem Rheinland (10602)
Heimat und keine (10603)
Ende der Bescheidenheit (10604)
Man muß immer weitergehen (10605)
Es kann einem bange werden (10606)
Die »Einfachheit« der »kleinen« Leute (10607)
Feindbild und Frieden (10608)
Die Fähigkeit zu trauern (10609)

Über Heinrich Böll:
In Sachen Böll – Ansichten und Einsichten (730)

Heinrich Böll
Rom auf den ersten Blick

Reisen, Städte, Landschaften
Mit einem Vorwort von Heinrich Vormweg
KiWi 185

»Immer wieder hat Heinrich Böll es riskiert, berichtend und beschreibend auf dem subjektiven Blick, seinem Blick zu bestehen. Er konnte nicht anders. Und immer neu zeigt sich, daß er gerade deshalb mehr sah als andere, genauer und komplexer sah und schrieb und immer wieder Überraschendes mitzuteilen hatte.« *Heinrich Vormweg*

KiWi Paperbackreihe bei Kiepenheuer&Witsch

Ein Autor schafft Wirklichkeit

Am 18.11.1987 wurde die Heinrich-Böll-Stiftung gegründet. Die Stiftung wird bemüht sein, Heinrich Bölls Wirken in Kultur und Gesellschaft fortzusetzen und sein Andenken lebendig zu erhalten.

Die Fachbeiräte verwirklichen die Aufgaben des Vereins in den einzelnen Arbeitsbereichen. So wird der Fachbeirat »Heinrich Böll – Leben und Werk«, insbesondere die Erforschung und Verbreitung seines Werkes unterstützen.

Bitte fordern Sie die Satzung und die »Plattform unter Verwendung von Heinrich-Böll-Zitaten« an von der